NOTAMS

Bibliografische Information der Deutschen Nationalbibliothek:
Die Deutsche Nationalbibliothek verzeichnet diese Publikation in der Deutschen
Nationalbibliografie; detaillierte bibliografische Daten sind im Internet über
http://dnb.dnb.de abrufbar.

TWENTYSIX – Der Self Publishing-Verlag
Eine Kooperation zwischen der Verlagsgruppe Random House und BoD
– Books on Demand

© 2019 Detlef Wolf, Raesfeld-Erle

Herstellung und Verlag: BoD – Books on Demand, Norderstedt

ISBN: 978-3-740713768

Lektorat, Korrektorat, Layout: Cornelia Soltau, pegasusArt, Waldkirch,
csoltau@pegasusart.de
Covergrafik: MNStudio/ dade72/ Shutterstock.com

Detlef Wolf

NOTAMS
Notices to AirMen
Ein Luftfahrt-Roman

Ein Wort zuvor

Es gibt keine ‚Flieger-Dynastie' namens Busher. Jedenfalls nicht, dass ich wüsste. Und wenn doch, dann würde ich die wirklich mal gerne kennenlernen. Ebenso wenig gibt es sie, wie in der zivilen (und zivilisierten) Luftfahrt Geschichten passieren, wie ich sie mir hier ausgedacht habe.

Aber vielleicht *könnten* sie ja passieren. – Wer will das schon so genau wissen?

Die Airline in dieser Geschichte ist die türkische ‚Troja Air'. Die gibt's gar nicht (hab ich jedenfalls so gegoogled). Und das ist auch gut so. Denn so einen Chaotenhaufen will vermutlich niemand am Himmel sehen. Und selbstverständlich sind sie auch nicht repräsentativ für türkische Fluggesellschaften. Denn die sind alles andere als chaotisch. Die sind okay. Jedenfalls meiner Erfahrung nach.

Und schon lange nicht ist diese fiktive ‚Troja Air' wie die Deutsche Lufthansa, die auch in dieser Geschichte eine wichtige Rolle spielt. Mit der fühle ich mich verbunden, weil sie mich fünfunddreißig Jahre lang klaglos, pannenfrei und (einigermaßen) komfortabel von A nach B gebracht hat. Und auch wieder zurück.

Die Betriebsabläufe dort mögen nicht so sein, wie ich sie hier beschrieben habe, aber vielleicht *könnten* sie so sein. Auf keinen Fall aber ist irgendetwas, das ich über diese Gesellschaft geschrieben habe, böse oder negativ gemeint. Dazu bin ich viel zu gerne mit denen geflogen, um denen jetzt eins auswischen zu wollen. Was zudem noch gar nicht mal stimmt.

Naja, und was die Piloten angeht, da ist meine Geschichte so etwas wie eine Hommage an diese Zunft. Namenlos sind diese Leute zwar nicht, denn sie stellen sich jedes Mal vor, ehe sie losfliegen, aber sie sind gesichtslos, weil man sie nur selten einmal zu sehen bekommt.

Leider.

Ich hoffe nur, dass ich das, was sie in den Führerständen ihrer Boeings und Airbusse so treiben, wenigstens einigermaßen richtig wiedergegeben habe. Wenn nicht, mögen sie mir meine Lapsi linguae bitte verzeihen. Weil, ich bin ja kein Pilot. Ich wär vielleicht gern einer geworden, denn die Fliegerei hat mich immer fasziniert, aber, wie sagt man so schön: ‚You can't win them all'.

Nun gut, man kann sich seine Begeisterung fürs Fliegen ja trotzdem von der Seele schreiben. Und nichts anderes hab ich versucht.

Also dann: Cleared for take-off…

Raesfeld-Erle, im Juni 2019

Detlef Wolf

PS: Als kleine Hilfe zum Verständnis des Fachchinesisch und des Fliegerkauderwelschs habe ich am Ende des Buches ein Glossar angefügt.

Prolog

Phil hatte keine Tränen mehr. Die waren während der vorangegangenen Nächte in seinem Kopfkissen versickert. Jetzt starrte er mit ausdruckslosem Gesicht auf den Sarg, der das enthielt, was einmal seine Mutter gewesen war und der nun langsam in der offenen Grube versank.

Er erinnerte sich an ihre letzten Worte, die er von ihr vernommen hatte: „Lufthansa-Cargo Eight-six-four-three, Runway Two-six-right, cleared to land." Das war ihre Bestätigung der Freigabe zur Landung durch den Towerlotsen in München.

Wie so oft hatte er den Flugfunk abgehört, wie immer eigentlich, wenn einer seiner Eltern kurz vor zuhause ankam. Das war zwar nicht erlaubt, aber er tat es trotzdem. Schließlich wollte er so früh wie möglich wissen, ob auch diesmal alles glatt gegangen war.

Allem Anschein nach war es das. Die Landung der riesigen Triple-Seven Frachtmaschine würde kein Problem sein, er hatte zuvor ATIS abgehört, Information Charlie von 22:50 Uhr, die besagte, dass beide Bahnen, 26L&R, trocken und ‚in use' waren, der Wind aus 250 Grad kam und eine Stärke von vier Knoten hatte und dass die Sicht mehr als zehn Kilometer betrug.

Ideale Bedingungen.

Es würde also alles glatt gehen, auch wenn seine Mutter das Flugzeug diesmal nicht selbst flog. Sonst hätte er nicht ihre Stimme, sondern die des Ersten Offiziers gehört. Das war vermutlich Thomas Langer. Mit dem war sie schon oft unterwegs gewesen. Phil kannte Thomas. Er und seine Mutter waren ein gutes Team. Er brauchte sich also keine Sorgen zu machen. Beruhigt hatte er den Empfänger abgeschaltet und war ins Bett gegangen.

Drei Stunden später wurde er von der Haustürklingel geweckt. Verwundert darüber, dass seine Mutter offensichtlich ihren Schlüssel vergessen hatte, war er nach unten gelaufen, um ihr die Tür zu öffnen. Es konnte ja nur seine Mutter sein. Wer sonst würde mitten in der Nacht an der Tür klingeln?

Sekunden später wusste er, dass es auch jemand anderes sein konnte.

Draußen standen zwei Polizisten, die bei Phil sofort den Eindruck erweckten, dass sie sie sich äußerst unwohl fühlten. Und weitere zwei Minuten später wusste er, dass sein Eindruck richtig gewesen und auch, warum das so war.

Die Polizisten baten darum, ins Haus kommen zu dürfen und warteten ab, bis Phil sich im Wohnzimmer in einen der Sessel gesetzt hatte. Sie selbst verzichteten darauf, Platz zu nehmen. Im Stehen eröffneten sie Phil, dass seine Mutter einen Unfall gehabt hatte.

Phil konnte es nicht glauben. „Was? … Wie? … Das kann doch gar nicht sein!", stotterte er. „Bei *dem* Wetter kann doch bei der Landung gar nichts passieren. Thomas macht das doch nicht zum ersten Mal. Und nach dem Ausrollen hat sie doch sowieso wieder die Kontrolle. Wenn da was schiefgegangen wäre, hätten die mich doch sofort angerufen."

Verwirrt sah er die Beamten an, die seinen Blick ebenso irritiert erwiderten.

„Was meinst Du?", fragte einer der beiden.

„Naja, meine Mutter fliegt Frachtflugzeuge. Vor ein paar Stunden ist sie mit einer Ladung Blumen aus Quito nach München zurückgekommen. Das weiß ich, denn kurz vor der Landung hab' ich sie noch gehört. Und dass die Landung schiefgegangen ist, kann ich mir nicht vorstellen. Das Wetter war ideal, und weil sie sowieso das letzte Flugzeug gewesen waren, das reinkam, hat's auch keinen Verkehr mehr gegeben. Was soll da also passiert sein?"

Jetzt begriff der Beamte, was der Junge gemeint hatte. Er schüttelte den Kopf. „Nein, nein, Deine Mutter ist nicht mit dem Flugzeug verunglückt. Sie hatte einen Autounfall."

„Sie hatte *WAS?*" Phil konnte es immer noch nicht glauben. Er wusste, dass seine Mutter hinter dem Lenkrad eines Autos ebenso umsichtig war wie hinter dem Steuerhorn eines Flugzeuges. Die baute doch keinen Unfall, niemals!

„Sie hatte keine Chance", erklärte der Polizist. „Ein Falschfahrer ist frontal in ihren Wagen geprallt. Mit einer irrsinnigen Geschwindigkeit. Als sie ihn kommen sah, war es schon zu spät. Sie konnte nicht mehr reagieren."

Der Mann hatte es zwar nicht ausdrücklich gesagt, aber Phil begriff trotzdem: Seine Mutter war tot.

Er kippte einfach zur Seite weg.

Eine Schrecksekunde lang waren die Polizisten ratlos. Dann reagierten sie. Einer von ihnen zog sein Telefon aus der Tasche und rief den Notarzt, der andere bettete den bewusstlosen Phil auf die Couch. Mit leichten Schlägen auf die Wangen versuchte er, den Jungen wieder zu sich zu bringen.

***

Das alles war jetzt genau eine Woche her.

Der Notarzt hatte Phil schnell wieder auf die Beine gebracht, und der hatte sofort dafür gesorgt, dass sein Vater vorerst nichts von all dem erfuhr. Der war nämlich gerade auf dem Weg von Boston nach München. Als Pilot eines A350. Für die gleiche Gesellschaft, für die auch seine Mutter geflogen war. *Er* Airbusse, *sie* Boeings, *er* Passagiere, *sie* Fracht.

Am Vormittag um 09:30 Uhr sollte er landen. Wenn er dann nach Hause kam, war es immer noch früh genug, ihn darüber zu informieren, was passiert war. Auch seinen Großeltern wollte er dann erst Bescheid geben. Einzig seine Schwester, die würde er gleich anrufen. Die hielt sich gerade in Phoenix/Arizona auf, und dort war es jetzt früher Abend, er würde sie also höchstwahrscheinlich erreichen.

Es wurde ein langes und teures Telefongespräch. Weil sie beide in Tränen ausgebrochen waren, nachdem Phil ihr die schreckliche Botschaft überbracht hatte. Sie versuchten, miteinander zu reden, aber es wollte ihnen kaum gelingen. Nur, dass sie so schnell wie möglich nach Deutschland kommen würde, konnte sie ihm noch versichern.

Jetzt stand sie neben ihm auf dem Friedhof und hielt seine Hand. Auf der anderen Seite neben ihr stand ihr Vater, der ihre andere Hand genommen hatte. Zum Begräbnis seiner Frau hatte er seine Uniform angelegt. Die gleiche, die sie auch getragen hatte, die eines Flight-Captains. Die Mütze mit der Goldkordel, die sie als einen solchen auswies, lag oben auf dem Sarg.

Phil fragte sich, ob unter den vielen Blumen an den Kränzen und Bouquets auch solche waren, die seine Mutter auf ihrem letzten Flug von Ecuador mitgebracht hatte.

Kapitel 1

Phil war nervös. Zum Frühstück brachte er kaum etwas herunter. Und das, obwohl seine Oma sich soviel Mühe gegeben hatte. Aber das half nicht. Heute war sein erster Schultag in der neuen Schule.

Tausendmal hatte er sich vorgestellt, wie das wohl sein würde, wenn er in die Klasse käme. Wahrscheinlich würden sie ihn alle anstarren wie ein exotisches Tier. Dann würde er Auskunft geben müssen. Wer er war, woher er kam und wieso er plötzlich auf diese Schule ging.

Letzteres wäre wohl am schwierigsten zu erklären.

Unter keinen Umständen wollte er ihr Mitleid. Also konnte er ihnen auch nicht sagen, dass er nach dem Tod seiner Mutter jetzt bei seinen Großeltern lebte, weil sein Vater sich wegen seines Berufes nicht ausreichend um ihn kümmern konnte. Zumal er jetzt auch noch in die USA übersiedelt war. Weil er es, ohne seine Frau, in Deutschland nicht mehr ausgehalten hatte.

Jetzt lebte er in Phoenix/Arizona. Wie seine Tochter. Sie besuchte dort die Flugschule, und er unterrichtete dort. Seine Firma hatte seinem Antrag, nach dorthin versetzt zu werden, begeistert zugestimmt. Phil Busher Senior war ein hervorragender Pilot. Und es war zu erwarten, dass er auch ein ausgezeichneter Pilotenausbilder sein würde.

Phil Busher Junior wollte hingegen in Deutschland bleiben. Aus zahlreichen Aufenthalten kannte er das Leben in den USA. Grandpa und Grandma Busher lebten schließlich dort. Er liebte sie, genauso wie sie ihn, aber trotzdem sagte ihm das Leben dort nicht sonderlich zu. Der Lebensstil in Deutschland gefiel ihm besser. Also übersiedelte er von Bayern ins Westfälische, wo Opa und Oma Kramm lebten.

Uwe Kramm, der Vater seiner Mutter, hatte sich dort zur Ruhe gesetzt, nachdem er seine Karriere als Verkehrsflugzeugführer beendet hatte. Ja, sein Großvater war ebenfalls Pilot gewesen. Phil war in eine Luftfahrerfamilie hineingeboren worden. Großvater, Vater, Mutter, alle waren sie Piloten. Seine Schwester ließ sich gerade dazu ausbilden.

Er selbst wollte das allerdings nicht. Klar, fliegen konnte er schon eine ganze Weile. Er hatte es bei Grandpa Jimmy in Ohio gelernt. Erst Einmotorige, dann Zweimotorige und nach Instrumentenflugregeln. Und es machte ihm einen Riesen-Spaß. Also, mit der Fliegerei wollte er schon etwas zu tun haben, da konnte er gar nicht anders. Das lag wohl an seinen Genen.

Aber statt zum Piloten wollte er sich lieber zum Fluglotsen ausbilden lassen. Diese Arbeit interessierte ihn weit mehr. Stundenlang saß er vor dem Empfänger und hörte den Flugfunk ab. In München waren es die EDDM-Arrivals und -Departures, jetzt die von EDDL, dem Flughafen in Düsseldorf.

Er träumte davon, einmal dort oben, in dem fünfundachtzig Meter hohen Kontrollturm zu sitzen und seinen Vater anzuweisen: „Lufthansa Four-seven-two, behind landing Eurowings Three-nineteen, line-up runway Two-three-left, behind." Dann würde sein Vater brav die Landung des A319 der Eurowings abwarten und sich danach mit seinem A350 auf der Landebahn aufstellen. Und sobald der Eurowings-Airbus die Bahn verlassen hatte, würde er sagen: „Lufthansa Four-seven-two, Runway Two-three-left, cleared for take-off, Wind Two-one-zero degrees, Six knots, Tschüss Papa, guten Flug."

Das wär's doch, oder?

Aber vorerst war es noch nicht so weit. Vorerst musste er erstmal die Schule fertig machen. Davor, dass er es schaffte, war ihm nicht bange.

Allerdings musste er dazu auch seinen neuen Mitschülern gegenübertreten. Und er musste ihnen eine Geschichte über sich auftischen. Nur welche?

***

Es kam alles, wie erwartet. Fast. Der Direktor lieferte ihn in seiner neuen Klasse ab, wo ihn alle bestaunten. Er musste sich vorstellen und sagen, woher er kam. Es wurden Fragen gestellt, wie er sie erwartet hatte. Allerdings die Frage, *warum* er jetzt hier war, die stellte zum Glück niemand. Ob sie es etwa schon wussten? – Egal. Jedenfalls kam er drumherum, ihnen ein Märchen über sich zu erzählen. Gut so, denn es war ihm auch keines eingefallen.

Dann durfte er sich setzen. Seinen Platz konnte er sich selbst aussuchen. Was nicht besonders schwierig war, denn es war überhaupt nur noch ein einziger frei. Ganz am Ende des Hufeisens, in dessen Form die Tische der Schüler aufgestellt waren. Ein schmächtiger, rothaariger Bursche war sein Banknachbar.

„Hi, ich bin Erik", sagte er, nachdem Phil sich gesetzt hatte und streckte ihm die Hand hin.

Phil griff danach und schüttelte sie kräftig. „Phil", antwortete er.

„Hab' ich gehört. Willkommen im Zoo. Ich bin hier der Orang-Utan. Wegen der roten Haare." Er kratzte sich in der Achselhöhle und ahmte die Stimme eines Affen nach.

„Hör auf mit dem Theater, Erik", schnauzte der Lehrer. „Gib hier gefälligst nicht den Affen!"

Erik kicherte. „Da hörst Du's."

Phil grinste sich eins.

Und er musste bald feststellen, dass Erik tatsächlich alles andere war als ein Affe. Er war hellwach, blitzgescheit und wieselflink im Denken und Reagieren. Diese Eigenschaften schienen allerdings einsam zu machen, denn als es zur Pause klingelte, kümmerte sich keiner um ihn. Alle rannten hinaus und ließen ihn links liegen.

Erik schien das gewohnt zu sein, denn er machte keine Anstalten, den anderen hinterherzulaufen. Mit stoischer Ruhe packte er seine Bücher ein. Phil sah ihm dabei zu.

„Was ist, willst Du nicht auch rausgehen?", fragte er schließlich.

„Warum sollte ich?", fragte Erik zurück.

„Vielleicht, um ein bisschen mit den anderen zu quatschen?"

„Tjaaa", machte Erik gedehnt, „ich würd ja schon, aber die nicht."

„Und wieso nicht?"

„Weil ich hier der Orang-Utan bin. Klein, schmächtig, rothaarig. Sowas mögen die nicht."

„Orang-Utans sind weder klein noch schmächtig. Sie gehören zu der größten Art der Menschenaffen, die wir kennen", dozierte Phil. „Rote Haare haben sie allerdings."

„Siehst Du, darauf kommt's an", erwiderte Erik. „Und auf den Affen. Sie halten mich nämlich für einen."

„Wieso das denn?"

Erik zuckte mit den Schultern. „Keine Ahnung. Ist eben so."

„Geh'n wir trotzdem raus?", fragte Phil.

„Klar, warum nicht? Wenn Du willst."

„Will ich. Kann ich 'n bisschen frische Luft schnappen. Und quatschen können wir draußen so gut wie hier drinnen."

„Wie jetzt, Du willst mit mir quatschen?" Erik war anscheinend ehrlich erstaunt.

„Klar, warum nicht?", fragte jetzt Phil zurück.

„Und warum nicht mit den anderen?"

„Haben die mich vielleicht angequatscht, oder warst Du das?"

„Naja, aber…"

„Jetzt quatsch nicht, sondern komm", unterbrach ihn Phil und grinste dabei.

***

„Wir wissen das übrigens mit Deiner Mutter", sagte Erik, als er mit Phil an der Haltestelle stand, um auf den Schulbus zu warten. Sie hatten festgestellt, dass sie im gleichen Ort wohnten und daher denselben Bus nehmen mussten. „Der Direx hat's uns gesagt, bevor Du kamst. Aber er hat auch gesagt, wir sollten Dich möglichst nicht darauf ansprechen."

„Aber Du tust es trotzdem." Einerseits war Phil erleichtert, dass nun keine Gefahr mehr bestand, sich irgendeine Geschichte ausdenken zu müssen, andererseits hatte er aber auch wenig Lust, jetzt und hier mit Erik darüber zu reden. Den er schließlich heute erst kennengelernt hatte.

„Ja, ich tu's trotzdem", antwortete Erik. „Ich halte nicht viel davon, die Dinge unter den Teppich zu kehren. Es ist nun mal eine Tatsache. Ich finde es furchtbar, aber ich kann auch nichts daran ändern. Wenn Du willst, können wir darüber reden und wenn nicht, dann eben nicht. Ich will, dass Du das weißt."

„Du bist ganz schön direkt", stellte Phil fest.

„Stimmt", gab Erik zurück. „Wahrscheinlich können die anderen mich deshalb nicht leiden."

Phil drehte sich zu ihm um und grinste ihn an. „Ich schon." Er streckte ihm die Hand hin. „Also, auf gute Freundschaft."

Erik klatschte ihn ab. „Soll mir recht sein. Ich hoffe nur, Du bereust es nicht."

„Das werden wir ja sehen."

Der Bus kam und sie stiegen ein. Die Fahrt dauerte eine knappe halbe Stunde. Derweil saßen die beiden Jungen nebeneinander und schwiegen. Phil, der am Fenster saß, sah hinaus und betrachtete die vorbeiziehende Landschaft. So viel anders als in Moosburg, wo er früher gewohnt hatte, sah es hier auch nicht aus. Wiesen und Felder. Er würde sich hier schon einleben.

„Wenn Du willst, kannst Du ja heute Nachmittag mal vorbeikommen", sagte er zu Erik, als sie ausstiegen. Die Adresse ist…"

„Kenn ich", unterbrach ihn Erik. „Schließlich wohnst Du da ja jetzt schon 'n paar Wochen. Sowas spricht sich rum im Dorf. Wann?"

Phil zuckte die Achseln. „Mir egal. Wann Du Lust hast."

***

Kurz vor vier läutete es an der Haustür. Phil war allein zu Haus, seine Großeltern waren zum Einkaufen in die Stadt gefahren. Er ging hinunter und öffnete. Erik stand vor der Tür.

„Du hattest mich eingeladen, also wundere Dich nicht, dass ich jetzt hier bin", sagte er.

Phil lachte. „Ich wundere mich ja gar nicht. Im Gegenteil. Schön, dass Du da bist. Komm rein."

Sie stiegen hinauf auf den Dachboden, den Phils Großvater für ihn hatte ausbauen lassen.

Staunend sah Erik sich um. „Na, das ist ja mal 'ne Bude. Der Wahnsinn! Und hier wohnst Du?"

„Yep", antwortete Phil. „Nicht schlecht, oder?"

„Nicht schlecht?", schnappte Erik. „Der reinste Palast ist das, wenn Du mich fragst."

„Ich frag Dich aber nicht", lachte Phil. „Oder doch: Willst Du was trinken?"

„Cola."

„Okay."

Während Phil nach unten ging, um das Gewünschte zu holen, sah sich Erik um. Phils Zimmer nahm das gesamte Dachgeschoss ein. Neben dem Üblichen wie Bett, Kleiderschrank, Schreibtisch und reichlich Regalen gab es auch eine Sitzgruppe. Sogar ein eigenes Badezimmer hatte Phil zur Verfügung. Erik wurde ein bisschen neidisch, wenn er an sein eigenes, kleines Zimmer dachte und das Bad, das er sich mit der ganzen Familie teilen musste. Aber sein Vater war eben auch nur ein Schreinermeister und kein ehemaliger Lufthansa-Pilot, der eine Pension bekam, von der sein Vater nur träumen konnte.

Phil kam mit den Getränken zurück.

„Hier", sagte er und hielt Erik ein volles Glas hin.

„Danke", antwortete Erik, nahm Phil das Glas ab und trank einen Schluck. „Du, sag mal, was ist das denn hier?"

Er deutete auf ein Metallgestell, in das etliche elektronische Geräte montiert waren.

Phil grinste. „Das Radio für meine Lieblingssender."

„Echt? Und welche sind das? Eins-Live vielleicht?"

„Nee, nicht ganz." Phil schaltete das Gerät ein.

„KLM-eighteen-fiftyeight, Taxi Papa, Mike, Echo, hold short Runway Two-three-left, report ready", kam es aus den Lautsprechern.

"Häh?", machte Erik. "Was is'n das für'n komisches Programm? Eins-Live isses jedenfalls nich."

„Nee", lachte Phil kopfschüttelnd. „Eins-Live is das nich. Das war der Departure-Lotse auf dem Tower des Düsseldorfer Flughafens, der der KLM von Düsseldorf nach Amsterdam die Rollfreigabe zur Bahn dreiundzwanzig-links gegeben hat."

„Aha. Und so 'nen Quatsch hörst Du Dir an?"

„Naja, also direkt Quatsch is das jetzt nicht wirklich. Ohne diese Rollfreigabe käme der Luftkutscher nicht mal von seiner Position weg, geschweige denn in die Luft. Da würden die Passagiere ganz schön ärgerlich werden, wenn dieser Spruch nicht käme."

„Und was soll das heißen?"

„Das soll heißen, dass es dem Piloten von Flug eins-acht-fünf-acht jetzt erlaubt ist, von seiner Parkposition aus über die Rollwege P wie ‚Papa', M wie ‚Mike' und E wie ‚Echo' zur Startbahn dreiundzwanzig-links zu rollen und dort anzuhalten. Außerdem soll er verkünden, wann er mit dem Überprüfen seiner Flight Controls und dem Programmieren seiner Abflugroute fertig ist, damit ihm der Lotse die Startfreigabe erteilen kann, sobald die Bahn frei ist."

„Soso. Sehr interessant. Und sowas Langweiliges findest Du gut?"

„Find ich. Interessant ist es nämlich tatsächlich und langweilig kein bisschen. Jetzt ist es ja noch ruhig, aber wart's mal ab, in einer Stunde, wenn der Verkehr so richtig losgeht, ist da der Teufel los. Dann kannst Du vielleicht was erleben."

„Tolles Erlebnis. Du sitzt hier gemütlich in Deinem Sessel und hörst Dir dieses Kauderwelsch an. Was soll daran spannend sein?"

„Du musst Dir nur mal die Situation vor Augen führen. Stell Dir vor, da kommt ein Flugzeug nach dem anderen rein und ebenso viele wollen auch wieder raus. Beide Bahnen sind in Betrieb, aber man kann immer nur abwechselnd starten oder landen. Nie auf beiden Bahnen parallel, weil sie zu dicht zusammenliegen. Es herrscht ein Scheiß-Wetter, beide Bahnen sind nass, der Wind kommt aus zweihundertneunzig Grad, also fast senkrecht zur Landerichtung, mit Stärke drei, in Böen bis sechs, so dass die Vögel ganz schön zur Seite gewedelt werden, wenn der Pilot nicht aufpasst. Und zu allem Überfluss setzt einer von denen auch noch 'n ‚Pan-Pan'-Call ab, weil irgend so'n Oppa hinten in der Kabine wegen des bockigen Landeanflugs 'n Herzanfall gekriegt hat. Also ab mit der ganzen Rasselbande in die Warteschleifen, damit der Typ mit seinem kranken Oppa an Bord bevorzugt landen kann. Und prompt kommt danach der nächste und meldet Minimum-Treibstoff, womit die ganze Sortiererei von vorne losgeht. Wobei sich natürlich alle sicher sein müssen, dass sie sich gegenseitig nicht ins Gehege kommen und eventuell einer in den anderen reindonnert. Also, da wird's dann schon ganz schön spannend, sag ich Dir."

Erik sah seinen neuen Freund mit großen Augen an. „Hört sich ja fast so an, als würdest Du was davon verstehen?"

„Ich bemüh mich", antwortete Phil. „Schließlich will ich später sowas ja mal selbst machen."

„Was willst Du machen?"

„Na, Flugzeuge sortieren. Ich würd gern Fluglotse werden."

„Ja, wie jetzt, so 'nen Stress willst Du Dir antun?"

„Wieso nicht? Ich stelle mir vor, dass es ein schönes Gefühl sein muss, wenn Du die, die runterwollen, alle brav auf ihren Parkpositionen abgeliefert hast und die, die wegwollen, alle planmäßig am Himmel verschwunden sind."

„Also, ich danke schön. Mir ist die ganze Fliegerei sowieso ziemlich suspekt. Ich fahr lieber mit 'm Auto. Das ist mir sicherer."

„Stimmt *ga-ran-tiert* nicht!", setzte Phil dagegen.

Erschrocken sah Erik ihn an. Es wurde ihm bewusst, was er da gesagt hatte.

„Entschuldige, das hätt ich mir jetzt besser verkneifen sollen."

Phil gab ihm einen Klaps auf die Schulter. „Hättest Du. Weil's nämlich total falsch ist. Aber, mach Dir nix draus. Ich nehm's Dir nicht übel. Weil viele Leute so denken. Dadurch wird's aber nicht richtiger."

„Aber man hört doch immer wieder von Flugzeugabstürzen."

„Ja klar. Weil sowas natürlich spektakulär ist. Und weil's nur ziemlich selten passiert. Autounfälle passieren dagegen jeden Tag, wer weiß, wie oft. Nur, da regt sich dann kaum einer drüber auf. Von den Betroffenen mal abgesehen."

Erik sprang auf und legte Phil die Hand auf die Schulter. „Es tut mir leid, Phil."

Phil lächelte ihn an. „Schon gut, Erik. Vergiss es einfach." Er ließ sich auf die Couch fallen und zog Erik neben sich. „Bist Du überhaupt schonmal geflogen?"

„Ja, klar", antwortete Erik, „nach Malle und so. Aber noch nicht oft."

„Das mein ich nicht. Da gibt's ja kaum einen, der das noch nicht gemacht hat. Das ist ja auch gar kein richtiges Fliegen. Du steigst *hier* ein, setzt Dich hin, kriegst was zu trinken und eventuell auch was Kleines zu essen, liest die Zeitung oder guckst der Stewardess auf den knackigen Arsch und am Ende steigst Du *da* wieder aus. Das ist doch langweilig. Nein, ich meine: Selbst fliegen. Du stehst auf der Bahn, schiebst den Gashebel nach vorne, der Vogel fängt an zu rollen, wird immer schneller, bei Vr ziehst Du am Steuerhorn, der Vogel hebt ab, und Du bist in der Luft. Alles wird kleiner und kleiner da unten, wie auf einer Modelleisenbahn, Du stößt in die Wolken, nichts als Grau um Dich rum. Aber nur für kurze Zeit, dann bist Du durch. Über Dir der strahlend blaue Himmel, und die Sonne scheint so wunderbar, dass Du's gar nicht fassen kannst. Das ist ein Gefühl, sag ich Dir, das glaubst Du gar nicht."

„Hört sich ja fast so an, als ob Du das schonmal gemacht hättest?"

Phil winkte ab. „Ach, und wie oft. Und es ist jedes Mal wahnsinnig aufregend."

„Du kannst fliegen?" Erik sah ihn ungläubig an.

Phil nickte. „Kann ich. Grandpa Jimmy hat's mir beigebracht. Heimlich. Papa und Mama wollten das nicht, aber wir haben's trotzdem gemacht. Weißt Du, wir sind eine Fliegerfamilie. Opa Kramm war Pilot. Also, er ist es immer noch, aber er verdient sein Geld nicht mehr damit. Er hat vor ewigen Zeiten auf der Super-Constellation angefangen und ist dann Kapitän auf der Sieben-Null-Sieben gewesen. Zuletzt hat er die Sieben-Vier-Sieben geflogen, also den Jumbo-Jet.

Mama war eine Boeing-Pilotin. Genau wie ihr Vater. Sie hat die Triple-Seven geflogen. Den Frachter allerdings. Sie hatte es mehr mit der Frachtfliegerei als mit Passagieren zu tun. Papa fliegt den A-Dreifuffzig. Also, er hat ihn geflogen. Im Moment nicht so sehr. Weil er im Moment in Phoenix/Arizona als Fluglehrer arbeitet. Um junge Piloten auszubilden. Meine Schwester, zum Beispiel. Die will nämlich auch Pilotin werden. Nächstes Jahr ist sie fertig. Dann fängt sie an als First Officer. Auf Airbus oder Boeing, das weiß sie noch nicht.

Na, und Grandpa Jimmy fliegt natürlich auch. Allerdings nur kleine Flugzeuge und nur so zum Spaß. Der ist Ingenieur von Beruf. Und wo? Natürlich dort, wo Flugzeugteile gebaut werden. Bei General Electric in Cincinnati, wo sie die GE90-Triebwerke herstellen. Die, die unter den Flügeln der Triple-Seven hängen, wie meine Mutter sie geflogen hat.

Du siehst also: Bei uns dreht sich alles um die Fliegerei."

„Ist ja der Wahnsinn! Und Du kannst wirklich echt fliegen?"

„Sag ich doch. Wenn Du willst, nehm' ich Dich gern mal mit. Natürlich nur, wenn Du nicht zu viel Schiss hast. Es soll ja Spaß machen und kein Horrortrip werden."

Kapitel 2

Vorerst wurde jedoch nichts aus dem Abenteuer, das Phil seinem neuen Klassenkameraden vorgeschlagen hatte. Statt sich im Luftraum über seiner neuen Heimat zurechtzufinden, musste er das zunächst mal an der fremden Schule und in seiner Klasse.

Das Verhältnis zu den Mitschülern war schnell klargestellt. Phil hatte sich mit Erik abgegeben, also war er für fast alle anderen unten durch. Mit Erik hatte man einfach nichts zu tun. Punktum! Dieser Orang-Utan im Taschenformat war ein Streber, ein Schwätzer, ein Schwächling, ein Weichei, eben ein Arsch – so die Anderen. Und wenn sich mit dem einer abgab, dann war er das eben auch.

Vom Format her passte Phil ja fast zu Erik. Er hatte lange Zottelhaare, genau wie Erik. Die waren zwar nicht rot, aber trotzdem. Er war ein dürres Klappergestell, genau wie Erik. Zwar nicht so kleinwüchsig, aber trotzdem. Einzig die riesigen, dunklen Augen, die hatten schon was. Fanden jedenfalls die Mädchen. Die von Erik waren zwar auch groß, aber nur, weil er eine dicke Brille davorsitzen hatte, mit der er aussah wie eine Eule. Außerdem waren sie wässrig-blau. Die hatten gar nix, fanden die Mädchen. Naja, und die Jungs fanden, mit diesem Spargeltarzan würde man wohl kaum was anfangen können. Sportlich gesehen.

Was die Lehrer herausfanden, ließ sich auch schnell zusammenfassen. In Mathe und den Naturwissenschaften war Phil ein As. Ebenso in Erdkunde. In Deutsch und Geschichte dagegen eine glatte Fehlbesetzung. Schon dieser behäbige, bayerische Zungenschlag war doch eine Zumutung.

Englisch wiederum sprach er fließend. Allerdings das amerikanische. Was seinem Englischlehrer, der während seiner Studienzeit einige Semester in Oxford verbracht hatte, ein Gräuel war. Der Kerl sagte ‚dän-cing' statt ‚dancing' und ‚iether' statt ‚either'. Und dann die Grammatik, unmöglich! „You ain't see noth'n yet", behauptete er, wenn er ausdrücken wollte: „…that you have not seen anything like that so far". Ansonsten legte er beim Sprechen so ein Tempo vor, dass man sogar als gestandener Anglistiker ins Schleudern kam.

Französisch sprach er überhaupt nicht, gar nicht zu reden vom Lateinischen. Dafür aber Spanisch. Das knatterte er herunter wie ein Maschinengewehr. Was ihm allerdings nichts nützte, denn Spanisch wurde an dieser Schule nicht unterrichtet.

Was seine Klassenkameraden über seine sportlichen Talente vermuteten, erwies sich als zutreffend. Im Großen und Ganzen jedenfalls. Das Hallenturnen an den Geräten war eine Katastrophe. Auch die Leistungen in den allermeisten Disziplinen der Leichtathletik waren nicht nennenswert. Ganz zu schweigen von den Mannschaftssportarten. Wer so einen wie den im Team hatte, brauchte sich über eine Niederlage nicht zu wundern. Er war lediglich ein guter Läufer. Kein Wunder, so wie der Kerl gestrickt zu sein schien, würde er wohl oft genug Gelegenheit haben, sich im Davonlaufen zu üben. Je schneller, desto besser.

Was dieser Phil sonst noch konnte, das wussten sie nicht. Er sprach darüber nicht, und sie fragten ihn auch nicht. Überhaupt, was war das denn für ein Name, den er da hatte: ‚Phil Busher Jr.‘ So hieß man doch nicht! Jedenfalls nicht hier in Deutschland.

Alles in allem: *Den* Typ konnte man mal vergessen. Der war eine totale Fehlakquisition für die Klasse.

***

Phil nahm es zur Kenntnis, aber es belastete ihn nicht weiter. Er besuchte die Schule, weil er die Notwendigkeit erkannte, und er erledigte seine Hausaufgaben, weil das einfach dazugehörte. Die verbleibende Zeit verbrachte er auf dem nahegelegenen Flugplatz. Zusammen mit seinem Opa. Klar, dass der sich dorthin orientiert hatte, nachdem er aus dem Berufsleben ausgeschieden war. Einmal Flieger, immer Flieger, beförderte er jetzt nicht mehr Passagiere von A nach B, sondern brachte jungen Leuten das Fliegen bei, nachdem er Mitglied im ansässigen Fliegerclub geworden war.

Auch Phil hatte seinen Mitgliedsantrag ausgefüllt, gleich beim ersten Mal, als sein Opa ihn dorthin mitgenommen hatte. Und eine Runde über die Gegend hatten sie auch sofort gedreht. Das Wetter war ausgezeichnet gewesen, die Gelegenheit hatten sie sich nicht entgehen lassen.

Die erste Runde flog der Opa, die weiteren drehte Phil selbst.

Er musste dringend Flugstunden sammeln, damit er seine Lizenz nicht verlor. Seit dem Tod seiner Mutter war er nicht mehr geflogen, also wurde es jetzt langsam höchste Zeit. Natürlich landete er das kleine Flugzeug auch. Nach Sichtflugregeln. Was bei dem herrlichen Wetter ja auch kein Problem war.

Phil meldete sich beim Kontrollturm auf der Tower-Frequenz, 119.205 MHz, holte sich seine Landefreigabe für die Bahn 29, flog brav seine Platzrunde, fädelte sich auf dem Anflugkurs ein und setzte das Flugzeug präzise auf die zwölfhundert Meter lange und dreißig Meter breite Asphaltpiste. Er schaffte es, bei Taxiway ‚Delta' rauszukommen und rollte dann über ‚Alfa' und ‚Foxtrott' zum Hangar.

„Das waren jetzt aber nicht Sie, der da geflogen ist", meinte der Techniker, der das Flugzeug übernahm, nachdem sie ausgestiegen waren.

Uwe Kramm schüttelte lachend den Kopf. „Nee, war ich nicht." Er zeigte auf Phil, der neben ihm stand. „Das war der hier, mein Enkel."

Der Mann sah den Jungen erstaunt an. „Wie, der kann fliegen?"

„Kann er. Und darf er auch. Er hat eine Privatpilotenlizenz für mehrmotorige Flugzeuge, mit Zusatz für kontrollierten Sichtflug und Instrumentenflugberechtigung. Also, wenn Sie mal jemanden brauchen, der Sie ganz schnell irgendwohin fliegt, der hier kann das."

„Aber hier, bei uns, hat er das nicht gelernt."

„Das allerdings nicht. Sein anderer Großvater hat ihm das kürzlich beigebracht. Der fliegt nämlich auch. So wie unsere gesamte Sippschaft. Allerdings nicht hier, sondern drüben, in Ohio."

„Das glaub ich ja jetzt nicht", sagte der Mechaniker.

Uwe Kramm klopfte dem Mann auf die Schulter. „Das müssen Sie auch nicht. Sie ham's ja gesehen."

Phil stand schweigend dabei. Ihm war das ein bisschen peinlich, wie sein Opa mit den angeblichen Flugkünsten seines Enkels angab. Gut, er hatte zwar den Schein in der Tasche, der ihm das Fliegen erlaubte, aber so ganz sicher war er sich dabei noch nicht. Er wusste genau, dass er dazu noch eine ganze Menge Übung brauchte.

Anscheinend wusste sein Opa das auch, denn der wandte sich jetzt wieder an ihn: „Willst Du noch eine Runde drehen?"

Phil sah ihn überrascht an. „Geht das denn?“

„Warum denn nicht?“, antwortete der Großvater. Er drehte sich zu dem Mechaniker um und deutete auf das Flugzeug, neben dem sie standen. „Machen Sie sie ihm nochmal fertig?“

Der Mechaniker nickte. „Klar. Dauert aber 'n Moment.“

„Kein Problem. Wir gehen inzwischen was trinken.“

***

Das Flugplatzrestaurant hatte geöffnet und war ziemlich gut besucht an diesem schönen, sonnigen Tag. Die Beiden sahen sich kurz nach einem freien Tisch um und setzten sich. Uwe Kramm schien hier gut bekannt zu sein, denn als die Bedienung herübersah, gab er ihr nur ein Zeichen mit zwei ausgestreckten Fingern. Sie nickte und kam gleich darauf mit zwei Gläsern Cola an den Tisch.

„Hallo, Herr Kramm“, sagte sie und sah Phil an. „Ein neuer Schüler?“ Kramm schüttelte den Kopf. „Nein. Mein Enkel, Phil. Der kann's schon.“

Die junge Frau, die kaum älter sein mochte als seine Schwester, stellte die Gläser ab und streckte Phil die Hand hin. „Hallo Phil, willkommen im Club.“ Sie lächelte ihn an. „Ich bin die Biene. Eigentlich heiße ich Maja, aber alle hier sagen ‚Biene‘ zu mir. Obwohl ich gar nicht fliegen kann.“

„Sehr sinnig“, meinte Phil und schüttelte ihre Hand. „Servus, Biene.“

Er sah ihr nach, als sie zurück zur Theke ging. „Flotter Käfer, die Biene“, stellte er fest.

Sein Großvater zuckte die Achseln. „Kann ich nicht beurteilen“, antwortete er. „Nicht mehr. Dazu bin ich zu alt.“

Phil sah ihn entrüstet an. „Jetzt komm aber, Opa. Wo bist Du denn alt?“

„Ich bin Rentner. Und wenn man Rentner ist, ist man alt. Is' so.“

„Iss nich so“, widersprach der Junge. „Red kan' Schmarrn. Jedenfalls bist no lang net alt g'nué, um net mehr feschen Dirnd'ln nachzumschaun. Zumal, wann's ordentlich Holz vor der Hütt'n ham.“ Wenn er sich empörte, war jedem sofort klar, wo er herkam. Obwohl er sich sonst redlich bemühte, Hochdeutsch zu sprechen.

Lachend wuschelte der Großvater seinem Enkel durch die Haare. „Hast ja recht. Aber verrat' s nicht der Oma."

„Wieso denn nicht? Appetit holen ist doch erlaubt. 'Gessen wird dahoam."

Sie lachten beide und tranken einen Schluck von ihrer Cola.

Ihr kleines Wortgefecht war nicht unbemerkt geblieben. Eva Schuster, ein Mädchen aus seiner Klasse, saß am Nebentisch und hatte zugehört. Phil hatte sie nicht bemerkt, weil er mit dem Rücken zu ihr saß. Sie hatte mit ihren Eltern einen Ausflug zum Flugplatz gemacht, weil ihr Vater ein begeisterter Segelflieger war. Selbst hielt sie nicht sehr viel von der Fliegerei. Im Gegenteil, sie hatte Angst davor, in ein Flugzeug zu steigen. Es war jedes Mal ein Kampf. Und in ein so kleines, das nicht einmal einen Motor hatte, schon gar nicht. Niemals!

Trotzdem hatte sie sich ihnen angeschlossen. Wenn ihr Vater sich schon die Zeit nahm, einen Ausflug mit Frau und Tochter zu machen, dann konnte man unmöglich „Nein" sagen. Selten genug kam's ja vor. Also war sie dabei, obwohl er sich gleich wieder in so ein zerbrechliches Ding setzen und sich damit in den Himmel katapultieren lassen würde. Jetzt hatte sie ihren seltsamen, neuen Klassenkameraden bemerkt, der sich auch noch ausgerechnet an den Nachbartisch gesetzt hatte. Hoffentlich bemerkte er sie nicht. Der war ein komischer Kerl, und mit dem wollte sie gar nicht erst reden. Also versuchte sie, sich möglichst unauffällig zu verhalten.

Sie kannte den älteren Mann, der mit ihrem Mitschüler am Tisch saß. Das heißt, *kennen* war zu viel gesagt. Sie hatte nie mit ihm gesprochen. Aber sie wusste natürlich, wer er war. Uwe Kramm war auf dem Flugplatz bekannt wie ein bunter Hund. Ein ehemaliger Lufthansa-Pilot, der jetzt versuchte, anderen das Fliegen beizubringen. Allerdings, bei ihr brauchte er sich gar nicht erst zu bemühen. Sie würde in keine von seinen fliegenden Kisten einsteigen, also das war ja schonmal sicher.

Die beiden redeten über die Fliegerei, soviel bekam sie mit. Worum genau es allerdings ging, blieb ihr ein Rätsel. Denn der Slang, den die beiden draufhatten, war eine Mischung aus Deutsch und Englisch, und das Tempo, in dem sie redeten, war ihr einfach zu hoch.

Nach einer Weile kam einer der Flugplatzmechaniker an ihren Tisch und teilte ihnen mit, die Cessna sei jetzt fertig.

Aha, resümierte Eva: Da will mein komischer Klassenkamerad also Fliegen lernen. Das passte zu ihm, so abgehoben er ihr auch vorkam.

Aber dann stand der Junge auf, folgte dem Mechaniker nach draußen, und der Alte blieb sitzen. Was sollte *das* denn jetzt? Wollte er etwa doch nicht fliegen lernen? Aber was dann?

Sie wurde neugierig, entschuldigte sich kurz bei ihren Eltern, mit der Ausrede, mal aufs Klo zu müssen, und schlich den beiden hinterher.

Was sie sah, konnte sie kaum glauben.

Phil ging um die kleine Cessna herum, die da vor der Halle geparkt war und tat so, als wolle er das Flugzeug inspizieren. So war es wohl auch, und er schien es genau zu nehmen, denn es dauerte eine ganze Weile. Dann stieg er ein, startete den Motor und rollte los. Allein. Sie sah genau, dass niemand sonst in dem Flugzeug saß. Der würde doch nicht etwa…?

Gespannt beobachtete sie, wie Phil zur Startbahn rollte, abhob und davonflog. Einfach so. Und allein. Nicht zu fassen!

***

„Du ahnst ja gar nicht, was ich gestern erlebt hab'", verkündete Eva tags darauf ihrer besten Freundin Simone, als sie sich vor Beginn des Schulunterrichtes im Klassenzimmer trafen.

„Nee, wie auch", gab Simone zurück. „Du hast es ja vorgezogen, den gestrigen Nachmittag ohne mich zu verbringen."

Eva ging auf den spitzen Ton ihrer Freundin nicht ein. „Ich war mit meinen Eltern auf dem Flugplatz", erklärte sie. „Papa hatte endlich mal wieder Zeit. Da war es natürlich klar, dass ich da mit von der Partie war. Aber was ich da gesehen habe, das glaubst Du nicht."

Simone zuckte gleichgültig mit den Schultern. „Was gibt's da schon zu sehen? – Flugzeuge. Na und?"

„Klar, gibt's da Flugzeuge zu sehen. Aber auch Leute, die damit fliegen. Und weißt Du auch, wer sowas macht?" Sie deutete mit dem Kopf in Phils Richtung. „Unser Bazi macht sowas."

„Was macht der?"

„Na, fliegen."

„Na und? Hab' ich auch schonmal. Was ist dabei?"

„Ja, mitgeflogen bist Du vielleicht, aber der Bazi ist allein geflogen."

„Wie jetzt?"

„Er ist in ein Flugzeug eingestiegen und damit losgeflogen. Allein. Ich hab's genau gesehen."

„Du spinnst doch." Simone tippte sich an die Stirn.

„Wenn Du mir nicht glaubst, kannste ihn ja fragen. Da vorn sitzt er und quatscht mit dem Orang."

Tatsächlich saßen Phil und Erik auf ihren Plätzen am Ende des Hufeisens und redeten miteinander. Das Thema war das gleiche wie bei den beiden Mädchen. Phil versuchte, Erik zum Mitkommen zu überreden. Er wollte am Nachmittag wieder mit seinem Opa zum Flugplatz hinaus. Und Erik sollte sie begleiten.

„Du bist doch schonmal geflogen, hast Du gesagt", erinnerte sich Phil.

„Naja, 'n paarmal nach Malle, oder so", antwortete Erik. „War aber nichts Besonderes. Fand ich jedenfalls."

„Ist es aber doch. Wenn Du willst, zeig ich's Dir. Da musst Du nur mal mit rauskommen. Opa ist jeden Tag da, und er hat beteuert, dass ich, wenn ich Lust hätte, ruhig mit ihm zusammen hingehen bräuchte. Und wenn Du auch Lust hast, können wir ja vielleicht mal 'ne Runde drehen."

„Meinst Du denn, Dein Opa nimmt mich mal mit?"

Phil grinste. „Wart's ab."

Der Lehrer kam herein und beendete die weitere Unterhaltung der beiden. Die sie auch im Verlauf des weiteren Schultages nicht fortsetzten. Erst als sie sich nach Unterrichtsschluss aus dem Schulbus stiegen, kam Phil wieder darauf zurück.

„Also, wenn Du Lust hast, mitzufahren, dann kannst Du ja nachher bei mir vorbeikommen."

„Ich überleg's mir", antwortete Erik.

***

Und am Nachmittag, kurz vor vier, stand er dann vor der Tür. Phil und sein Großvater wollten gerade losfahren.

„Also hast' es Dir überlegt", meinte Phil, als sie einstiegen.

Erik nickte. „Versuch macht kluch."

„Na prima. Dann mal los."

Die Fahrt dauerte eine knappe halbe Stunde. Nachdem sie angekommen waren, fragte Herr Kramm seinen Enkel: „Was wollt Ihr denn jetzt machen?"

„Erst mal rauf in den Turm", antwortete Phil. „Da war ich noch nicht. Vielleicht kannst Du mich ja mit den Leuten dort bekannt machen. Und ich kann Erik den Platz zeigen."

Oben, in der Glaskanzel des kleinen Kontrollturms, saß ein einzelner Mann vor einem Tisch, auf dem die verschiedenen Geräte standen, die man zur Luftraumüberwachung braucht. Er war ungefähr in Uwe Kramms Alter. Die beiden Männer kannten sich.

„Ah, Moin Uwe", begrüßte der Lotse den alten Flugkapitän. „Schön, dass Du Dich auch mal wieder hier oben blicken lässt." Er musterte die beiden Jungen, die ebenfalls hereingekommen waren und jetzt in der Mitte des Raums standen. „Neue Flugschüler dabei?"

„Nicht ganz", antwortete Kramm und zeigte auf Phil. „Das ist mein Enkel Phil, und der kann's schon. Der andere ist Erik, und der geht mit ihm in eine Klasse. Ob der Fliegen lernen will, weiß ich nicht. Gesagt hat er's jedenfalls nicht."

Der Lotse erhob sich aus seinem Sessel, ging hinüber zu den beiden Jungs und streckte Phil die Hand hin. „Papa-Hotel-India-Lima, you're identified. Schönen, guten Tach." Er schüttelte Phil die Hand und deutete auf einen Stuhl. „Decent flight level zero and sit down."

„Papa-Hotel-India-Lima, Wilco", antwortete Phil grinsend und setzte sich.

„Ah, die Sprache versteht er also schonmal", sagte der Lotse, ebenfalls grinsend. „Und was ist mit dem da?" Er deutete auf Erik.

„Echo-Romeo-India-Kilo, you are number two to sit", sagte Phil. "You are cleared for VFR-Approach auf den anderen Stuhl. Report sitting."

Erik stand da und sah seinen Freund verständnislos an. „Häh?", machte er.

„Er hat gesagt, Du sollst Dir einen Stuhl nehmen und Dich hinsetzen", antwortete Kramm.

„Zu mir hat er garnix gesagt", widersprach der Junge.

„Klar, hab' ich", mischte sich Phil ein. „Oder heißt Du auf einmal nicht mehr Erik?"

„Natürlich, aber das hast Du nicht gesagt."

„Hab' ich wohl. Echo-Romeo-India-Kilo, Erik. Das bist Du doch, oder?"

Erik tippte sich an die Stirn. „Spinnst Du jetzt total, oder was?"

„Nee, tut er nicht", warf der Lotse ein. „Echo-Romeo-India-Kilo ist auf jeden Fall besser als Erik. Dann kann man ihn nämlich nie verwechseln mit Echo-Romeo-India-Charlie, der ja genauso ausgesprochen würde. Stell Dir mal vor, der sitzt in einem Flugzeug und ich würde dem diese Anweisung geben. Dann kracht er mir ja ins Getreide, statt dass er sich auf einen Stuhl setzt."

„Der würde gar nicht auf Sie hören", wandte Erik ein.

„Doch, würde er. Das muss er nämlich. Piloten müssen immer den Anweisungen der Fluglotsen folgen. Sonst kann das übel ausgehen. Ich hab' da mal so'nen Fall erlebt, da war auch so'n Bengel, wie Du. Hatte gerade seinen Schein gemacht und probierte jetzt die ersten Alleinflüge. Das Wetter war nicht so wahnsinnig toll, und er trödelte unter den Wolken im Anflugsektor rum. Hat sich nicht gemeldet und gar nix. Wenigstens hatte er seinen Transponder eingeschaltet, so dass ich wenigstens wusste, wer das war. Und ich hatte diesen Business-Jet auf dem Schirm, der sich fertig gemacht hatte, hier zu landen. Der war in den Wolken, konnte also nichts sehen und war drauf und dran, den Burschen samt seiner kleinen Cessna zu verschlucken. Wenn der Kerl also auf mein ,Turn left, immediately' nicht sofort reagiert hätte, dann hätt's hier 'ne Menge Scherben gegeben. Hinterher hat ihn dann sein Pilotenkollege ordentlich zur Brust genommen. Dessen TCAS hatte nämlich schon Alarm geschlagen. Zum Glück hatte er sofort hochgezogen und einen ,Go-around' geflogen."

„TCAS? Was ist das denn?", fragte Erik, der sich inzwischen hingesetzt hatte.

„TCAS, das ist das Traffic Alert and Collision Avoidance System. Mit dem müssen alle Verkehrsflugzeuge ausgerüstet sein. Das merkt, wenn sich zwei Verkehrsflugzeuge zu nahe kommen und schickt dann das eine nach oben und das andere nach unten. Nur, die kleine Cessna hatte sowas natürlich nicht, darum hat der Bengel auch nichts gemerkt. Also hab' ich ihn nach links geschickt. Nach unten ging ja nicht. Dann wär er mir am Ende noch ins Gemüse gedonnert."

Erik grinste. „Also gut. Hier Echo-Romeo-India-Kilo. Ich hab' mich jetzt hingesetzt. Sind Sie jetzt zufrieden?"

„Nein", antwortete der andere prompt. „Du sollst meine Anweisungen bestätigen und keine Volksreden halten. Für sowas hat ein Lotse keine Zeit."

„Aha. Und was soll ich dann sagen?"

„Wilco. Wilco reicht."

„Gut. Und was heißt das?"

„Das heißt: Will comply, also: Mach ich. Hat Phil auch gesagt, wenn Du Dich erinnerst."

Uwe Kramm hatte sich den Wortwechsel amüsiert angehört. Jetzt wandte er sich an den Lotsen: „Uniform-Whiskey-Echo, Stadtlohn-Tower, request taxi."

Der Lotse nickte. „Uniform-Wiskey-Echo, Stadtlohn-Tower, taxi Treppe runter, turn left, direction Flur, hold-short Restaurant-Eingang. Call Biene on One-two-three point Niner, und tschüss."

Lachend ging Uwe Kramm hinaus.

Der Lotse wartete, bis Kramm die Tür hinter sich geschlossen hatte. Dann ging er zu den beiden Jungen hinüber. „So, jetzt nochmal. Mein Name ist Heinz Schlosser. Ihr könnt Heinz zu mir sagen. Aber bitte nicht Henry, das mag ich nicht. Früher war ich mal Fluglotse bei ‚Langen-Radar', heute mache ich hier so 'n bisschen rum. Aus Spaß an der Freud, und weil's sonst kaum einer machen will."

Phil sprang auf und schüttelte Schlosser die Hand. „In Langen? Echt? Dann müssten Sie ja eigentlich meine Eltern kennen. Phil und Jenny Busher. Er A-Drei-fuffzig Paxe und sie Triple-seven Cargo."

„Naja, *kennen* ist zu viel gesagt. Das wohl nicht. Aber wir haben bestimmt schonmal miteinander gesprochen. Und Du willst jetzt in ihre Fußstapfen treten?"

„Nee, kaum. Das ist eher was für meine Schwester. Die ist gerade in Phoenix zum Training. Ich will eher sowas machen wie Sie."

„Ist das Dein Ernst? Das willst Du Dir antun?"

„Klar, warum nicht?"

„Ziemlich stressig, der Job."

Phil winkte ab. „Ach was. Stress kennt nur der Leistungsschwache", tönte er großspurig.

Schlosser lachte. „Wo hast Du *den* Spruch denn her?"

„Hat meine Mama immer gesagt."

Den Rest des Nachmittags verbrachten die beiden Jungen dann auf dem Kontrollturm. Es herrschte starker Flugverkehr, und Heinz Schlosser hatte reichlich zu tun, so dass es seinen beiden Gästen nicht langweilig wurde. Zum Fliegen kamen sie jedenfalls an diesem Tag nicht mehr.

Kapitel 3

Das änderte sich auch in den nächsten Tagen nicht. Sie kamen nicht einmal zum Flugplatz hinaus. Phils Großvater fiel als Transportmöglichkeit aus, weil die Gärtner bei ihm waren, die irgendwas in seinem großen Garten umbauen sollten. Phil hätte selbst das Auto nehmen können, das wäre kein Problem gewesen, fahren konnte er ja schließlich. Aber er durfte nicht. Jedenfalls nicht hier in Deutschland. Anders als in den USA durfte man hierzulande nicht mit sechzehn, sondern erst mit achtzehn Jahren Autofahren. Blöd, aber nicht zu ändern. Naja, und mit dem Fahrrad hinauszufahren, das war ihm definitiv zu weit. Stattdessen nahm er es, um damit ins Freibad zu fahren. Das war leicht zu schaffen, denn das Freibad lag nur ein paar Kilometer entfernt.

Kurz vor vier stand Erik vor der Tür. Wie immer. Auf den war Verlass. Die anderen mochten über ihn sagen, was sie wollten, aber der Junge hatte sein Leben im Griff. Sein Tagesablauf war genau strukturiert: Vormittags Schule, dann Mittagessen, nachmittags Hausaufgaben. Gegen fünfzehn Uhr dreißig war er in der Regel damit fertig, dann Freizeit. Meist mit Phil. Er hatte ja sonst niemand, der sich mit ihm abgeben wollte.

Heute wollten sie ins Freibad. Bei der Hitze war ihnen die Entscheidung, baden zu gehen, nicht schwergefallen. Und es war wirklich verdammt heiß. Als sie ihre Fahrräder abstellten, hätte man ihre T-Shirts auswringen können.

Wie nicht anders zu erwarten, war es proppenvoll.

Phil sah sich um. Er war noch nicht hier gewesen. Es gab ein einziges, großes Becken. Schwimmen konnte man darin kaum. Jedenfalls heute nicht. Dazu war es zu voll. Genau wie auf der Liegewiese. Mit Mühe fanden sie dann doch noch ein freies Plätzchen. Allerdings ziemlich weit ab vom Schuss. Dafür aber im Schatten, unter den Bäumen.

Das Wasser war lauwarm. Sehnsüchtig dachte Phil an den schönen, großen Pool im Garten von Grandpa Jimmy. Da wäre er jetzt bestimmt allein gewesen, und er hätte sich wirklich abkühlen können. Trotzdem brachte das hier auch eine gewisse Erfrischung. Vor allem angesichts der Bullenhitze draußen.

Phil hatte Erik untergehakt, um ihm den Weg zu zeigen. Der wollte seine Brille im Wasser nicht aufbehalten, und ohne die war er blind wie ein Maulwurf. Aber es war schon vorgekommen, dass er's doch getan hatte und ihm das schwere, klobige Ding dann im Wasser abhandengekommen war. Die anschließende Suche danach hatte sich als höchst schwierig und letztendlich erfolglos erwiesen. Das wollte er lieber nicht nochmal riskieren. Dann ließ er sich doch lieber von Phil abschleppen. Auch wenn's ein wenig komisch wirkte.

„Du musst mich nicht so festhalten", meinte er deshalb. „Sonst meinen die anderen noch, wir hätten was miteinander."

„Besser das, als wenn Du auf die Schnauze knallst, Du Blindfisch", entgegnete Phil.

Natürlich schafften sie es ohne Unfall bis zum Schwimmbecken und danach auch wieder zurück zu ihrem Liegeplatz. Ohne Unfall zwar aber nicht ohne gesehen und erkannt zu werden.

Simone stieß ihre Freundin Eva an: „Da, guck mal, wer auch da ist."

Eva, die rücklings auf ihrem großen Badetuch lag und in der Sonne röstete, richtete sich auf und sah sich um. „So, wer denn?"

„Na, da vorne." Simone streckte den Arm aus und zeigte auf die beiden Jungen, die herumalbernd über die Wiese liefen. „Der Bazi und der Orang, wie immer, in trauter Einheit zusammen", lästerte sie.

Jetzt hatte Eva die beiden auch entdeckt. „Tatsächlich. Führ'n sich auf wie'n Liebespaar."

Simone kicherte. „Vielleicht sind sie eins."

„Glaub ich nicht."

„Weiß man's?"

„Ach hör auf." Eva stupste ihre Freundin gegen den Oberarm. „Das sieht man doch, dass da nix is. Der Orang hat seine Brille nicht auf. Drum muss der Bazi ihn abschleppen. Find ich ja irgendwie nett von dem."

„Seit wann findest Du den Bazi nett? Das is ja ma ganz was Neues. Oder imponiert er Dir, weil er fliegen kann?"

„Sei nicht albern, Moni. Wieso sollte er mir damit imponieren?"

„Naja, weil Du Schiss vorm Fliegen hast und er nicht. Im Gegenteil, er kann's sogar selbst." Sie kicherte leise. „Vielleicht lädt er Dich ja mal ein, mitzufliegen. Damit Du Deine Angst verlierst."

„Ganz sicher nicht. Der ist doch so abgehoben, der sieht mich doch gar nicht."

„Sollte er denn?"

„Och, wenn Du mich so fragst, sooo schlecht sieht er gar nicht aus."

„Kein Wunder. Mit dem Orang daneben sieht jeder erstmal gut aus. Nur, mir wär der zu dürr. Und die langen Zotteln, die er hat, gefallen mir auch nicht."

„Also, ich find's nicht schlecht."

***

Der Meinung war Eva auch noch am nächsten Morgen, als sie Phil in die Klasse kommen sah. Natürlich wieder mit Erik im Schlepptau gleich hinterher. Die Beiden schienen ja wirklich unzertrennlich zu sein. Gut, Phil war zwar sehr schlank, aber die ausgeprägten Muskeln, die sich unter dem engen Stretch-T-Shirt abzeichneten, das er trug, waren durchaus bemerkenswert. Das war ihr gestern gar nicht so aufgefallen, obwohl er da nichts weiter als eine Badeshorts getragen hatte.

Allerdings, mit den schulterlangen, glatten Haaren, den riesigen, dunklen Augen und den langen Wimpern sah er auch ein bisschen aus wie ein Mädchen. Nicht, dass er ihr dadurch weniger attraktiv erschien, aber ungewöhnlich war das schon. Im Vergleich zu den anderen Jungs hier allemal.

Und ob er jetzt wirklich so ein Arsch war, wie alle behaupteten, hatte sie selbst auch noch nicht feststellen können. Sie hatte ja noch kein Wort mit ihm gewechselt. Vielleicht sollte sie das bei nächster Gelegenheit mal tun, dann konnte sie sich ein eigenes Urteil bilden. Aber nur, wenn Simone nicht dabei war. Denn deren abschließendes Urteil über den ‚Bazi' stand ja schon fest. Und so wie sie ihre beste Freundin kannte, würde sich daran auch kaum etwas ändern lassen.

„Sag mal, was starrst Du denn die ganze Zeit so auffällig zu dem Bazi rüber?", platzte Simone dann auch prompt in ihre Überlegungen hinein.

„Ich?", antwortete Eva, scheinbar erstaunt. „Zufall", wiegelte sie ab. „Ich hab' nur gerade über was nachgedacht."

„Aha. Vielleicht über das, was der Bazi in der Hose hat?"

„Sei nicht albern, Moni. Der interessiert mich überhaupt nicht. Und schon gar nicht, was er in der Hose hat."

„Sah mir aber ganz so aus. So wie Du den angeglotzt hast."

„Ein für alle Mal, Moni", erwiderte Eva energisch, „ich hab' nichts mit dem, und ich will auch nichts von dem. Merk Dir das."

Simone grinste. Na, das werden wir ja sehen, dachte sie. Aber sie sagte es nicht. Trotzdem, sie hatte Evas Blick bemerkt, und sie kannte ihre Freundin gut genug, um diesen Blick richtig einordnen zu können.

Sie konnte zwar nicht so richtig nachvollziehen, was Eva an dem Kerl fand – wenn sie denn überhaupt etwas an ihm fand. So sicher war das ja mal nicht, aber sollte es tatsächlich so sein, wär's ja am Ende auch nicht so verkehrt. Eva war ein Mauerblümchen, das sich schwertat mit Jungs. Einen richtigen Freund hatte sie noch nie gehabt. Nicht mal ansatzweise. Jetzt war der Bazi zwar nicht gerade der ideale Kandidat, aber für den Anfang vielleicht gar nicht mal so schlecht. Vielleicht sollte sie ihrer Freundin da mal ein wenig auf die Sprünge helfen.

***

Am Nachmittag, im Schwimmbad, sorgte Simone dafür, dass auf der Liegewiese der Platz neben dem, auf dem sie sich niedergelassen hatten, frei blieb. Der heutige Tag war ein ebenso sonniger, ebenso heißer Sommertag wie der gestrige, da würden der Bazi und der Orang bestimmt auch wieder auftauchen.

Sie hatte sich nicht getäuscht, und sie musste auch nicht lange warten, da kamen die beiden auch schon. Lang und schlaksig der Bazi, klein und dürr der Orang, mit den unvermeidlichen Glasbausteinen vor den Augen, schlenderten sie über die Liegewiese, nach einem freien Platz Ausschau haltend.

„Hier ist noch frei, wenn Ihr wollt", rief Simone, als die beiden Jungen näherkamen.

Phil sah das Mädchen verwundert an. Und auch Eva hatte sich ruckartig aufgerichtet. Was sollte das denn jetzt? Wieso quatschte Simone die beiden einfach an? Sonst wollte sie doch auch von denen nichts wissen.

Phil drehte sich zu Erik um, der hinter ihm stehen geblieben war: „Was meinst Du?"

Erik zuckte gleichgültig mit den Schultern.

„Na gut", sagte Phil daraufhin und breitete sein Badetuch neben Evas aus. Die schlechteste Idee war das nicht. Die Mädels sahen ja ganz schön knackig aus in ihren winzigen Bikinis. Warum also nicht?

Er sah wieder zu Erik hinüber. „Echo-Romeo-India-Kilo, behind Papa-Hotel-India-Lima, VFR-Approach Badetuch, Wind zero knots, Visibility unlimited, cleared to land, behind", sagte er und ließ sich auf sein Badetuch fallen.

Erik grinste. „Echo-Romeo-India-Kilo, behind Papa-Hotel-India-Lima, VFR-Approach Badetuch, cleared to land, behind", wiederholte er, breitete sein Badetuch aus und ließ sich ebenfalls nieder.

Simone schüttelte den Kopf. „Seid Ihr bescheuert, oder was?"

Erik wandte den Kopf zu ihr hinüber. „Wusstest Du das nicht?"

„Schon", gab sie zurück. „Aber, dass es so schlimm ist, das war mir neu."

„Tja, man lernt eben 'ne ganze Menge im Leben, was?", meinte Erik und streckte sich aus.

„Und was sollte das eben?", fragte Simone.

„Das war die Freigabe für Erik zur Landung auf den Badetüchern", antwortete Phil.

Simone schüttelte den Kopf, aber Eva lachte laut los. „Du hast wohl auch nur die Fliegerei im Kopf, oder?"

„Nicht nur im Kopf", sagte Phil, „auch im Hintern. Beim Fliegen ist das Gefühl im Hintern äußerst wichtig, sagt mein Opa. Und der muss es wissen."

„Aha. Und wieso das?", meldete sich jetzt Simone wieder.

„Mein Opa war früher mal Pilot", gab Phil Auskunft. „Das heißt, er ist es immer noch. Nur nicht mehr so richtig."

„Was soll das heißen?"

„Naja, früher hat er die Sieben-Vier-Sieben geflogen, heute fliegt er nur noch so kleine Nuckelpinnen. Früher für Geld, heute zum Spaß."

„Hat er Dir das Fliegen beigebracht?", wollte Eva wissen.

Phil schüttelte den Kopf. „Nee, hat er nicht. Das war mein anderer

Opa. Aber, sag mal, wieso weißt Du überhaupt, dass ich fliegen kann?"

„Hab' ich neulich gesehen. Da war ich mit meinen Eltern auf dem Flugplatz. Mein Papa fliegt Segelflugzeuge."

„Du auch?"

„Nee, ich doch nicht. Sowas würd mir keinen Spaß machen."

„Quatsch, keinen Spaß", warf Simone ein. „Du hast Schiss, gib's zu." Sie wandte sich an Phil. „Jedes Mal, wenn sie in ein Flugzeug steigen soll, macht sie sich fast in die Hosen."

„Gar nicht", protestierte Eva und wurde rot im Gesicht. „Ich flieg eben nicht gern, das ist alles."

Phil nickte verständnisvoll. „Kenn ich. Da bist Du nicht die Einzige. Mein Vater hat mir da Geschichten erzählt, die glaubst Du gar nicht."

„Ist Dein Vater Arzt?"

„Nee, Pilot. Aber der fliegt Airbusse, keine Boeings, wie der Opa."

„Ach, is ja 'n Ding. Und jetzt willst Du also auch einer werden?"

„Nee, ich bin ja schon einer. Allerdings, Verkehrsflugzeuge will ich mal nicht fliegen. Mir reichen die kleineren Dinger. Wenn Du willst, nehm' ich Dich gern mal mit. Wirst sehen, das ist gar nicht so schlimm. Im Gegenteil, das macht sogar richtig Spaß."

„Vergiss es", warf Simone ein. „Ehe Du die in so ein kleines Flugzeug kriegst, fallen Weihnachten und Ostern auf einen Tag."

Eva sprang auf. Sie hatte jetzt genug von dieser Unterhaltung. „Woll'n wir schwimmen geh'n?"

Phil lachte und erhob sich ebenfalls. „Dazu waren wir eigentlich hergekommen."

***

An den folgenden Tagen trafen sie sich noch mehrmals im Schwimmbad. Die beiden Mädchen kamen allmählich zu der Erkenntnis, dass Phil und Erik gar nicht so übel waren, wenn man sie erstmal ein bisschen besser kennen gelernt hatte. Gut, Erik war sicherlich kein Typ zum Verlieben, aber eigentlich war er ganz okay. Naja, und Phil war sogar ein richtiges Schnuckelchen.

Fand Eva jedenfalls. Simone weniger. Die stand eher auf sportliche Typen. Kein Wunder, sie war selbst eine begeisterte Sportlerin. Auch von der Figur her. Ganz schön kräftig war sie. Nicht fett, aber eben kräftig. Im Gegensatz zu ihrer Freundin, die eine ebenso schmales Handtuch war wie Phil. Insofern passten die beiden ganz gut zueinander. Fand Simone.

Mehr war da allerdings nicht. Das hätte sie gemerkt. So gut kannte sie ihre Freundin Eva allemal. Man traf sich im Schwimmbad, ging schwimmen und quatschte miteinander. Das war's. Und in der Schule nicht mal Letzteres. Da hielten die Mädchen sich eher an ihre Clique, und der Bazi und der Orang blieben für sich.

Als das Wetter umschlug, war es dann auch wieder mit den gemeinsamen Schwimmbadbesuchen zu Ende. Anderswo verabredeten sie sich nicht.

***

Nur einmal, da begegnete Phil Eva auf dem Flugplatz. Sie war mit ihrem Vater hinausgefahren, der sich nicht schlecht gewundert hatte, wieso sie plötzlich freiwillig dorthin mitkommen wollte, und Phil war natürlich mit seinem Opa dort. Ohne Erik diesmal. Der hatte einen Zahnarzttermin und konnte daher nicht.

Phil wollte die Gelegenheit nutzen und ein paar Flugstunden sammeln. Das Wetter war zwar nicht gerade ideal, tiefhängende Wolken, böige Winde, aber das war ihm egal. Auch, dass er deswegen vermutlich wohl kaum Zahlgäste finden würde, die auf einen Rundflug scharf waren, machte ihm nichts. Flog er eben allein. Dann brauchte er auch auf niemanden Rücksicht zu nehmen.

Er wollte gerade den Clubraum verlassen und zum Hangar hinübergehen, als Eva und ihr Vater hereinkamen. Überrascht sprach er das Mädchen an: „Hi, Eva, was machst Du denn hier? Ich dachte, die Fliegerei wär nicht so Deins?"

„Ist sie ja auch nicht. Aber mein Papa wollt's heute unbedingt mal wieder versuchen."

Phil sah den Mann an, der neben Eva stand. Er streckte ihm die Hand hin. „Guten Tag, ich bin Phil. Ich geh mit Eva in eine Klasse", sagte er höflich.

Carsten Schuster schüttelte ihm die Hand. „Hallo Phil, schön Dich kennenzulernen. Was machst Du hier?"

„Ich bin mit meinem Opa gekommen."

Er zeigte auf Uwe Kramm, der mit zwei anderen Clubmitgliedern an einem der Tische saß und Karten spielte.

„Ah, der Uwe. Das ist Dein Opa?"

Phil nickte.

„Dann bist Du sicher hier, damit er Dir das Fliegen beibringt, oder?"

„Das kann er schon", warf Eva ein.

Schuster war erstaunt. „Wirklich? Wie alt bist Du denn?"

„Sechzehn. Seit ein paar Monaten."

„Und da kannst Du schon fliegen? Das ist ja erstaunlich. Was denn? Doch bestimmt Segelflugzeuge, oder?"

Phil schüttelte den Kopf. „Nein. Die nicht. Nur Motorflugzeuge."

„Das glaub ich ja jetzt nicht", zweifelte Schuster.

„Wenn Sie wollen, können Sie ja mitkommen. Dann zeig ich's Ihnen. Ich wollte gerade los."

Schuster sah kurz aus dem Fenster, bevor er sich wieder zu Phil umdrehte. „Warum nicht? Mit dem Segeln wird das heute sowieso nix, bei dem Scheiß-Wetter. Was meinst Du?", fragte er seine Tochter.

Eva schüttelte heftig mit dem Kopf. „Ohne mich, das weißt Du doch."

„Ach komm, Eva, jetzt stell Dich doch nicht so an."

„Ich will aber nicht", beharrte sie trotzig.

„Aber warum denn nicht?", fragte nun Phil. „Da kann doch gar nix passieren. So schlecht ist das Wetter ja jetzt auch wieder nicht." Er setzte den treuesten Hundeblick auf, den er zur Verfügung hatte. „Och, bitte. Sei doch kein Spielverderber."

Eva sah ihn an. Er lächelte. Schließlich lächelte sie zurück. „Na gut. Aber wenn ich sage: ‚Wir landen', dann landen wir. Klar?"

„Abgemacht", Phil freute sich, dass sie Ja gesagt hatte. „Also, dann los."

Gemeinsam gingen sie hinüber zum Hangar. Der Mechaniker, der dort gerade mit einer zweimotorigen ‚Beech King Air' beschäftigt war, erkannte Phil sofort und ging auf ihn zu.

„Schlechtes Timing, Phil", sagte er. „Die Cessnas sind alle weg." Er deutete auf das Flugzeug neben ihm. „Die hier ist die einzige, die ich noch hab'."

„Ist die frei?"

Der Mann nickte. „Jetzt ja. Ist vorhin reingekommen. Ich hab' sie gerade fertiggemacht. Wenn Du willst, kannst Du sie haben."

„Okay, ich nehm sie", antwortete Phil.

„Ist aber 'ne Zweimotorige."

„Das seh ich. Ist das 'n Problem?"

„Für mich nicht. Wenn's für Dich keins ist."

„Nee, ist es nicht. Ich hab' so eine schon öfter geflogen."

„So? Aber nicht hier, das wüsst' ich aber."

„Nee, hier nicht, aber bei Grandpa Jimmy. Der hat mir beigebracht, wie man mit so einer umgeht. Hin und her zwischen Cincinnati und Dayton. War 'ne ziemlich coole Sache."

„Allein?"

„Erst nicht, später schon."

„Na dann. Dann will ich sie mal auftanken. Wie lange willst Du denn oben bleiben?"

Phil zuckte mit den Schultern. „Weiß ich noch nicht. 'Ne Stunde vielleicht, länger nicht. Ich hör mal, was der Tower sagt."

Er drehte sich um und ging zurück zum Terminal. Eva und ihr Vater folgten ihm.

***

Oben, im Kontrollturm saß der Lotse und langweilte sich. Es war nichts los an diesem Tag. Wahrscheinlich, weil das Wetter zu schlecht war.

„Hallo Heinz", begrüßte ihn Phil. „Gibt's ATIS?"

„ATIS gibt's hier nicht, das weißt Du doch", antwortete der Lotse. „Ich bin ATIS."

„Na gut, dann erzähl mir mal was."

„Hm. Runway neunundzwanzig in use und trocken, Wind aus zwoachtzig mit fünf Knoten, Böen bis elf. Bewölkung sechs Achtel, Wol-kenuntergrenze bei zwotausend Fuß, Tendenz steigend. Horizontalsicht mehr als zehn Kilometer, QNH tausenddrei", ratterte er herunter.

„Na also, geht doch", meinte Phil.

„Wohin willst Du denn?"

„Nur 'n paar Runden drehen. Ziemlich tief, damit meine Passagiere hier auch was zu sehen kriegen."

„Und womit?"

„Mit der King Air da draußen."

„Was denn, die willst Du Dir antun, die lahme Kiste?"

„Warum nicht? Ich will ja mit dem Ding keine Loopings drehen. Und 'ne andere ist außerdem nicht da."

„Na, dann mal viel Spaß."

„Danke", antwortete Phil und wandte sich zum Gehen, „ich meld mich."

„Das will ich auch schwer hoffen", meinte der Lotse noch, bevor die Tür zufiel.

Wenig später saßen sie in der geräumigen Beech King Air. Die konnte eigentlich bis zu zehn Passagiere mitnehmen und wurde in der Regel auch von zwei Piloten geflogen. Deshalb fragte Phil Evas Vater auch: „Wollen Sie vorne sitzen und den Funk machen?"

Carsten Schuster lachte. „Lieber nicht. Kann ich auch gar nicht. Ich bin schon froh, wenn ich meinen Segelflieger einigermaßen stabil in der Luft halten kann, da kann ich dabei nicht auch noch quatschen. Ich wüsste auch gar nicht, wie's geht."

„Kein Problem", winkte Phil ab, „mach ich's eben selbst."

Während es sich Vater und Tochter hinten auf den Passagiersitzen bequem machten, überprüfte Phil die Instrumente und machte die Pre-Flight-Checks. Dann setzte er sich die Kopfhörer auf.

„Am besten auch aufsetzen", sagte er, nach hinten gewandt. „Ist zwar nicht besonders lärmig hier drin, aber man versteht sich dann trotzdem besser."

Artig setzten sich Eva und ihr Vater die Kopfhörer auf. Phil nickte zufrieden. Allerdings bemerkte er auch, dass das Mädchen ziemlich blass geworden war.

„Brauchst keine Angst zu haben, da passiert schon nichts. Wirst sehen", versuchte er, sie zu beruhigen. Eva zuckte zusammen, als sie seine Stimme laut und deutlich über die Kopfhörer empfing. Aber sie lächelte tapfer.

Phil drehte sich wieder nach vorne. Er drückte auf einen kleinen Knopf am Steuerhorn. „Tower, Delta-Echo-Lima-Yankee-Foxtrott, ready to start engines and taxi", sagte er.

"Delta-Yankee-Fox, taxi Foxtrott, left on Alfa, right on Echo, hold short Runway-two-niner, Squawk-Three-zero-one-three", kam es aus den Kopfhören zurück.

"Foxtrott, left Alfa, right Echo, short of Runway-two niner, Squawk-Three-zero-one-three, Delta-Yankee-Fox", bestätigte Phil.

"Was war das denn jetzt?" fragte Eva.

„Heinz hat mir die Rollfreigabe erteilt", antwortete Phil. „Von hier bis zur Bahn."

„Hörte sich aber kompliziert an."

„War's aber nicht. Alles ganz easy."

„Wenn Du meinst. Und wohin fahren wir jetzt?"

„Wie fahren gar nicht. Flugzeuge fahren nicht, die rollen. Weil ja die Räder bei Flugzeugen niemals angetrieben sind. Also wir rollen über die Rollwege F, A und E bis zur Bahn und warten dort."

„Auf was?"

„Keine Ahnung, das hat er nicht gesagt."

„Und warum fliegst Du dann nicht einfach los?"

„Weil er mir gesagt hat, ich soll an der Bahn warten. Vielleicht hat er ja gerade einen im Landeanflug. Und dann kann ich ja nicht einfach auf der Bahn rumturnen, sondern muss erst warten, bis der durch ist. Aber das sagt er uns dann schon."

Er startete die beiden Motoren und rollte los. Obwohl das Tempo recht mäßig war, fühlte Eva sich immer noch unbehaglich. Ihr Vater bemerkte es und griff nach ihrer Hand. Dankbar sah sie ihn an.

✳✳✳

Phil stoppte das Flugzeug vor dem breiten Farbstreifen, der auf den Asphalt gemalt war. Wieder drückte er die Taste am Steuerhorn. „Delta-

Yankee-Fox, ready"

Der aufmerksame Lotse antwortete sofort: „Delta-Yankee-Fox, behind landing Gulfstream, line-up Runway two-niner, behind."

Phil bestätigte: „Behind landing Gulfstream, line-up Runway two-niner, behind, Delta-Yankee-Fox."

„Behind, behind, behind", machte Eva. „Reicht nicht auch *einmal* ‚behind'?"

„Nee, tut es nicht. Es ist in diesem Fall ganz wichtig, dass der Pilot auch wirklich verstanden hat, dass er erst *nach* dem landenden Flugzeug auf die Bahn darf. Wenn er das nämlich nicht hat, kann das übel ausgehen."

In diesem Moment rauschte ein zweistrahliger Business-Jet an ihnen vorüber und setzte auf der Landebahn auf. Instinktiv zog Eva den Kopf ein.

Phil lachte. „Siehste. Jetzt stell Dir mal vor, wir wären da schon auf der Bahn gewesen."

„Lieber nich."

Phil schob die Schubhebel ein wenig weiter vor. Das Flugzeug setzte sich langsam in Bewegung, rollte hinaus auf die Bahn, Rechtskurve und Stopp."

Sie beobachteten, wie der Jet am Ende der Landebahn nach rechts abbog. Jetzt war die Bahn frei.

„Delta-Yankee-Fox, Runway two-niner, wind two-eight-zero, six knots, QNH one-zero-zero-two, cleared for take-off."

Die Startfreigabe.

„Delta-Yankee-Fox, Runway two-niner, cleared for take-off", antwortete Phil. Dann schob er die Gashebel ganz nach vorne. „Und ab dafür."

Die beiden Motoren brüllten auf, und das Flugzeug beschleunigte. Phil ließ seine Hand auf den Gashebeln liegen. Falls er den Start abbrechen musste, aus welchen Gründen auch immer, musste er blitzschnell in der Lage sein, das Gas rauszunehmen und zu bremsen.

Dann murmelte er: „V-one" und zog die Hand zurück. Kurz darauf sagte er „V-r" und zog das Steuerhorn zu sich heran. Das Flugzeug hob ab, sie waren in der Luft.

„Delta-Yankee-Fox, positive Climb", meldete er.

„Delta-Yankee-Fox, climb three-thousand-feet, turn left, one-eigty degrees."

"Climbing three-thousand, turning left, one-eighty, Delta-Yankee-Fox", antwortete Phil.

„Und was sollte das jetzt?", fragte Eva.

Nachdem der Start geklappt hatte und sie jetzt relativ ruhig in der Luft lagen, war sie ein wenig mutiger geworden. Auch die Hand ihres Vaters hatte sie wieder losgelassen.

Phil hob die Hand. Er konnte jetzt nicht antworten, weil er mit Fliegen beschäftigt war. Erst nachdem er die vorgegebene Höhe erreicht, das Flugzeug auf den angesagten Kurs ausgerichtet und eine Weile eifrig auf der Tastatur auf der Mittelkonsole, rechts von sich, herumgetippt hatte, drehte er sich zu ihr um.

„Am besten kletterst Du mal hier vorne auf den Sitz neben mir, dann erklär ich's Dir", sagte er.

Eva zögerte zuerst. Aber dann nahm sie all ihren Mut zusammen, schnallte sich ab und glitt auf den Sitz des zweiten Piloten, rechts neben Phil.

Phil nickte, als sie Platz genommen hatte. „Gut so. Aber schnall Dich am besten wieder an. Wenn's bockig wird, will ich nicht, dass Du mir hier durch die Gegend knallst. Und setz Dir die Kopfhörer wieder auf."

Er musste ihr dabei ein wenig helfen, denn mit den Hosenträgergurten auf den Pilotensitzen kam sie auf Anhieb nicht zurecht. Aber sie schafften es schließlich. „Und nichts anfassen", warnte er sie.

„Ich kann mich schwer hüten", gab sie zurück und sah misstrauisch auf die vielen Schalter, Knöpfe und Anzeigen vor sich.

„Also, um Deine Frage zu beantworten", sagte Phil und tippte mit der Fingerspitze auf eines der zahlreichen Instrumente. „Das hier ist der Höhenmesser, der zeigt uns an, wie hoch wie fliegen. Und das hier", er deutete auf das Instrument darüber, „ist der Kursanzeiger. Der zeigt uns an, wohin wir fliegen. Das hab' ich dem Autopiloten hier mitgeteilt". Er tippte auf eine Leuchtanzeige unterhalb der Windschutzscheibe. „Der fliegt uns nämlich im Moment, und der macht das jetzt. Ich hab' ihm ein paar Wegpunkte eingegeben, die er jetzt abklappern soll. Hier kannst Du sie sehen." Er zeigte auf den Bildschirm des Flight

Director, auf dem seine Angaben angezeigt wurden. „Random Navigation' nennt man das. VFR will ich nämlich heute nicht machen, dazu ist mir das Wetter zu schlecht."

„VFR?"

„Visual Flight Rules, also Fliegen auf Sicht. Normalerweise macht das viel mehr Spaß, aber wenn Du dann in die Wolken reinkommst, dann wird's komisch."

„Wieso?"

„Na, weil Du dann keine Orientierung mehr hast. Da ist schon so mancher abgeschmiert."

„Hm. Und mit diesem Random-Dingsbums kann Dir das nicht passieren?"

„Nee, kann es nicht. Random Navigation ist ein Verfahren nach den Instrumentenflugregeln. Da brauchst Du nicht unbedingt was zu sehen. Und die am Boden wissen auch, wo wir sind und wer wir sind, weil wir den Transponder eingeschaltet haben. Der sagt ihnen das." Noch einmal tippte er auf den kleinen Bildschirm, links, über Evas Knie. „Und hier können wir sehen, ob sich sonst noch jemand hier rumtreibt. Im Moment ist da keiner. Jedenfalls nicht in unserer Höhe. Weiter oben natürlich, aber da wollen wir ja nicht hin. ATC würde uns auch was husten, wenn wir's doch täten."

„Wieso?"

„Na, da oben spielt sich doch der kommerzielle Luftverkehr ab. Schön kontrolliert und mit Flugplan und allem. Hier unten können wir so ziemlich machen, was wir wollen, aber da oben noch lange nicht. Stell Dir mal vor, Du gondelst da oben, bei, sagen wir, zwölf- oder fuffzehntausend Fuß rum und kommst einer ausgewachsenen Sieben-Drei-Sieben in die Quere, die vielleicht gerade nach Dortmund unterwegs ist oder sowas. Das würd schön scheppern, sag ich Dir. Da könntste dann wirklich Flugangst kriegen. Also ich jedenfalls."

Aber so etwas passierte natürlich nicht. Phil flog seine Gäste eine ganze Stunde lang durch die Gegend und zeigte ihnen ihre Heimat von oben. Zum größten Teil konnte er das auch, denn er bemühte sich, so gut es ging unterhalb der Wolken zu bleiben. Natürlich war es da ein bisschen ruppig, aber das schien seinen Passagieren nichts auszumachen. Eva jedenfalls schien das Ganze ziemlich gut wegzustecken. Sie sah recht entspannt aus. Nur bei der Landung nahm ihr Gesicht wieder eine etwas bleichere Farbe an. Aber als Phil schließlich vor dem Hangar die Triebwerke abstellte, lächelte sie wieder.

***

„Du ahnst nicht, was ich gestern gemacht habe", sagte Eva am nächsten Tag zu Simone. Die beiden Mädchen standen vor Unterrichtsbeginn zusammen auf dem Schulhof.
„Wie denn auch?" antwortete Simone. „Ich war ja nicht dabei. Und erzählt hast Du mir auch nichts."
„Drum sag ich's Dir ja jetzt. Phil hat mich im Flugzeug mitgenommen."
Simone bekam große Augen. „Wie bitte? Du bist geflogen? Freiwillig? Und dann auch noch mit dem Bazi?"
„Sag nicht immer ‚Bazi' zu dem. Der ist unheimlich nett. Sieht man ihm vielleicht nicht an, ist aber so."
Simone trat einen Schritt zurück und musterte ihre Freundin. „Kann das sein, dass ich da etwas ahne?"
„Nee, kann es nicht. Da war gar-nix. Außerdem war mein Vater ja auch dabei. Mit dem war ich gestern auf'm Flugplatz. Er wollte eigentlich segelfliegen, aber das Wetter war zu schlecht. Da hat Phil uns eingeladen, mal eine Runde mit ihm zu drehen. Wir hatten den zufälligerweise auch da getroffen. Der und sein Opa, die hängen ja ständig da ab."
„Soso, und der hat Dich eingeladen, mit ihm zu fliegen? Einfach so? Meine Freundin Eva steigt einfach so in ein Flugzeug. Da muss nur so ein Bazi vorbeikommen und sie angraben, und schon macht sie das."
„Der hat mich nicht angegraben, was Du immer denkst."
In diesem Moment ging Phil an den beiden vorbei. Er hielt nicht an, aber er lächelte Eva an und zwinkerte ihr zu."
„Na, was soll ich denn jetzt wohl denken?" fragte Simone grinsend.

Kapitel 4

Phil war unterwegs zu Grandpa und Grandma Busher. Es waren Herbstferien, und er wollte die Gelegenheit nutzen, um sie, seinen Vater und seine Schwester zu besuchen. Gleich nach Schulschluss war er nach Düsseldorf gefahren und von dort aus nach München geflogen. In der Economy-Class, ganz hinten. Auf einem der unbeliebten Mittelsitze. In den Kurzstreckenfliegern kannten sie ihn nicht, deshalb wurde er behandelt wie jeder andere Passagier auch.

Das änderte sich in München, als er bei ‚Flight Operations‘ vorbeischaute. Hier kannten sie ihn alle, und sie begrüßten ihn wie einen verlorenen Sohn, der sich endlich mal wieder blicken ließ. Damit hatte er gerechnet, weshalb er auch für den Weiterflug nach Chicago am nächsten Tag gar kein Flugticket hatte.

„Wann willst Du fliegen?", fragte einer der Dispatcher.

„Ich dachte, mit der Vier-sechsunddreißig, um viertel nach neun", antwortete Phil.

Sein Gegenüber hämmerte auf die Tastatur seines Computers. „Ganz übel. Die ist voll bis auf den letzten Platz", sagte er.

Phil grinste. „Den nehm' i."

„Witzbold", lachte der andere und boxte ihn vor die Schulter. „Sei um acht bei uns. Dann seh'n mer scho."

Die Nacht verbrachte er bei einem alten Kumpel in Moosburg, wo er früher gewohnt hatte. Er wohnte in derselben Straße, in der auch das Haus von Phils Eltern stand. Jetzt nicht mehr. Das heißt, das Haus gab es natürlich immer noch, aber es war jetzt nicht mehr das seiner Eltern. Sein Vater hatte es verkauft. Er wollte nicht mehr dort leben, wo er mit seinen Kindern und seiner Frau so glücklich gewesen war. Wer es gekauft hatte, wusste Phil nicht. Und es interessierte ihn auch nicht.

Es wurde eine kurze Nacht in Moosburg. Phil und sein alter Klassenkamerad hatten sich viel zu erzählen, und da kam das Schlafen notgedrungen ein wenig zu kurz. Schon morgens um sechs stand das Taxi vor der Tür, mit dem er zurück zum Flughafen fuhr.

***

Beim Dispatch war die Hölle los. Unzählige Cockpit-Crews wuselten herum, ließen sich ihre Flugpläne geben und erkundigten sich nach dem Wetter. So hielten sich die Leute dort nicht lange mit Phil auf. Jemand drückte ihm eine Bordkarte in die Hand und schmiss ihn regelrecht raus. Er nahm es ihnen nicht übel. Sie hatten wirklich keine Zeit, um sich um einen Teenager zu kümmern, der nach Chicago wollte.

Phil warf einen kurzen Blick auf die Bordkarte und grinste sich eins. Es war eine für die erste Klasse. Anscheinend war der Flieger wirklich voll, sonst hätte er die wohl kaum bekommen. Wenn das rauskam, würde es mächtig Ärger geben, aber das war kaum zu befürchten. Er würde den Platz sowieso nicht in Anspruch nehmen.

Beim Einchecken gab es wieder Grund zum Grinsen. Man kannte ihn dort nicht und behandelte ihn demzufolge mit der für die First-Class Gäste reservierten Hochachtung. Den angebotenen Limousinenservice zum Flugzeug lehnte er allerdings ab. Er wollte es ja auch nicht gleich übertreiben. Was am Gate dann auch für hochgezogene Augenbrauen sorgte. Ein Erstklässler, der mit den anderen Passagieren einsteigt, das wäre doch nun wirklich nicht nötig gewesen.

Die Stewardess im Flugzeug hingegen wusste sofort, wer er war. „Hey, Phil", rief sie und strahlte ihn an. „Das ist ja schön, dass Du mal wieder da bist."

Auch Phil erkannte sie wieder. „Servus, Frau Huber. Na, alles klar? Was macht der Dackel?"

„Der Dackel ist ein Schäferhund, Du Knalltüte", gab sie zurück. „Und dem geht's gut." Sie beugte sich vor und dämpfte ihre Stimme. „Willst Du gleich nach vorne, oder willst Du Dich erstmal setzen?"

„Nee, gleich nach vorne", antwortete Phil. „Ich will wissen, wo's langgeht."

Als Phil das Cockpit betrat, gab es eine Überraschung. Auf dem Sitz des Co-Piloten saß Thomas Langer, der so oft mit seiner Mutter geflogen war und den er ziemlich gut kannte.

„Thomas!" rief er und streckte dem Mann beide Hände entgegen. „Was machst Du denn hier? Seit wann fliegst Du den Schrott aus Toulouse?"

„Phil!", entgegnete der andere. „Na, das ist ja mal 'ne Überraschung.

Sei vorsichtig mit dem, was Du sagst. Mein Captain hier mag es gar nicht, wenn man seinen edlen Flieger als Schrott bezeichnet. Außerdem fliegt Dein Vater den auch."

„Tut er nicht", widersprach Phil. „Jedenfalls nicht mehr. Jetzt sitzt er in Phoenix und bringt halbgaren Gören wie meiner Schwester das Fliegen bei."

„Ach, dann bist Du etwa der Sohn von Phil Busher?", meldete sich jetzt der Kapitän zu Wort.

Phil nickte. „Bin ich."

„Und Ihr kennt Euch?" Er wedelte zwischen ihm und dem Co-Piloten hin und her."

Thomas Langer nickte. „Allerdings. Ziemlich gut sogar. Ich bin früher oft mit seiner Mutter geflogen. Auf der Triple-Seven."

„Und was hat Dich bewogen, auf einmal aus der Frachtfliegerei auszusteigen?", fragte Phil.

„Kannst Du Dir das nicht denken? Nachdem das mit Deiner Mutter passiert war, mochte ich einfach keine Boeing-Frachter mehr fliegen." Weiter kam er nicht. Denn plötzlich tönte eine andere Stimme: „Cockpit for Ground?"

Langer drehte sich um und drückte auf einen Knopf. „Ground, here Cockpit?"

„Wir sind soweit", kam es zurück.

„Stand-by", antwortete Langer und nickte seinem Kapitän zu.

„Also, pass auf", sagte der. „Wir fliegen heute die GIVMI-Four-Whiskey Departure. Die geht von der Two-six-right geradeaus bis Three-point-five DME auf neunzehnhundert Fuß, dann rechts rum, dreihundert Grad bis fuffzehn-komma-zwo DME, dann rechts rum auf dreihundertachtundvierzig Grad bis GIVMI auf fünftausend Fuß. In case of engine failure, straight ahead, clean-up in neunzehnhundert Fuß, dann steigen wir auf viertausend Fuß und überlegen, was wir dann machen, abhängig von dem Fehler, den wir haben. Zum Thema: Startabbruch gibt's heute nix Besonderes. Bahn ist trocken, wir haben fünfhundert Meter Luft, sollte kein Thema sein."

„Gut. Dann wär'n mer soweit, oder?", antwortete Langer.

Der Kapitän nickte. „Pushback", sagte er und wenig später, als das

Flugzeug bereitstand, der Schlepper abgekoppelt hatte, die ,Gear-Pins'
removed und die Triebwerke gestartet waren: „Taxi."

„Lufthansa four-three-six, request taxi ", verlangte der Copilot.

Prompt kam die Meldung der Vorfeldkontrolle zurück: „Lufthansa
four-three-six, taxi to November-four, turn right, Delta-four and Oscar-two. Call Ground on one-two-one-decimal-niner-seven-five, Wie-
derschau'n, gute Reise."

Zehn Minuten später waren sie in der Luft.

***

In Chicago nahm Phil eine Maschine der United Airlines, die ihn nach
Cincinnati brachte. Wobei, landen würde er in Kentucky. Cin-
cinnati/Ohio hatte gar keinen eigenen Flughafen. Nach Ohio kam man
erst, wenn man den Fluss überquert hatte.

Er besorgte sich ein Auto und fuhr los. Hier durfte er Auto fahren, was
ihm in Deutschland nicht erlaubt war. Die Strecke kannte er im Schlaf.
Zuerst die Interstate-275 nach Osten, dann auf die I-75 nach Norden,
hinunter ins Tal, über den Ohio-River und weiter, an der riesigen Fabrik
von General Electric vorbei, wo Grandpa Jimmy gearbeitet hatte. Kurz
danach fuhr er auf die Glendale Milford Road hinüber nach Sharonville,
wo Grandpa Jimmy wohnte. Am Beavercreek Circle. Eine knappe Dreiviertelstunde brauchte er dafür.

Grandma Virg kam gleich herausgestürmt, als Phil hupend in die Ein-
fahrt bog. „Junge, da bist Du ja endlich", rief sie und drückte ihn an
sich. „Hattest Du eine gute Reise?"

„Alles prima, Grandma", antwortete Phil.

Sie schob ihn ein Stück zurück, ohne seine Hände loszulassen und betrachtete ihn. „Dünn bist Du geworden."

Lachend schüttelte er den Kopf. „Nee, bin ich nicht. So war ich schon
immer."

„Jedenfalls bist Du zu dünn. Komm rein, ich hab' Muffins gebacken.
Und abends gibt's Steaks. Jimmy heizt den Grill schon an."

Sie wollte ihn mit sich ins Haus ziehen, aber Phil wehrte sich. „Nun lass
mich doch erstmal ankommen, Grandma."

Er öffnete den Kofferraum, um seine Tasche herauszunehmen, aber seine Großmutter schlug den Deckel wieder zu. „Das können wir auch später noch holen", sagte sie und zog ihn endgültig mit sich ins Haus. Lachend stolperte er hinter ihr her.

In der Küche wartete die nächste Überraschung auf ihn. Vor der Anrichte stand seine Cousine und war gerade dabei, Kaffee zu kochen. Sie war etwa in seinem Alter und ausnehmend hübsch. Das schien sie zu wissen und ließ es sich auch nicht nehmen, es jedem gleich zu zeigen, dass sie es wusste. Alles an ihr war perfekt proportioniert. Bis auf ihre Stimme. Die schnarrte genauso unangenehm wie die Call-Outs im Cockpit eines Boeing Fliegers. Und weil sie dazu auch noch Betty hieß, nannten alle sie nur ‚Bitching Betty', ebenso wie sich die Frau nannte, die den Boeing Flugzeugen ihre Stimme lieh. Betty fand das nicht besonders lustig, aber sie konnte nichts daran machen. Seit je her war sie ‚Bitching Betty', und das würde wohl auch auf ewig so bleiben. Abgesehen davon wusste sie auch, dass es nicht böse gemeint war. So bekam denn auch Phil einen dicken Schmatz auf die Stirn, nachdem er sie mit genau dieser Anrede begrüßt hatte.

„Bitching Betty, ich fass es ja nicht! Gibt's das denn wirklich?" rief er, nachdem er sie erkannt hatte. „Bist Du etwa meinetwegen extra von der Westküste herübergeflogen?"

„Nimm Dich nicht so wichtig Philipp", raunzte sie ihn an. „Ich hab' ein paar Tage frei und wollte Grandma und Grandpa besuchen. Dass Du auch kommen wolltest, hab' ich ja nicht ahnen können. Aber ich werd's trotzdem aushalten."

Die Kabbeleien der beiden waren legendär. Das ging schon so, seit sie noch Kinder waren. Grandma Virginia bekam jedes Mal beinahe einen Zustand, aber sie hatte nichts daran ändern können. Auch nicht, wenn Betty ihren Cousin Philipp nannte. Phil mochte seinen richtigen Namen nicht sonderlich. Phil war ihm lieber, und jeder, der ihn Philipp rief, bekam sofort Ärger. Außer Bitching-Betty. Aber dafür nannte er sie eben auch: ‚Bitching-Betty'.

Seinen richtigen Namen mochte er nicht, seine Cousine dafür aber schon. In der Regel waren die beiden ein Herz und eine Seele. Auch wenn sie ein richtiges Biest sein konnte, war sie es ihm gegenüber nicht.

Phil umarmte sie herzlich. „Gut siehst Du aus, Cousinchen. Und genauso gut, wie Du aussiehst, fühlst Du Dich auch an", sagte er und kniff ihr in den Po.

Die Reaktion war voraussehbar. Sie fuhr herum, funkelte ihn böse an und gab ihm einen kräftigen Stoß vor die Brust. „Ich will Dir helfen, mich in den Hintern zu kneifen, Du Rüpel!"

„Brauchst Du nicht. Das schaff ich ganz allein", antwortete Phil und lachte.

Sie lachte zurück. „Das hab' ich gemerkt."

„Kinder, hört auf damit", ging die Großmutter dazwischen. „Mach Du mal den Kaffee fertig, und Du Phil, Du gehst raus und begrüßt Grandpa."

Cousin und Cousine zogen die Köpfe ein und taten artig, was sie geheißen worden waren.

***

„Wie lange bleibst Du?", fragte Grandpa Jimmy, während er seinem Enkel gerade ein zweites Porterhouse-Steak riesigen Ausmaßes auf den Teller lud.

Phil machte sich mit gutem Appetit darüber her. „Bis Sonntag", nuschelte er mit vollem Mund.

„Na!", machte seine Cousine.

Die Großmutter schüttelte den Kopf. „Junge, wenn Du das auch noch schaffst, dann versteh ich nicht, warum Du so dünn bist."

Sie reichte ihm die Schüssel mit dem Salat, aber Phil winkte ab. „Den nicht", sagte er. „Mein Salat heißt ‚Rindfleisch'. Gib den da lieber Betty. Die will bestimmt noch welchen."

„Will ich", schnappte Betty. „Und mit diesen Riesenmengen Fleisch, wie Du sie frisst, geht das ja wohl nicht."

Phil zuckte die Achseln. „Ich komm zurecht", meinte er lakonisch.

Der Großvater lachte schallend. „So is recht, Junge", dröhnte er. „Lass Dir bloß nix gefallen!"

„War ja klar, dass Ihr Kerle wieder zusammenhaltet."

„Tun wir das, Phil?"

Phil streckte seinem Großvater die Hand hin und wartete, bis der es auch tat. Dann klatschte er ihn ab. „Tun wir", bestätigte er.

„Ihr müsst übrigens diesmal zusammen in einem Zimmer schlafen. Euer Großvater hat das zweite Gästezimmer in eine Rumpelkammer verwandelt. Da kann niemand drin schlafen."

Scheinbar entsetzt schlug Phil die Hände vor's Gesicht. „Allmächtiger! Ich und Bitching-Betty in einem Bett, na, das kann ja was werden. Entsetzlich!"

Er spreizte einen Finger zur Seite, lugte mit dem einen Auge durch die entstandene Lücke.

Betty klatschte ihm mit der flachen Hand auf den Kopf. „Depp!"

Phil nahm die Hände wieder herunter. Er grinste immer noch. „Aber Du musst mir versprechen, dass Du mir nichts tust", bettelte er. „Schließlich bin ich noch Jungfrau."

„Ihr werdet Euch schon vertragen", meinte die Großmutter. „Und ich gehe mal davon aus, dass Ihr Euch auch anständig benehmen werdet."

Phil sprang auf und salutierte. „Yes Ma'am!"

***

Wie in den USA üblich, hatte auch das Doppelbett in Grandma Virginias Gästezimmer nur eine, gemeinsame Matratze und ebenso nur eine gemeinsame Decke. Es war also schon ziemlich intim, wenn man zu zweit in einem solchen Bett schlief. Aber das machte Phil und Betty nichts aus. Es war ja nicht das erste Mal. Als Kinder hatten sie das oft machen müssen. Meist sogar zu dritt, wenn Phils Schwester Tanja noch mit dabei war.

In letzter Zeit allerdings nicht mehr. Daher fühlte Phil sich auch ein ganz klein bisschen unbehaglich, als er am Abend zu seiner Cousine unter die Decke kroch. Die bemerkte das zwar, aber es focht sie nicht weiter an.

„Komm ruhig", sagte sie. „Ich beiße nicht." Sie kicherte. „Das hätte ich mir letzte Woche auch nicht träumen lassen, dass ich mal mit Dir wieder unter einer Decke stecken würde."

„Schlimm?"

„Überhaupt nicht. Im Gegenteil, ich find's sogar ganz witzig."

„Willst Du kuscheln?", fragte Phil. „Früher haben wir das auch gemacht."

Sie schmiegte sich in seine Arme. „Aber nicht fummeln."

„Warum denn nicht?", nölte er. „Fummeln gehört doch schließlich dazu."

„Hat dazugehört", verbesserte sie. „Früher mal. Heute nicht mehr. Also gib Ruhe."

Seufzend schloss er die Augen und vergrub sein Gesicht in ihrer langen, dicken Mähne. Gut roch sie jedenfalls, seine Cousine, bemerkte er. Dann war er eingeschlafen. Die Zeitverschiebung forderte ihren Tribut.

***

Dafür war er am nächsten Morgen umso zeitiger wieder putzmunter. Ganz im Gegensatz zu seiner Cousine, die noch tief und fest neben ihm schlief. Sie hatte sich in der Nacht aus seiner Umarmung gelöst und ihren Teil der Decke weggestrampelt. Vermutlich war es ihr zu warm geworden. Jetzt lag sie auf dem Bauch, hatte ihm ihr Gesicht zugewandt und zeigte ihm ihr niedliches Hinterteil.

Und das war nun wirklich ein niedlicher Hintern, stellte Phil fest. Überhaupt, das ganze Mädchen war niedlich. Selbst wenn es eine Kratzbürste sein konnte. Also, wenn die jetzt nicht seine Cousine wär. Mit der was anzufangen, das konnte er sich schon ganz gut vorstellen.

Während er sie betrachtete und so darüber nachdachte, fiel ihm Eva ein. Die war auch sehr niedlich. Gut, sie hatte vielleicht nicht so eine Model-Figur wie Betty und war viel weniger kokett, dafür war sie allerdings lieber. Jedenfalls kam ihm das so vor. So gut kannte er sie ja noch nicht. Vielleicht sollte er sich mal bemühen, sie etwas besser kennenzulernen?

Betty schlug die Augen auf, räkelte sich ausgiebig und grinste ihn an.

„Na, Du Rüpel, Du hast ja doch gefummelt", sagte sie.

Phil tat völlig überrascht. „Hab' ich das? Ist mir gar nicht aufgefallen."

„Mir aber."

„Und warum hast Du dann nichts gesagt?"

„Och, am Ende war's gar nicht mal so schlecht." Sie kicherte.

„So was!", gab er zurück und schüttelte den Kopf.

Sie richtete sich auf. „Wer zuerst?", fragte sie unvermittelt.

„Was zuerst?"

„Na, wer zuerst ins Bad? Du oder ich?"

„Geh Du mal", antwortete er. Ich geh später. Ich will erst 'ne Runde schwimmen."

„Großartige Idee!", rief sie, sprang aus dem Bett und riss ihr Nachthemd herunter.

Phil traute seinen Augen nicht. „Mann, bist Du verrückt geworden? Was machst Du denn da?"

„Ich bin kein Mann, das siehst Du doch wohl."

Ungerührt klappte sie ihren Koffer auf und wühlte darin nach ihrem Bikini. Es dauerte eine Weile, bis sie ihn gefunden hatte, währenddessen Phil ausgiebig Zeit hatte, sie sich anzuschauen. Sie bemerkte es und richtete sich wieder auf.

„Was guckst Du so? Hast Du noch nie 'n nacktes Mädchen gesehen?"

„Schon, aber selten so'n appetitliches", grinste er.

Sie beeilte sich, in ihren Bikini hineinzusteigen. „Jetzt hör auf damit, und zieh Dir lieber Deine Badehose an, Du Spanner."

Seufzend drehte er sich um „Bitching-Betty, ich sag's ja."

Bumms. Einer ihrer Schlappen traf ihn am Rücken.

Beim Schwimmen war sie dann allerdings wieder friedlich. Ruhig zogen die beiden ihre Bahnen in dem großen Schwimmbecken. In Anbetracht der frühen Tageszeit beschlossen sie dann, vor dem Frühstück noch eine Runde durch das nahegelegene Waldstück zu laufen.

Betty war gut in Form. Das musste Phil neidlos anerkennen. Ein Glück nur, dass er es auch war. Sich vor Bitching-Betty zu blamieren, wäre gar nicht gut gewesen.

Betty saß schon am Frühstückstisch, als Phil nach dem Duschen herunterkam. Gentlemanlike hatte er ihr den Vortritt gelassen. So weit, sich gemeinsam unter die Dusche zu stellen, ging die Freundschaft dann doch nicht. Schon genug damit, dass sie sich das Bett teilen mussten. Wobei sie ja noch nicht mal ein Höschen unter ihrem Nachthemd anhatte. Das hatte er ja nun feststellen können. Aber ihr schien es nichts auszumachen. Dabei sagte man den amerikanischen Mädels doch immer nach, sie seien so prüde.

Betty offensichtlich nicht. Na, wie schön.

***

Sie verbrachten ihre Zeit mit Schwimmen, Golfen, Tennis spielen und sich von ihrer Großmutter verwöhnen zu lassen. Einmal fuhren sie auch hinunter an den Ohio-River, zum Lunken-Airport, wo Phil, der dort immer noch gut bekannt war, mit seiner Cousine eine große Runde über Ohio und Kentucky drehte. Anders als mit Eva und ihrem Vater neulich, allerdings bei bestem Flugwetter.

Am folgenden Sonntag verabschiedeten sie sich wieder von ihren Großeltern. Phil nahm seine Cousine mit nach Kentucky, zum Greater Cincinnati International Airport. Dort trennten sich ihre Wege. Sie flog zurück nach San Francisco, er machte sich auf den Weg nach Phoenix, um seinen Vater und seine Schwester zu besuchen.

***

Seine Schwester holte ihn am ‚Sky Harbor International Airport' ab, der im Osten der Stadt lag.

Sie freute sich unbändig, ihn zu sehen und drückte und busselte ihn ab nach allen Regeln der Kunst. So ein bisschen peinlich war ihm das schon, so in aller Öffentlichkeit, aber andererseits hatten sie sich lange Monate nicht gesehen. Auf der Beerdigung der Mutter war es das letzte Mal gewesen. Außerdem hatte Phil seine ältere Schwester furchtbar gern, da ließ er sich sowas schonmal gefallen. Ganz abgesehen davon war die Zwanzigjährige eine höchst attraktive Erscheinung und nicht wenige der Männer – die jüngeren zumeist – blieben stehen und sahen sich die Begrüßung der beiden an. Grinsend zumeist, oder vielleicht auch ein bisschen neidisch, sie konnten ja nicht wissen, dass es Geschwister waren.

„Erzähl!", verlangte sie, als sie in ihrem Auto saßen und vom ‚Sky Harbor Boulevard' auf die Interstate-10 einbogen, auf der sie, am nördlichen Rande der Innenstadt vorbei, bis weit nach Westen fuhren, wo das ‚Lufthansa Aviation Training Center' gleich am Rande des ‚Goodyear Airport' lag. Als sie eine gute halbe Stunde später dort ankamen, wusste Tanja alles, was ihrem Bruder so widerfahren war, und sie hatte ihm alles Berichtenswerte über sich erzählt.

Jetzt ging ihre Zeit hier in Arizona zu Ende. Die vier Monate waren um. Ende der kommenden Woche würde sie, zusammen mit ihrem Bruder, zurück nach Deutschland fliegen, wo dann in Bremen weitere vier Monate Ausbildung auf sie warteten. Dann eine Woche im Simulator, dann nochmal drei Monate für das Type-Rating, und wenn der Winter zu Ende ging, würde hoffentlich wieder eine Busher im Cockpit einer Lufthansa Maschine sitzen. Natürlich nicht als Flight-Captain, auf dem linken Sitz, so wie ihre Mutter, sondern erst einmal als First Officer auf dem rechten Platz. Und auch nicht in einer Boeing. Sie hatte sich für die Ausbildung auf dem A320 gemeldet.

„Und Du?", fragte Phil seinen Vater, der am Abend zu ihnen gestoßen war, nachdem er nachmittags noch einige Übungsstunden mit seinen Schülern absolviert hatte.

Aber anstatt die Frage seines Sohnes zu beantworten, stellte er eine Gegenfrage: „Wie gefällt's Dir denn bei Opa und Oma Kramm?"

„Na, prima. Das weißt Du doch. Die beiden sind ganz toll. Opa schleppt mich ständig mit auf den Flugplatz. Mittlerweile bin ich Mitglied im Verein, flieg gelegentlich Leute rum oder häng bei Heinz im Tower ab."

„Und in der Schule?"

Phil wackelte mit dem Kopf. „Naja, geht so. Mathe, Physik und so, gar kein Problem. Erdkunde auch nicht. Geschichte geht so und Deutsch so lala." Er zeigte mit dem Daumen nach unten.

Sein Vater lachte. „Kein Wunder, bist ja auch ein Bayer. Da geht das mit dem Deutsch immer so 'n bisschen holprig. Und Englisch?"

„Geht auch so." Wieder ging der Daumen nach unten.

„Wie bitte?" Sein Vater war mehr als überrascht. „Du bist schlecht in Englisch?"

Phil lachte. „Nee, das kann man so nicht sagen. Aber der Lehrer ist ein kompletter Vollpfosten. Bildet sich ein, weil er mal 'n paar Semester in Oxford studiert hat, dass er nun das optimale Englisch spricht."

„Und Du nicht?"

„Nee, wie denn? Ich hab's ja von Dir gelernt und von Grandpa Jimmy und Grandma Virg. Was glaubst Du, was der Typ zu meiner Yankee-Lingo sagt? Zudem hab' ich ihn ein paarmal in Grund und Boden gequatscht, und das kam dann logischerweise gar nicht gut."

„Pass bloß auf, dass der Dir nicht Deinen Notendurchschnitt versaut."

„Das kann er gar nicht. Dazu bin ich einfach zu gut. Und mein ‚Kentucky Fried Chicken'-Slang ist ja nicht justitiabel. Auch wenn er Mühe hat, mitzukommen, wenn ich was sage."

„Und sonst?"

Phil zog die Schultern nach oben. „Naja, ich bin halt der Außenseiter. Schon allein wegen meiner Sprache. Bazi nennen sie mich. Und wo ich mich jetzt auch noch mit dem anderen Außenseiter in der Klasse zusammengetan habe, bin ich ganz unten durch. Orang, nennen sie den."

„Orang? Was'n das für'n Name?", fragte Tanja.

Phil sah seine Schwester an. „Klein, dürr, knallrote Haare, super-dicke Brille und der absolute Crack in allen Unterrichtsfächern. Muss ich noch mehr sagen, Tanny?"

„Aber Du magst ihn?"

„Ziemlich. Er ist ein netter Kerl. Nicht so abgedreht wie manche von den anderen."

Tanja grinste. „Und die holde Damenwelt?"

Phil plierte sie schräg von schräg unten herauf an. „Sind wir etwa neugierig?"

„Sind wir."

„Tja, dann sag ihnen, Du hättest nix rausgekriegt. Ich frag Dich ja auch nicht nach Deinem Liebesleben."

„Dürftest Du aber. Dann würde ich Dir nämlich sagen, dass ich im Moment ein ziemlich intimes Verhältnis mit einer Beech Bonanza habe."

Phil lachte. „Ist nicht Dein Ernst! Mit so 'ner alten Schachtel gibst Du Dich ab?"

„Allerdings. Und lass Dir eins gesagt sein: Es ist manchmal ganz schön aufregend mit ihr."

„Pah, also, bei mir könnte die nicht landen", prahlte Phil. „Ich steh da mehr auf die King Air."

„Bist Du bescheuert, oder was? Hast Du das gehört, Papa?"

„Ich bin zwar als Euer Vater naturgemäß ein paar Jahre älter als Ihr, aber deshalb noch lange nicht taub." Er wandte sich an seinen Sohn. „Meinst Du nicht, dass das ein ziemlich großes Kaliber ist?"

Phil zuckte die Achseln. „Opa hat's erlaubt. Und sie fliegt sich wirklich toll."

„Sag bloß, Du bist das Ding auch noch alleine geflogen?"

„Bin ich. Und sogar mit Passagieren. Ein Mädchen aus meiner Klasse und ihrem Vater. Der ist ein Segelflug-Anfänger. Ich hab' sie zufällig auf dem Flugplatz getroffen. Und weil das Wetter zum Segelfliegen zum Kotzen war, hab' ich sie eingeladen, mit mir zu fliegen. Das Mädchen wollte erst nicht, weil es mächtig Schiss vorm Fliegen hatte. Nach der Landung hatte sie den dann nicht mehr."

„Sag bloß, Du bist auch noch bei schlechtem Wetter geflogen?"

„Klar, warum auch nicht? Immer schön RNAV, wie sich's gehört."

Phil Busher Senior schüttelte den Kopf. „Junge, Du hast doch echt einen an der Waffel. 'Ne zweimotorige Beech King Air, allein und dann auch noch bei schlechtem Wetter. Ich fass es ja nicht! Junge, Du bist sechzehn!"

Phil Junior grinste. „Na und? Opa fand's gut."

„Das kann ich mir vorstellen", polterte Phil Senior. „Dein Opa war schon immer ein alter Hau-Drauf. Wenn ich mir anhöre, was der alles mit seinen Boeings angestellt hat, gefriert mir heute noch das Blut in den Adern. Und Grandpa Jimmy war vermutlich auch begeistert, was?"

„Was glaubst Du?"

Phil Senior winkte ab. „Sag nix, ich kann's mir denken."

„Aber Du hast meine Frage noch nicht beantwortet", kam Phil wieder zum Ursprungsthema zurück. „Was ist mit Dir, wenn Tanny Ende der Woche hier in den Sack haut?"

„Ich bleibe. Nächsten Monat übernehm' ich den Laden."

„Ach was, echt jetzt?" Phil war erstaunt. „Is ja super! Und für wie lange?"

„Erstmal für zwei Jahre. Dann seh'n wir weiter."

„Wusstest Du das?", fragte Phil seine Schwester.

Sie nickte. „Papa hat's mir letzte Woche gesagt."

Phil sah seinen Vater an. „Also nix mehr mit A-drei-fuffzig?"

„Doch, natürlich. Zwischendrin immer wieder. Ich will ja meine Lizenz nicht verlieren."

Phil lehnte sich zurück und blies die Luft aus. „Is' ja 'n Ding. Mein Vater wird Leiter der Flugschule in Arizona."

„Flugschule!", empörte sich Tanja. „Wie sich das anhört. Unser Vater übernimmt die Leitung des ‚Lufthansa Aviation Training Center'. So heißt das."

„Wenn Du meinst. Aber wie auch immer, ich finde, das ist ein Grund zum Feiern. Ihr nicht?"

Doch, das fanden sie auch.

Kapitel 5

Phil war zurück bei Opa und Oma Kramm. Er hatte seine Schwester in Bremen abgeliefert und war das letzte Stück mit der Bahn gefahren. Lieber wäre er natürlich geflogen, aber in Bremen wollte niemand einem halbgaren Sechzehnjährigen ein Flugzeug vermieten. Was dachte der Bengel sich eigentlich? Also blieb nur die Bahn. Denn Autofahren durfte er hierzulande ja auch noch nicht. Es war zum Heulen.

Gut angekommen war er trotzdem, und jetzt saß er wieder neben Erik in seiner Klasse. Der schien erleichtert, seinen Freund wiederzusehen.

„Mann, bin ich froh, dass Du wieder da bist", sagte er zur Begrüßung.

„Wieso das denn? Ich war doch nicht auf dem Mond."

„Nee, aber in Amerika. Ist auch weit genug weg. Wo da überhaupt?"

„Zuerst bei Grandpa Jimmy und Grandma Virg und dann bei Tanny und meinem Dad."

„Aha. Und wo ist das jeweils?"

„Cincinnati/Ohio und Phoenix/Arizona. "

„Alle Achtung, der Mann kommt rum."

„Kann man so sagen. Aber jetzt ist es auch ganz schön, wieder hier zu sein. Und Du, warst Du auch weg?"

„Ja-ha. In Raesfeld. Auf'm Kappesmarkt. Einen Nachmittag lang."

„Was denn, so weit? Ist ja der Wahnsinn."

„Läster Du nur. Ich hab' eben keine Familie in Amerika, wo ich eben mal hinfliegen kann."

„Aber mit mir kannste fliegen. Also tröste Dich. Heut Nachmittag will mich mein Opa wieder mit raus zum Flugplatz nehmen. Da kommst Du doch einfach auch mit, und dann dreh'n wir 'ne Runde. Abgemacht?"

Lachend klatschten sich die beiden Jungen ab.

Zufälligerweise war Eva gerade an ihrem Tisch vorbeigegangen und hatte Phils letzten Satz gehört. Sie blieb stehen und drehte sich zu den beiden um.

„Nehmt Ihr mich auch mit?", fragte sie Phil.

Der sah sie skeptisch an. „Ist das Dein Ernst, oder willst Du mich verarschen?"

„Warum sollte ich?"

„Keine Ahnung. Aber ich dachte, Du hast Schiss vorm Fliegen."

„Hab' ich auch. Generell jedenfalls. Aber wenn Du fliegst, nicht."

„Du *willst* mich verarschen."

Sie lachte. „Nee, bestimmt nicht. Ich würd wirklich gern mitkommen."

„Also gut. Meinetwegen gern. Sei um halb vier bei mir."

„Darf Simone auch mit?"

Phil seufzte. „Mein Opa wird mir den Allerwertesten zum Mond treten. Aber bitte, wenn's sein muss."

***

Dazu kam es jedoch keineswegs, als Uwe Kramm am Nachmittag das Schülerquartett vor seinem Haus versammelt vorfand. Er nahm die Sache mit Humor.

„Was denn, Ihr wollt Euch ernsthaft mit so einem alten Zausel wie mir in der Öffentlichkeit blicken lassen?"

Eine Antwort bekam er nicht, er erntete lediglich lautes Gelächter.

Und als sie dann am Flugplatz ankamen, waren sie alle immer noch gut gelaunt. Mit Ausnahme von Simone vielleicht, die nicht so recht wusste, wie sie sich in der Gesellschaft von dem Bazi und dem Orang so fühlen sollte. Etwas unbeholfen stolperte sie hinter den drei anderen her zum Flugzeughangar.

„Moin, Phil", begrüßte sie einer der Mechaniker. Er war Ostfriese, ein riesiger Kerl mit Händen wie Baggerschaufeln. Aber wenn es darum ging, in den Eingeweiden der Flugzeuge herum zu montieren, konnte er damit umgehen wie ein Chirurg.

„Moin, Hain", grüßte Phil zurück. „Hast Du eine für mich?"

Der Mann nickte und deutete auf ein Flugzeug, das vor der Halle stand. „Jau, die kleine Cessna hier. Gechecked und getankt. Wie lang wills'n ob'n blei'm?" Wie immer, verschluckte er die Hälfte aller Silben. Für den Funk wäre er eine Katastrophe, aber als Mechaniker war er ein As.

„Stunde, anderthalb, so was", antwortete Phil.

„Jau, dat geit."

„Na prima. Dann geh ich hoch zu Heinz und hol mir das Wetter."

Der Mechaniker reichte Phil einen Zettel. „Hier. Hab' ich schon."

„Super. Was sagt er denn?"

„Nix. Alles im grünen Bereich."

„Schau'n mer mal."

Phil studierte die Informationen auf dem Blatt: „Stadtlohn Information Oscar – Runway in use 11 – Met Report 1550 – wind 060 degrees, 1 knots – visibility 10 kilometers or more – scattered Clouds 9000 feet – temperature 22, dewpoint 16 – QNH 1025 – NOSIG – Transition level 70 – Glider operation in sector!!! Bravo!!! Bravo up to 5000 feet, entering prohibited – no Para activity – Stadtlohn Information Oscar"

"Und was soll das jetzt?", fragte Eva, die neben ihm stand und ihm über die Schulter sah.

„Das ist die ATIS Meldung von zehn vor vier für diesen Platz", antwortete Phil.

„ATIS?"

„Automatic Terminal Information System, ATIS. Gibt Auskunft über die aktuellen Bedingungen über dem Platz. Kommt jede halbe Stunde. Das hier ist ‚Information Oscar' von fünfzehn Uhr fünfzig. Um sechzehn Uhr zwanzig kommt dann ‚Information Papa'. Und so geht das weiter, immer schön durchs Alphabet."

„Und was steht da drauf?"

„Also: Benutzt wird die Bahn Elf zum Starten und Landen. Wir haben Ost-Wetterlage, der Wind kommt aus sechzig Grad und ist kaum nennenswert. Die Sicht ist unbegrenzt, einzelne Wolken gibt's erst über neuntausend Fuß." Er deutete nach oben. „Das sieht man ja. Die Temperatur beträgt zwoundzwanzig Grad, der Taupunkt liegt bei sechzehn. Der Luftdruck ist tausendfünfundzwanzig Hektopascal, also ziemlich hoch. Es gibt Segelflieger in der Gegend, bis fünftausend Fuß, da dürfen wir nicht rein. Fallschirmspringer gibt's keine. Und das alles wird sich vermutlich auch nicht ändern. Sagt das hier." Er tippte auf das Blatt: „NOSIG, no significant change."

„Und wozu soll das alles gut sein?"

„Sowas muß man unbedingt wissen, wenn man hier startet oder landet."

„Aber verstehen muss ich das jetzt nicht, oder?"

Phil lachte. „Nee, musst Du nicht. Es reicht, wenn ich was damit anfangen kann." Er drehte sich zu den anderen um. „Wollen wir? Wer sitzt wo? Wir haben vier Plätze. Zwei vorne, zwei hinten. Der vorne links ist meiner. Die anderen könnt Ihr Euch aussuchen."

„Darf ich wieder neben Dir sitzen?", fragte Eva.

Phil lächelte sie an. „Klar, wenn Du möchtest." Er wandte sich an Simone und Erik. „Dann nehmt Ihr beiden die hinteren Plätze. Also los, einsteigen, damit wir endlich wegkommen."

Er half ihnen, in das kleine Flugzeug hineinzuklettern. Bei Simone und Erik war das weiter kein Problem. Sie trugen Jeans und waren entsprechend beweglich. Für Eva in ihrem kurzen Röckchen war das schon schwieriger. Sie bemühte sich zwar, aber Phil sah trotzdem, dass sie ein weißes Höschen trug. Er grinste in sich hinein.

Wenig später hatten sich alle installiert.

Phil schaltete das Funkgerät ein. „Tower, Delta-Echo-Lima-Charlie-Charlie, request taxi."

"Delta-Charlie-Charlie, taxi Foxtrott, turn right on Alfa, turn left on Charlie, line-up runway-one-one, report ready", kam die Antwort.

Fox, right Alfa, left Charlie, line-up eleven, reporting ready", bestätigte Phil. Er sah Eva an und lächelte. „Sollen wir?"

Sie lächelte zurück. „Ready", sagte sie.

Er lachte und schob den Gashebel nach vorn. Drei Minuten später waren sie in der Luft.

„Diesmal ist es noch viel schöner als beim letzten Mal", meinte Eva nach einer Weile.

„Kein Wunder", antwortete Phil. „Das Wetter ist super, und wir können auf Sicht fliegen. So macht das ja auch viel mehr Spaß, als wenn Du nur dasitzt und den Autopiloten seine Waypoints abklappern lässt. Willst Du auch mal?"

Sie sah ihn entsetzt an und riss die Hände hoch. „Bist Du verrückt geworden?"

„Also nicht." Er lachte. „Ich hätte Dich auch nicht gelassen."

Die beiden auf den hinteren Sitzen, Simone und Erik, sahen interessiert aus dem Fenster. Gelegentlich warfen sie sich eine Bemerkung zu über das, was es dort unten zu sehen gab.

Eigentlich ist der Orang gar nicht so übel, dachte Simone. Nicht, dass sie mit dem je was anfangen würde, Gott bewahre, aber als Kumpel war der schon ganz okay. Sie nahm sich vor, von jetzt an nicht mehr ganz so ekelhaft zu ihm zu sein.

Und sie fing auch gleich damit an. Sie drehte sich zu ihm und lächelte ihn an.

„Is was?", fragte er verdutzt. „Hab' ich'n Pickel?"

Sie lachte. „Nee, haste nicht."

„Na, dann bin ich ja beruhigt. Und sonst? Gefällt's Dir?"

„Es ist irre. Ich hab' ja sowas noch nie mitgemacht. Also, geflogen schon, aber noch nie so. Das ist ja ganz was anderes."

„Das stimmt allerdings. Hier, bei Phil Busher Airlines ist der Service beschissen. Es gibt nicht mal was zu trinken."

„Guck mal vor Dich in die Sitztasche, Du Dödel", tönte Phil von vorne.

Erik kramte in der Sitztasche und zog eine Flasche Wasser heraus. „Ich wollte was trinken und mir nicht die Zähne putzen."

„Bourbon hab' ich nicht. Also halt die Klappe und sauf Wasser."

Erik wandte sich wieder an Simone. „Da hörst Du's. Phil Busher Airlines. Das Personal ist ruppig, der Service ist Scheiße, und das Wasser ist pisswarm."

„Aber die Aussicht ist grandios", hielt Simone dagegen. „Was stört mich da die lauwarme Plörre?"

„Haste auch wieder recht", meinte Erik und hielt ihr die Flasche hin: „Willste 'n Schluck?"

Sie nahm ihm die Flasche ab und trank einen kräftigen Schluck. „Bah!", machte sie. „Besonders lecker ist das wirklich nicht." Sie verzog das Gesicht und gab Erik die Flasche zurück.

Gerade. als der zum Trinken angesetzt hatte, geriet das Flugzeug in eine kleine Turbulenz. Überhaupt nicht tragisch, aber sie genügte. Eriks Flasche rutschte ab, und er hatte die Bescherung auf dem T-Shirt.

Simone lachte schallend.

„Mensch, Phil, kannste nich aufpassen?", schimpfte Erik. „Musste jedes Schlagloch mitnehmen?"

Auch Phil lachte. „Tut mir leid, Kumpel. Hab's nich gesehen." Er sah Eva an. „Du?"

„Was ich?", fragte sie verwirrt.

„Na, ob Du das Schlagloch gesehen hast?"

„Seit wann gibt's in der Luft Schlaglöcher?", fragte sie zurück.

„Keine Ahnung. Aber Erik behauptet das."

Eva drehte sich zu Erik um und fing ebenfalls laut an zu lachen. „Sag mal, hast Du'n Flug mit Vollbad gebucht?", fragte sie ihn.

„Gehört zum Service", tönte Phil dazwischen.

„Scheiß Airline", maulte Erik und war bemüht, sich das klatschnasse T-Shirt vom Körper wegzuhalten.

Dann lachten sie alle.

∗∗∗

Nach der Landung waren sie kaum aus dem Flugzeug geklettert, als Uwe Kramm auf sie zugelaufen kam.

„Junge, wir müssen gleich nochmal los. Hier ist einer, der muss dringend nach Großhadern, in die Klinik. Jetzt haben sie zwar ein Flugzeug, aber keine Piloten, die's fliegen können."

Phil sah sich um. Auf dem Vorfeld stand eine Citation, daneben ein Krankenwagen mit rotierendem Blaulicht. Zwei Sanitäter waren eben dabei, einen Kranken auf einer Trage in das Flugzeug hineinzuhieven. Phil sah seinen Großvater an. „Und jetzt sollen wir den nach München fliegen?", fragte er.

Uwe Kramm nickte.

„Du weißt aber schon, dass ich kein Jet-Rating habe?", sagte Phil.

„Weiß ich, aber kann ich jetzt nicht ändern. Es pressiert eben. Einen Flugplan hab ich mir schon gebastelt, und wenn Du die Schnauze hältst, dann merkt's ja keiner. Ich mach den PF und Du den PM. Mehr braucht's ja nicht. Und RNAV kannst Du ja."

Phil schüttelte den Kopf. Er dachte daran, was sein Vater erst kürzlich über seinen Schwiegervater gesagt hatte, nämlich, dass er ein Hau-Drauf sei. Und genau so kam's ihm jetzt auch vor. „Na, Du hast vielleicht Nerven", stöhnte er darum.

„Hab' ich", gab der Großvater zurück. „Soll ich den Mann etwa verrecken lassen? So, und jetzt schwing die Hufe und komm."

Er drehte sich um und lief davon.

„Und was wird aus uns?", fragte Erik vorsichtig, der mit den beiden Mädchen daneben stand und die ganze Sache gespannt verfolgt hatte.

„Nehmt Euch 'n Taxi. Mein Opa gibt Euch das Geld wieder", rief er und rannte seinem Großvater hinterher.

Eine Minute später saß er neben ihm auf dem rechten Sitz.

„Bist Du schonmal in EDDM gelandet?", fragte der Kramm seinen Enkel - scheinbar nur, um sich die Frage dann selbst zu beantworten.

„Natürlich nicht, blöde Frage." Er winkte ab. „Ist aber auch egal. Briefing machen wir unterwegs. Jetzt erstmal zu hier. Wir starten auf der Elf, dann rechts rum bis auf Siebzig, dann HAMM, GETNI, METRO, SPESSART, DINKELSBUEHL, WALDA, und dann seh'n wir weiter. Alles klar?"

Phil nickte.

„Seid Ihr fertig dahinten?", brüllte er durch die offene Cockpittür.

„Kabine ist klar!", kam es zurück.

„Tür zu!"

Sekunden später knallte die Cockpittür ins Schloss.

„Taxi!"

„Moment mal, wer sind wir eigentlich?", antwortete Phil.

„Ach so, ja." Kramm schlug sich vor die Stirn. „Also, Rufzeichen ist Delta-Fox-Fox-Romeo-Echo. Squawk ist gesetzt auf dreißig-fünfzehn, Information Tango."

Phil nickte. Er nahm das Mikrofon. „Delta-Fox-Fox-Romeo-Echo, request taxi."

Dem Mann im Tower war klar, dass es eilte. Also fasste er sich kurz. „Romeo-Echo, taxi Golf, Alfa, runway one-one, Wind eight-five, with two, QNH one-zero-two-two, cleared for take-off, keep runway heading, climb five-thousand, call Langen Radar one-two-niner-decimal-one-seven."

Den ganzen Abflug-Sermon auf einmal. Aber Phil hatte alles verstanden und las es auch richtig zurück. Dann machte er sich daran, die Wegpunkte, die ihm sein Großvater genannt hatte, in den Flight Director einzutragen. Als das Flugzeug auf die Bahn rollte, war er damit fertig.

„So, jetzt ist alles so drin", sagte er.

Sein Opa nickte und schon die beiden Gashebel bis zum Anschlag nach vorne. „Take-off!", sagte er.

Phil beobachtete akribisch die beiden Triebwerksanzeigen auf der Mittelkonsole. Sie stiegen stetig und blieben dann kurz vor dem roten Balken stehen.

„Take-off power set", sagte er.

Das Flugzeug stürmte los.

Jetzt beobachtete Phil den Geschwindigkeitsmesser. „One-hundred Knots".

„Checked", antwortete sein Opa.

„V-one".

Kramm nahm die Hand von den Schubhebeln.

„Rotate".

Kramm zog das Steuerhorn zu sich heran. Das Flugzeug hob ab.

„Positive Climb", meldete Phil nach einem Blick auf den Höhenmesser.

„Gear up", verlangte der Opa.

„Gear up", nuschelte Phil und verstellte den Fahrwerkshebel. Rumpelnd fuhr das Fahrwerk ein.

„Flaps Zero".

Phil nickte und stellte den Hebel für die Klappen auf die Null-Position.

„Flaps Zero, Speed checked".

Wieder ein Blick auf den Höhenmesser. „One thousand", verkündete er.

„Checked", antwortete der Opa.

Phil verstellte den Frequenzwähler. „Langen Radar, this is Delta-Foxtrott-Foxtrott-Romeo-Echo, out of five, climbing seven-thousand feet."

"Langen Radar, Delta-Foxtrott-Foxtrott-Romeo-Echo, you're identified. Climb flight level two-five-zero, direct GETNI."

"Delta-Foxtrott-Foxtrott-Romeo-Echo, climbing two-fifty, direct GETNI." Phil atmete auf. Sie waren unterwegs. Alles weitere würde jetzt der Autopilot machen.

***

Dann kam allerdings der Anflug auf München. Davor hatte er mächtig Schiss. München, EDDM, das war schon was anderes als EDLS mit seiner einen, läppischen Piste, nahezu null Verkehr und Heinz als einzigem Lotsen im Tower. In München war um diese Zeit bestimmt der Teufel los. Beide Pisten in Betrieb, und die Flieger würden sich in den Anflugsektoren stapeln. Zum Glück würden sie keine Runden im Holding drehen müssen, denn sein Opa hatte einen ‚Emergency' gefiled. Da würde man sie sofort reinlassen.

Und genauso war es dann auch.

„München Director, Grüß Gott, Delta-Foxtrott-Foxtrott-Romeo-Echo, you are cleared for ILS Approach, runway two-six-right. Intercept the Localizer and report established."

Phil schloss für einen Moment die Augen. Jetzt wurde es spannend. Aber dann nahm er sich zusammen. „München Director, Servus. Intercepting localizer, reporting established on the glide, cleared for ILS runway two-six-right, Delta-Foxtrott-Foxtrott-Romeo-Echo."

Kurz darauf tönte das Signal, das den Localizer ankündigte. Das Flugzeug drehte nach rechts. Aufmerksam verfolgte Phil den Kurs. Einen Moment später war es soweit. „Glide-Slope-Star", meldete er seinem Opa. Dann schaltete er das Mikro wieder ein. „Delta-Foxtrott-Foxtrott-Romeo-Echo, established on the glide, ILS Two-Six-right."

Von jetzt an ging es stetig nach unten, immer auf dem Gleitpfad, in einem Winkel von drei Grad.

Klappen raus, Fahrwerk raus, und immer schön auf die Geschwindigkeit achten. Da war der Platz.

„Runway in sight", verkündete Phil.

„Ich seh's", antwortete der Opa.

Und auch der Lotse meldete sich zurück. „Delta-Foxtrott-Foxtrott-Romeo-Echo, runway two-six-right, wind two-six-seven, five knots, cleared to land."

Nochmal wurde es spannend. "Delta-Foxtrott-Foxtrott-Romeo-Echo, runway two-six-right, cleared to land", las er zurück. Ein letzter Blick in die Runde. Fahrwerk draußen, Klappen draußen und die Landebahn immer noch vor ihnen.

„Manual Flight", sagte der Opa. Eine Sirene ertönte, als er den Autopiloten abschaltete.

Konzentriert sah Phil auf den Höhenmesser.

„One thousand."

„Checked."

Dann meldete sich das Flugzeug. „Five-hundred, four-hundred, three-hundred…"

"Minimum, continue", rief der Opa dazwischen.

Die blecherne Stimme der Computeransage zählte weiter. „One-hundred, fifty, forty, thirty, twenty, retard, retard."

Der Opa riss die Schubhebel zurück, das Flugzeug plumpste auf die Bahn und begann zu rollen. Er schaltete den Umkehrschub ein.

„Spoilers, Reverser Green, Decel", meldete Phil.

Das Flugzeug bremste scharf.

Phil behielt den Geschwindigkeitsmesser im Auge. „Seventy."

„Manual Brakes", kam es vom linken Sitz.

„Delta-Foxtrott-Foxtrott-Romeo-Echo, right off, Bravo Four, taxi to the ramp.", verlangte der Ground Controller.

"Right off, Bravo Four, to the ramp, Delta-Foxtrott-Foxtrott-Romeo-Echo", wiederholte Phil und sah angestrengt nach außen.

Das Flugzeug rollte noch ein Stück über die Bahn. Phil behielt die Schilder genau im Auge. „Bravo Four ist der nächste rechts."

„Hab' schon gesehen", antwortete der Opa und steuerte von der Bahn herunter.

***

Weiter hinten hatte Phil einen Krankenwagen entdeckt, der mit eingeschaltetem Blaulicht auf dem Vorfeld stand. „Dahinten sind sie schon."

Sein Großvater nickte und brachte das Flugzeug unmittelbar neben dem Krankenwagen zum Stehen. Dann lehnte er sich in seinem Sitz zurück, löste die Gurte und sah seinen Enkel an. „Na?", fragte er und grinste.

„Geht so. Ich hatt's mir schlimmer vorgestellt."

„Ich auch."

„Wieso das denn? Für Dich war das doch nix Neues. Du hast doch sowas schon tausendmal gemacht."

„Hab' ich nicht. Heute ist erst das zweite Mal."

„Red doch keinen Quatsch. Wie oft hast Du Deine Sieben-Vier-Sieben schon gelandet? Tausendmal, zweitausendmal?"

„Ja, die Sieben-Vier-Sieben schon. Aber die hier noch nicht. Mit der war's erst das zweite Mal."

„Willst Du damit sagen, Du hast diese Kiste noch nie geflogen?" Phil sah seinen Großvater ungläubig und zugleich entsetzt an.

Aber der grinste nur. „Doch. Einmal. Als Copilot."

Phil schlug die Hände vors Gesicht. „Ich fass es ja nicht."

Sein Großvater klopfte ihm auf die Schulter. „Reg Dich ab, es is ja nix passiert. Und schließlich hatte ich ja auch einen ausgezeichneten Co."

„Mann, Du hast vielleicht Nerven!"

„Hab' ich. Sonst wär ich nicht Pilot geworden. Außerdem: Die brauchten einen Piloten, und sie hatten keinen. Ich bin einer, sie haben mich gesehen, und da hatten sie einen. Ganz einfach. Und jetzt stehen wir hier und liefern unseren Patienten wohlbehalten ab. Was die jetzt mit ihm machen, ist nicht mehr unser Bier. Wir gehen jedenfalls jetzt 'n Kaffee trinken, lassen die Kiste auftanken und fliegen zurück."

Phil sah seinen Großvater entrüstet an. „Jetzt? Mitten in der Nacht?"

„Erstens ist es noch nicht mitten in der Nacht, sondern erst kurz nach acht. Und zweitens hast Du morgen Schule, und Schwänzen kommt ja wohl nicht in Frage. Also, auf geht's. Wenn wir uns dranhalten sind wir noch vor elf in Düsseldorf. Da gehört die Kiste nämlich hin."

„Und wie kommen wir nach Hause?"

„Blöde Frage, mit'm Taxi natürlich. Wie denn sonst? Ist alles im Preis mit drin."

Phil war fassungslos. „Sachen machst Du!"

„Yep", nickte der Alte, legte seinen Arm um die Schultern seines Enkels und zog ihn mit sich auf einen wartenden Bulli zu, der einige Meter von ihnen entfernt stand. „Hopp, komm mit, ich geb einen aus. Ist auch im Preis mit drin."

***

Am nächsten Morgen ließ sich ein übermüdeter Phil auf seinen Stuhl im Klassenzimmer fallen. Der Rückflug nach Düsseldorf war ohne Probleme gelungen. Um kurz nach halb elf waren sie gelandet, gegen Mitternacht hatte ein Taxi sie zu Hause abgesetzt. Eigentlich hatte Phil Hunger gehabt, schließlich war das Abendessen ausgefallen. Aber er war so müde, dass er das Knurren seines Magens ignorierte und sich gleich ins Bett legte.

Jetzt hockte er wie ein müder Krieger auf seinem Stuhl und wartete auf Erik, der nochmal eben aufs Klo gemusst hatte.

Simone kam rein und stürmte gleich auf ihn los, Eva im Schlepptau.

„Sag mal, was war *das* denn gestern Nachmittag für 'ne Nummer?"

Phil hob den Kopf und sah sie müde an. „Da fragste mich was."

„Bist Du etwa mit diesem Riesending, was da stand, losgeflogen?"

„Nee. Ich nicht, sondern mein Opa. Ich war nur sein Vize."

„Du warst *was*?"

„Na, Opa war der PF, der Pilot Flying, und ich war der PM, der Pilot Monitoring. Die Idee dabei ist, dass der eine fliegt und der andere ihn dabei überwacht und eingreift, wenn der erstere einen Blödsinn macht."

„Sag bloß, Du kannst so ein Riesending fliegen?"

„Natürlich nicht. Das war's ja. Ich hatte keine Ahnung von dem Ding. Ich hab' doch überhaupt kein Jet-Rating. Wie denn auch? Erstens bin ich viel zu jung dazu, und zweitens kostet sowas 'ne irre Menge Geld."

„Aber Du bist trotzdem geflogen?"

Phil schüttelte den Kopf. „Bin ich nicht. Keine Meile. Hat alles Opa gemacht. Gott sei Dank. Ich bin nur mitgeflogen und hab' den Funk gemacht und sowas. Zum Glück hat's keiner gemerkt. Obwohl, der Lotse auf dem Tower in München, also der scheint schon was gemerkt zu haben, als wir wieder los sind. Der hörte sich ein bisschen komisch an. Aber dann hat er weiter nix gesagt und uns trotzdem rausgelassen. In Düsseldorf waren wir dann bei den letzten, die reinkamen. Da war's denen sowieso egal."

Phil lehnte sich zurück und kicherte. „Aber 'ne Show war's schon, das muss ich zugeben. So'n Jet, das ist schon 'ne hammermäßige Sache. Also, fliegen würd ich den auch schonmal ganz gern."

„Aber ist sowas denn nicht komplett illegal?"

„Natürlich ist es das. Deshalb mach ich's ja auch nicht."

„Das mein ich doch nicht. Ich mein doch, was Ihr gestern Abend abgezogen habt, Du und Dein Opa."

Phil nickte. „Auch. Total illegal. Aber da war dieser arme Kerl, der kurz vorm Abnippeln war und der dringend nach München musste. Wegen …, was weiß ich, was die da mit ihm anstellen wollten. Und dann hatten sie zwar ein Flugzeug, aber niemanden, der's fliegen konnte. Naja, und dann haben sie meinen Opa entdeckt, und da hatten sie einen. Und der hat nicht lange gefackelt und mich kurzerhand als seinen Vize engagiert. Und damit war die Cockpit-Crew komplett. Opa Uwe macht da keine Gefangenen. In so 'nem Fall scheißt der einfach auf irgendwelche kleinlichen Vorschriften. Jedenfalls haben wir den kranken Mann lebend in München abgeliefert. Und darauf kam's ja wohl an."

Simone schüttelte den Kopf. „Also, Du traust Dich ja was."

Phil lachte. „Wenn Du wüsstest, wie mir die Muffe gegangen ist, dann würdest Du das jetzt nicht sagen. Überleg mal, 'n ausgewachsenen Jet-Liner von hier nach München zu fliegen und dann im Stockfinstern wieder zurück nach Düsseldorf, und Du hast keine Ahnung, in was Du da drinsitzt, das ist nicht lustig, das ist absolut daneben. Und wenn Du mir sagen würdest, mach das doch heute Nachmittag nochmal, dann würde ich Dir antworten: ‚LMAA. Leck. Mich. Am. Arsch!' Bisschen drastisch vielleicht, aber so wär's."

„Aber mit der kleinen Cessna würdest Du schon wieder fliegen?", mischte sich jetzt Eva ein.

Phil lächelte sie an. „Wenn Du mitkommst."

Kapitel 6

Flugtag in Stadtlohn. Es war eine Riesen-Sause. Schon um sieben Uhr morgens waren sie dort. Uwe Kramm mit seinem Enkel Phil, der seinen Freund Erik, nebst Simone und Eva im Schlepptau hatte.

Simone und Erik machten ihr eigenes Ding. Sie waren überall und nirgends, halfen hier und machten sich dort nützlich. Sie gingen als Paar durch, obwohl ihnen niemals etwas ferner gelegen hätte, als ein Paar zu sein. Sie waren einfach gute Kumpels. Nicht mehr und nicht weniger. Sie mochten sich, aber sie liebten sich nicht. In hundert Jahren nicht.

Mit Phil und Eva war das hingegen so eine Sache. Sie wussten nicht so genau, wie sie zueinander standen. War auch nicht so wichtig. Erstmal mussten die Flugzeuge fertig gemacht werden. Um acht Uhr sollte es losgehen, und um viertel vor war der Parkplatz schon fast voll.

Alle Piloten des Clubs mussten ran. Auch Phil. Im Halbstundentakt flog er die Leute über die Gegend. Rein, Abflug, Landung, raus, nächste Ladung. Manchmal kam Eva mit, manchmal musste sie am Boden bleiben, weil der Flieger voll war.

Aber wenn sie mitkam, wusste sie inzwischen genau, was abging. Sie beobachtete Phil ganz genau. Klappen, Fahrwerk, Funk, das ganze Programm. Flugangst? – Vergessen. Inzwischen war sie soweit, dass sie mitmachen konnte. Nicht viel, aber ein bisschen schon. Phil war mächtig stolz auf sie.

Kurz nach zwölf hatten sie wieder eine Ladung Passagiere abgesetzt. Mittagessen. Currywurst, Pommes-Majo und dazu eine Cola. Sie hatten gerade in die Wurst hineingebissen, als Uwe Kramm auf sie zustürzte.

„Du musst nochmal ran, Phil. Eine ganze Horde wichtiger Leute", verkündete er.

„Und wieso fliegst Du die nicht?", fragte Phil.

„Tu ich ja. Jedenfalls die eine Hälfte. Für die andere bist Du zuständig. Schnapp Dir die King Air und dann los. Die Bude ist voll, und die Leute warten nicht gerne. Also, sieh zu."

„Kommt nicht in die Tüte", widersprach Phil energisch. „Auf keinen Fall flieg ich das Ding mit Passagieren. Schon gar nicht allein. Besorg mir 'n PF, dann mach ich den PM."

„Was redest Du da? PF hab' ich nicht, das bist Du. Und als PM chart-
erst Du Deine kleine Freundin hier, die wird ja inzwischen wissen, wie's
geht. Und jetzt laber nicht, und komm."

„Opa, ich darf das nicht und Eva schon gar nicht. Die hat keine Ahnung
vom Fliegen, eine Lizenz hat sie auch nicht, und Flugangst hat sie außerdem."

„Hab' ich nicht", widersprach Eva. „Jedenfalls nicht, wenn Du auf dem
linken Sitz sitzt."

„Na also", rief der Opa. „Da hörst Du's. Jetzt ab durch die Mitte und
schafft Euch raus zum Flieger. Die Leute warten nicht gerne."

Also trabten sie los. Da stand sie, die riesige Beech King Air zwohun-
dert. Outside Check – kein Problem, alles war in Ordnung. All Passengers on Board, Cabin secured, es konnte losgehen. Eva saß neben ihm
auf dem rechten Sitz und sah in ihrem kurzen Röckchen unheimlich
niedlich aus. Phil starrte fasziniert auf ihre nackten Oberschenkel.

Sie lachte. „Hör auf, mich anzuglotzen, Du Lustmolch, und mach
hinne", sagte sie.

Phil seufzte, prüfte kurz die Instrumente vor ihm und verlangte: „Taxi."

Eva zögerte nicht lange. Eigentlich überhaupt nicht. Sie drückte auf den
Knopf und sagte: „Delta-Echo-Bravo-Whiskey-Lima, request Taxi."

Fünf Minuten später waren sie in der Luft.

„Positive Climb", sagte sie, und er antwortete: „Checked.."

„Gear up", verlangte Phil, und Eva schob den Fahrwerkshebel nach
oben.

„Flaps Zero", sagte er, und sie verstellte die Klappen.

Alles lief wie am Schnürchen. Sie levelten bei fünftausend Fuß und zeig-
ten den zehn ‚Big-Wigs' dahinten die Landschaft. Eva war entspannt,
also entspannte Phil sich auch. Die Kiste flog sich wie eine Eins und
dazu traumhaftes Wetter. Information Charlie verkündete: ‚Wind zero
knots, visibility ten kilometers or more, temperature twentyone degrees,
QNH ten-nineteen, and runway two niner in use. NOSIG.'

Was wollte man mehr? Phil setzte die King Air sanft auf die Bahn.

„Geile Landung", meinte Eva dazu.

∗∗∗

Aber dann war Schluss mit der Rumkariolerei. Für den Nachmittag war Phil im Tower eingeteilt. Er übernahm die Luftaufsicht über den Platz von Heinz, der sie den ganzen Morgen über gehabt hatte und der jetzt ziemlich fertig war. Phil war zwar inzwischen auch nicht mehr so ganz taufrisch, aber er freute sich darauf, den Lotsen machen zu können.

Obwohl es gleich am Anfang ziemlich dicke kam.

Er hatte einem der Freizeitpiloten die Rollfreigabe erteilt und gesagt: „Hold short runway two niner."

Aber der Trottel hatte das ignoriert und war kackfrech auf die Bahn hinausgerollt. Wo sich ein anderer gerade zur Landung fertigmachte. Der hatte schon sein ‚Clear to land' gekriegt und befand sich im Final, nur wenige Meter über der Bahn.

Phil erschrak fast zu Tode. Sofort brüllte er: „Jesus! – Delta-Romeo-Fox go around."

Aber der Typ hörte ihn nicht und steuerte weiter auf die Bahn zu.

„Delta-Romeo-Fox go around, immediately!", schrie Phil noch einmal. Keine Reaktion.

„Mann, zieh hoch, Du Arsch! Siehst Du nicht, dass die Bahn blockiert ist, Du Blindflansch?"

Jetzt schien er es kapiert zu haben, zog sein Flugzeug steil nach oben und rauschte wenige Zentimeter über das Leitwerk des anderen hinweg. Dann ließ er den Vogel wieder durchsacken und setzte auf dem hinteren Teil der Bahn auf. Gerade noch rechtzeitig, um abzubremsen, bevor die Bahn zu Ende war.

Phil sah sich das an und kam jetzt richtig in Fahrt. „Delta-Echo-Whiskey-Fox-Lima, taxi runway two-niner, right off Echo, left Alfa, right Golf. Delta-Echo-Echo-Romeo-Fox, right off Alfa, left Golf. Und dann will ich Euch Penner hier oben sehen. Aber pronto, verstanden!" Phil schäumte vor Wut.

Uwe Kramm, der sich zu seinem Enkel gesellt hatte, war kreidebleich geworden. „Puh, das war knapp", sagte er.

Heinz Schlosser, der noch immer dort oben war, ließ sich auf einen Stuhl fallen. „Mann, Mann, Mann!", machte er.

Eva starrte Phil an und sagte gar nichts. Sie konnte nicht.

Wenig später ging die Tür auf, und herein kamen ein glatzköpfiger Fett-sack von, schätzungsweise, Mitte fünfzig, dem die Schweißperlen auf der Glatze standen und ein alerter Mitt-Dreißiger, dem seine Arroganz mit großen Lettern ins Gesicht geschrieben stand.

Phil fuhr herum. „Sagt mal, Ihr Penner, was war das denn eben für ‚ne zirkusreife Vorstellung, die Ihr da abgeliefert habt, häh? Seid Ihr beiden noch ganz dicht, oder habt Ihr Euer Hirn zum Trocknen aufgehängt?" Die beiden Männer erkannten nicht gleich, von wem diese harsche An-sprache gekommen war und sahen sich irritiert um. Der Jüngere der beiden bemerkte es als erster. „Hör mal zu, Du Bürschchen, mäßige gefälligst mal Deinen Tonfall. Was glaubst Du eigentlich, wer Du bist?"

„Wer ich bin?", schrie Phil zurück. „Ich bin der verdammte Controller auf diesem verdammten Turm, und wenn ich, verdammt noch mal, sage: ‚Hold short runway two niner‘, dann hältst Du verdammt noch mal *vor* der Bahn an und rollst nicht einfach drauf, und wenn ich sage: ‚Go around‘, dann ziehst Du, verdammt noch mal, hoch und machst verdammte Platzrunden, solange, bis Du von mir wieder ein ‚Clear to land‘ zu hören kriegst. *So* sieht das, verdammt noch mal, aus, Capisco?"

„Seit wann duzen wir uns eigentlich?", schnarrte der Jüngere.

„Seitdem Ihr beiden Hampelmänner Euch aufführt, als hättet Ihr Eure Fluglizenzen bei Amazon im Sonderangebot gekauft. Und weil ich stark vermute, dass das tatsächlich so ist, kriegt Ihr auf diesem Platz jedenfalls keine Startfreigabe mehr. Ihr habt doch wohl nicht mehr alle Latten am Zaun!"

„Also, *das* werden wir ja noch sehen", ließ sich jetzt der Glatzkopf ver-nehmen.

Phil drehte sich zu ihm um und fuhr ihn an: „Nein, das haben wir schon gesehen. Stellt Eure Kisten in die Garage, ruft Euch ‚n Taxi, und dann macht Euch vom Hof. Aber mit Rückenwind!"

„Es wäre besser für Dich, wenn Du jetzt mal langsam Deine große Schnauze halten würdest, Du Rüpel", tönte der Jüngere und richtete sich zu seiner ganzen Größe auf. „Ich bin Rechtsanwalt, und ich kenne meine Rechte."

„Ach ja? Und wo hast Du Dein Jura studiert? Im Kongo?" Phil ging

einen Schritt auf den Mann zu. „Eins steht jedenfalls fest, Herr Rechtsanwalt, *Du. Fliegst. Hier. Heute. Nicht. Mehr. Weg. Basta!*" Bei jedem seiner
letzten Worte stach Phil mit dem Zeigefinger in die Richtung des Man-
nes. „Als Rechtsanwalt solltest Du ja wohl wissen, dass der Lotse im
Tower das Recht hat, den Start freizugeben oder eben auch nicht. Und
der Lotse bin *ich.*" Wobei sein Zeigefinger jetzt auf seine eigene Brust
einstach. „Kapiert?"

Dann drehte Phil ihnen demonstrativ den Rücken zu und griff nach
dem Mikrofon. Aber bevor er es einschaltete, rief er den beiden Männern noch zu: „So, und jetzt schafft Euch hier raus, Ihr zwei Witzfigu-
ren. Ich habe zu tun." Dann schaltete er das Mikro ein. „November-
Golf-India-Bravo-Bravo, Runway two-niner, Wind two-seven-five,
three knots, clear to land, right off Alfa, taxi to the ramp." Er hatte
nämlich, trotz seines Tobsuchtsanfalls, sehr wohl mitbekommen, dass
eine Gulfstream ihn gerufen hatte.

Wenige Sekunden später rauschte die Gulfstream heran, setzte auf,
bremste und rollte bei Alfa von der Bahn.

„Seht Ihr, Ihr Pappnasen, *so* geht das", sagte Phil, ohne sich umzudrehen.

***

Kurz darauf knackte es wieder im Lautsprecher. „Hello Ground? No-
vember-Golf-India-Bravo-Bravo"

"Go ahead, Bravo-Bravo", antwortete Phil.

"Can't get access to the ramp. Two light planes in the way. Delta-Echo-
Echo-Romeo-Fox and Delta-Echo-Whiskey-Fox-Lima."

Phil fuhr herum und fixierte die beiden Beinahe-Bruchpiloten, die jetzt
dastanden wie begossene Pudel. „Das sind doch Eure Kisten, oder?"
Beide nickten.

Er schaltete das Mikro wieder ein: „Stand by, Bravo-Bravo. I'll get this
fixed."

Der Pilot in der Gulfstream kicherte. „Whatcha plannin'? Get'n a
broom 'n swip'n dem away?" Er kam offensichtlich aus Texas. Jedenfalls hörte er sich so an.

„Someth'n like that", antwortete Phil, legte das Mikro zur Seite und drehte sich wieder um. „Jetzt aber los, Ihr Pfeifen. Macht den Platz frei. Aber zügig, sonst lass ich den Schneepflug anfahren."

Die beiden Männer verzichteten auf eine Antwort und beeilten sich, hinauszukommen.

Kaum hatten sie die Tür hinter sich geschlossen, da platzte Uwe Kramm mit einem schallenden Gelächter. „Mein lieber Scholli, mit den beiden Kadetten bist Du aber ganz schön Schlitten gefahren."

„Is doch wahr!", knurrte Phil trotzig, der sich noch immer nicht beruhigt hatte.

„Ja, hast ja recht. Trotzdem darfst Du die Kundschaft nicht dermaßen zusammenfalten. Gut, die beiden haben ziemlich gepatzt, und es war auch richtig, dass Du sie Dir deshalb vorgeknöpft hast. Aber *wie* Du das gemacht hast, das war schon grenzwertig. Es würde mich nicht wundern, wenn Dich der eine wegen Beleidigung drankriegen wollen würde. Pfeife, Penner, Hampelmann, Pappnase, Witzfigur, hab' ich was vergessen? Da kommt ganz schön was zusammen."

„Na gut", gab Phil zu und grinste. „Die ‚Witzfigur‘ hätte jetzt vielleicht nicht sein müssen. Das war nämlich alles andere als witzig, was die zwei da abgeliefert haben."

Uwe Kramm winkte ab. „Ach was, das war doch Kinderkacke, war das. Aber wenn Du mit einer vollbesetzten Sieben-Vier-Sieben im Endanflug hängst und so ein Fuzzie zieht vor Dir mit seiner Nuckelpinne auf die Bahn, da kriegst Du dann aber ganz andere Ohrenschmerzen, sag ich Dir."

Eva sah ihn erstaunt an. „Ist Ihnen das etwa schonmal passiert?"

„Einmal?" Er legte Eva die Hand auf die Schulter: „Weißt Du, Mädchen, wenn Du mal so viele Fliegerjahre auf dem Buckel hast wie ich, dann wird Dir so was auch nichts Neues mehr sein. Da passieren Dir Sachen, sag ich Dir, die willst Du gar nicht wissen."

„Jetzt hör auf, Opa", ging Phil dazwischen. „Ich bin heilfroh, dass Eva jetzt endlich ihre Flugangst überwunden hat. Da musst Du ihr mit Deinen Horrorgeschichten nicht wieder welche machen."

„Das sind keine Geschichten, das sind Tatsachen", verteidigte sich der alte Mann.

„Weiß ich ja, Opa. Ich kenn die zur Genüge. Du erzählst die, Papa erzählt sie, und Mama hat sie auch erzählt. Und wenn Du in München durch den Dispatch läufst, kriegst Du noch'n Arsch voll mehr davon zu hören. Aber Eva muss das ja nicht unbedingt mitkriegen. Ich würd nämlich gern noch öfter mit ihr fliegen."

***

Als Phil und Eva nach dem Ende von Phils Schicht im Restaurant ankamen, trafen sie dort auf Erik und Simone. Sie standen bei Biene an der Theke und schienen sich über irgendetwas köstlich zu amüsieren. Erik sah Phil und lachte los. „Hey, Alter, was war das denn für 'ne Heldentat, heut Nachmittag?"

Phil kletterte auf einen der Barhocker, stützte die Ellenbogen auf die Theke und den Kopf auf die Hände. „Machst Du mir 'ne Cola, Biene?" Er war ziemlich fertig, und genauso sah er auch aus. Den ganzen Nachmittag hatte er auf dem Kontrollturm zugebracht. Allein. Heinz Schlosser und sein Opa hatten sich ziemlich bald verzogen und ihm allein das Feld überlassen. Und es war ganz schön was los gewesen. Schließlich war Flugtag, und die Flugzeuge kamen und gingen im Minutentakt. Dazu noch die Segelflieger, und Fallschirmspringer gab es auch. Eva war zwar bei ihm sitzen geblieben, aber die hatte ihm natürlich nicht helfen können. Trotzdem fand er es schön, dass sie da war.

Biene stellte ein volles Colaglas vor ihn hin, und er nahm einen großen Schluck. Dann drehte er sich zu Erik um. „Was meinst Du mit ‚Heldentat'?"

„Na, ich hab von Deinem Piloten-Dissing gehört. Jeder hier hat das mitgekriegt."

„Gedissed? Ich hab' keinen gedisst."

„Na, da haben der Glatzkopf und der arrogante Schlacks aber was anderes erzählt, als sie hier reinkamen."

Phil fuhr herum und scannte den Gastraum. „Wie, sind die etwa noch da?"

Simone lachte. „Nee. Die sind längst weg. Haben von hier aus ein Taxi angerufen und sind dann damit abgerauscht. Und haben sich, während sie auf das Taxi gewartet haben, ordentlich einen hinter die Binde gegossen. Geschimpft haben sie wie die Rohrspatzen. Auf Dich."

„Bahnhofspenner", knurrte Phil und löste damit große Heiterkeit bei allen Umstehenden aus.

Auch die beiden Piloten der Gulfstream waren darunter. Anscheinend verstanden sie genügend Deutsch, um mitbekommen zu haben, was Phil da von sich gab.

„You're the guy from the tower?", fragte einer der beiden.

„Correct, that's me", antwortete Phil. „And you're from Texas, right?"

„Alabama."

Phil nickte. „Close enough."

„What's so funny?", fragte der Mann aus Alabama.

Phil erzählte ihnen die Geschichte. Danach brachen sie in lautes Gelächter aus.

„Tough Coocky, you are, hö? Where you from? Kentucky?"

Phil schüttelte den Kopf. „Nope. Bavaria."

„Close enough", war die Antwort.

Jetzt war Phil an der Reihe mit Lachen. Seine Laune hatte sich wieder gebessert. „Phil", stellte er sich vor und streckte dem Amerikaner, der ihn angesprochen hatte, die Hand hin.

Der griff danach und schüttelte sie kräftig. „Hi Phil, nice meet'n you. I'm Ted, and this is Jake. My Boss."

"Hi Ted, hi Jake", grüßte Phil und schüttelte auch dem anderen die Hand.

„Heard, you insulted the shit out of those two?"

Phil nickte. „I did."

„Need a lawyer? We brought three of that breed here today", sagte er. "Pretty arrogant, pretty expensive, but sharp as junkyard-dogs."

Phil grinste. „Thanks. I'll keep that in mind."

„How come, a young man like you is hanging around in the control tower of an airport on such a nice day and pissing off amateur-pilots, instead of fooling around with his girlfriend?" Er zwinkerte Eva zu.

Eva hatte verstanden, was der Mann gesagt hatte und bekam einen roten Kopf.

Und der setzte sogar noch eins drauf. „Noth'n to be embarresed about, young Lady. He's a pretty handsome boy, and you're a beautiful girl. Perfect match."

Phil fand es an der Zeit, sich zu verabschieden. Eva wusste vor Verlegenheit gar nicht mehr, wo sie hinschauen sollte. Auch Erik und Simone sahen betreten vor sich auf den Boden.

Zum Glück kam in diesem Moment Phils Opa herein. „So, Herrschaften, Flugtag zu Ende", verkündete er. „Alle ausrücken zum Aufräumen."

Phil nutzte die Gelegenheit, sich sofort von den beiden amerikanischen Piloten zu verabschieden. „See ya. How long are you stayin'?"

„T'morrow, maybe Tuesday", antwortete Jake. "Depends."

Phil nickte. „Tomorrow then, maybe."

"My Pleasure."

***

Eva und Simone gesellten sich zu den Frauen, die die Tische und Bänke der vor dem Terminalgebäude aufgestellten Biertischgarnituren abwischten und Phil und Erik zu den Männern, die die Möbel dann anschließend in einen der Hangars trugen. Immer noch war Phils Ausfall am Mittag ein Thema bei der Unterhaltung unter den Clubmitgliedern. Er selbst beteiligte sich allerdings nicht daran.

„Und, wie war's mit Simone?", fragte er stattdessen seinen Freund.

Erik zuckte mit den Schultern. „Was soll ich sagen? Sie war nett. Hätt ich zwar nie gedacht, aber sie war's wirklich. Keine Sticheleien, keine Bosheiten, wie sonst immer, gar nichts. Einfach nur: Nett."

„Aber Ihr habt nichts miteinander?"

Erik sah seinen Freund erstaunt an. „Wie kommst'n darauf? Als ob die propere Simone was mit dem kleinen, hässlichen Orang anfangen würde. Völlig absurd, sowas."

„Wieso denn? Gut, klein bist Du, das ist schon klar. Aber hässlich? Darüber kann man ja nun streiten. Also ich find nicht, dass Du hässlich bist."

„Du bist ja auch kein Mädchen, Phil."

Phil lachte. „Nee, das bin ich allerdings nicht. Das kann ich beweisen."

80

Er griff nach seinem Hosenlatz.

Erik fing ebenfalls an zu lachen. „Lass mal stecken. Ich glaub's Dir ja. Und was ist mit Dir und Eva?"

„Ich mag sie."

Erik sah ihn schief an. „Das ist nicht zu übersehen. Und weiter?"

„Wie weiter? Nix weiter. Ich mag sie. Ob sie mich auch mag, weiß ich nicht. Gesagt hat sie's jedenfalls nicht."

„Was habt Ihr beide denn den ganzen Nachmittag da oben gemacht? Außer Hobbypiloten zusammenfalten, mein ich jetzt."

„Was wir gemacht haben? Ich hab' mir das Maul fusselig geredet. Cleared for take-off, cleard to land, taxi right alfa, hold short runway two niner, Wind two-sixty, QNH one-zero-two-four, lauter so'n Kram. *Un-Un-Ter-Bro-Chen!* Also, zum Flirten kommst Du da nicht, das kannst mir glauben."

„Und Eva?"

„Na, die hat danebengesessen und sich das angehört."

„Gott, wie langweilig. Die muss ja eine Engels-Geduld haben. Oder Dich schon *sehr* mögen."

„Weiß ich nicht. Jedenfalls ist sie die ganze Zeit bei mir geblieben."

„Bewundernswert."

„Weiß ich auch nicht. Aber mir hat's gefallen."

Erik nickte heftig. „Kann ich mir vorstellen. Sie ist aber auch 'ne Sahneschnitte."

„Wer ist hier 'ne Sahneschnitte?" Simone war dazugekommen und hatte Eriks letzten Satz gehört.

„Na, Du doch, wer denn sonst?", sagte Phil grinsend.

„Red kein' Stuss, Du Bazi." Sie stemmte die Fäuste in die Hüften. „Wir geh'n jetzt alle noch was trinken. Dein Opa hat uns eingeladen. Ich soll Euch holen. Kommt Ihr?"

Natürlich kamen sie mit. Auf den wenigen Biertischgarnituren, die man noch hatte stehen lassen, drängte sich jetzt die ganze Gemeinde der Clubmitglieder. Es ging hoch her, die Stimmung war ausgelassen. Schließlich war der diesjährige Flugtag wieder ein voller Erfolg gewesen. Ein guter Grund zum Feiern also.

Heinz Schlosser sah Phil und die anderen kommen und riss sein Bierglas in die Höhe. „Ah, da kommt er ja, unser Fluglotsenrüpel. Komm, hock Dich zu uns, Kollege. Willste 'n Bier?"

„Jetzt hör doch endlich mal auf damit", erwiderte Phil, halb ärgerlich, halb amüsiert. „Stell Dir mal vor, wenn diese beiden Arschlöcher auf der Bahn tatsächlich 'n Rendezvous gehabt hätten, dann würdet Ihr aber jetzt nicht hier rumsitzen und einen heben. Ich bin gottfroh, dass das gutgegangen ist."

„Ist es ja. Und warum? Weil mein pfiffiger und hellwacher, junger Kollege seine Augen offengehalten hat. Also, willste jetzt 'n Bier?"

„Jo, wos, 'zefix, los kumma!", rief Phil, der Bazi.

***

Am Ende war es nicht bei dem einen Bier geblieben. Phil war ganz schön angeschickert, als er Eva am Abend nach Hause brachte. Die beiden waren jetzt allein. Simone und Erik hatten sie schon vorher abgesetzt. Und eben weil Phil jetzt einen Kleinen intus hatte, traute er sich auch, Eva zu sagen: „War toll mit Dir, Eva. Ich wünschte, wir könnten öfter zusammen sein."

Eva lachte ihr helles Jungmädchen-Lachen. Sie legte Phil die Arme um den Hals und drückte ihre Stirn gegen seine. „Das kannst Du haben, Du Bazi, Du. Du musst mich nur fragen."

„Ich frag Dich ja."

Eine Antwort bekam Phil allerdings nicht. Stattdessen küsste sie ihn.

Kapitel 7

Phil schwebte nach Hause. Jedenfalls kam es ihm so vor, als ob er schwebte. Okay, er war ein bisschen blau, aber nicht so sehr, dass er deswegen abhob. Nein, der Grund war ein anderer. Eva hatte ihn geküsst. Und zwar so richtig. Auf den Mund. Aber nicht so, wie Tanja das manchmal machte. Die gab ihrem Bruder einen fetten Schmatzer auf den Mund, lachte danach, und gut war's.

Bei Eva war das anders. Das war kein Schmatzer, sondern ein richtiger, gefühlvoller Kuss. Erst mit Lippen zu und dann auf und dann Zunge und alles. Auf jeden Fall richtig gut.

Und neu. Vorher hatte das noch nie ein Mädchen bei ihm gemacht. Phil hatte also keine Ahnung davon gehabt, wie gut sowas war. Jetzt hatte er eine. Am liebsten hätte er Eva ihren Kuss auch wieder zurückgegeben. Aber anscheinend hatte sie das nicht gewollt. Sie war nämlich gleich danach weggelaufen.

Also musste er ihren Kuss behalten. Und deshalb schwebte er jetzt.

Seine Oma bemerkte das sofort. „Was ist denn los mit Dir?", fragte sie. „Ist was passiert? Du bist ja völlig durch den Wind."

Sein Opa brachte es auf den Punkt. Er schaute hinter seiner Zeitung hervor, musterte seinen Enkel von oben bis unten und fragte dann: „Hat sie Dich geküsst?"

Bingo! Treffer! Schiff versenkt!

Phil wurde rot wie eine Tomate.

„Sie hat", stellte sein Opa lakonisch fest. „Endlich. Wurd ja auch langsam mal Zeit."

„Ach Uwe, was redest Du denn da?", schimpfte die Oma. „Jetzt lass doch den Jungen. Du machst ihn doch ganz verlegen."

„Na und?", gab der Opa zurück und verschwand wieder hinter seiner Zeitung. „Ich habe nur festgestellt, was nicht zu übersehen war", tönte es von dahinter hervor.

Phil kam wieder zu sich. Natürlich hatte der Opa recht, und wahrscheinlich war es auch nicht zu übersehen. Also hatte er gesagt, was er gesehen hatte, wie er das ja immer tat. Wer wollte ihm deshalb böse sein? Ja, Eva hatte ihn geküsst, und ja, er war in sie verliebt, der Opa hatte es gemerkt. Wieso auch nicht? War ja nix dabei. Also konnte er es doch auch zugeben, oder?

„Ja, Opa, Du hast recht. Eva hat mich geküsst, und ich hab' sie lieb, und es ist schön, dass es so ist."

„Hab' ich was anderes behauptet?", knurrte es hinter der Zeitung hervor.

„Nee, hast Du nicht."

„Na, also."

Phil grinste. Sein Opa war einfach einmalig.

„Willst Du was essen, Junge?", meldete sich die Oma wieder.

Typisch. Wenn Oma das Gefühl hatte, dass irgendjemand in irgendeiner Bredouille steckte, fragte sie immer, ob er was essen wollte. Anscheinend half, ihrer Meinung nach, was zu essen aus jeder Bredouille. Sie war eben einfach ein Schatz. Er musste sie einfach umarmen. Und den Schmatz, den eigentlich Eva hätte kriegen müssen, den bekam sie jetzt.

„Nein, Oma", sagte er. „Ich möchte jetzt nichts essen. Ich bin ein bisschen blau, und ich bin ein bisschen sehr verliebt, und ich gehe vielleicht jetzt mal besser ein bisschen dringend ins Bett."

„Tu das, mein Junge", sagte sie.

***

Am nächsten Morgen, an der Bushaltestelle, gab ihm Eva keinen Kuss. Sie griff lediglich nach seiner Hand. Erik, der dabeistand, bekam Stielaugen. Und Simone rief: „Ja, wie jetzt?"

Eva lachte. „Wonach sieht's denn aus?"

Dann bekam er doch noch seinen Kuss. Also, ein Küsschen eher. Auf die Wange. Aber besser als nichts. Vor allem, weil sie ihn danach auch noch anstrahlte.

In der Klasse war die Sache in Windeseile rum. Die scheue Eva und der Bazi waren ein Paar. Unglaublich! Und der Orang hing jetzt mit Simone rum. Aber ob die auch ein Paar waren? Konnte man sich eigentlich nicht vorstellen.

Sie waren ja auch keins. Es war nur so: Simone redete mit dem Orang, und der Orang redete mit Simone. Punkt. Trotzdem. Wie kam *die* dazu, mit *dem* zu reden? So richtig konnten die anderen das ja nicht verstehen. War aber so. Achselzuckend nahmen sie es zur Kenntnis.

Interessant wär jetzt nur zu wissen, was die Eva und der Bazi so alles miteinander trieben. Ob die vielleicht schon…? – Also, *das* konnte sich ja nun wirklich keiner vorstellen. Die Eva doch nicht. Die hatte doch bis jetzt noch jeden abblitzen lassen. Und dass der Bazi die gleich flachgelegt hatte, schon gar nicht. Ausgeschlossen!

Aber hatte er ja auch nicht, und wollte er ja auch gar nicht. Vorerst jedenfalls. Und wenn, dann würden er und Eva das gemeinsam entscheiden. Im Moment war er erstmal mal froh, dass sie sich grundsätzlich für ihn entschieden hatte. So wie's aussah jedenfalls.

„Fährst Du heute Nachmittag wieder raus?", fragte sie ihn, als sie nach Schulschluss an der Bushaltestelle standen. Allein. Simone und Erik hatten sich irgendwohin verdrückt, weil Simone was für ihren Computer brauchte und Erik, der Nerd, sie dabei beraten sollte.

Phil nickte.

„Darf ich mit?"

„Wenn Du mir 'n Küsschen gibst."

Er bekam einen Kuss, nach dem er sie sogar bis nach Alaska mitgenommen hätte. Oder auf den Mond. Jedenfalls irgendwohin, wohin man möglichst lange unterwegs war.

Auf dem Flugplatz fragte sie dann: „Fliegst Du?"

„Fliegst Du mit?", fragte er zurück.

Sie lachte und strahlte ihn an.

Aber vorher gerieten sie noch den beiden Luftkutschern aus Alabama in die Finger.

„Hi, Phil", lärmte der, der sich Jake nannte. „Good te see ya. How're ya doin'?"

„Phan-bloody-tastic", antwortete Phil.

„Ya, and it shows", sagte Jake lachend und deutete auf Phils Hand, die die von Eva festhielt.

Phil ging nicht darauf ein. Er grinste nur. „Goin' back?", fragte er.

Der Mann nickte und winkte mit einem Blatt Papier, das er in der Hand hielt. „Yep. Flight-Plan's here, 'n Ted's looking after the fuel."

"Where to? Alabama?"
„ Nope. Newark."
„ Why not JFK?"
„ Cause that airport is a friggin' zoo."
Phil lachte. „I know."
Jake schüttelte Phil und Eva die Hand. „Gotta go. Those boys hate to wait." Er deutete mit dem Finger auf das Flugplatzgebäude. „Big-wigs from Manhatten, ya know what I mean. So, take care, 'n the next time you come to the US, don't miss out on Alabama."
Phil streckte den Daumen nach oben. „You bet."
Der Mann hob die Hand und trabte los, hinüber zu seinem Flugzeug.
Eva wandte sich an Phil. „Was war das denn jetzt für 'ne Unterhaltung? Den konnte man ja kaum verstehen, den Typ."
„Kein Wunder. Der ist ja auch 'n Südstaatler", klärte Phil sie auf. „Die nuscheln, verschlucken die Hälfte der Wörter, und von Grammatik wollen sie schon gar nichts wissen. Der hier ging ja noch, aber warte mal, bis Du einem aus Louisiana in die Finger gerätst, da kriegst Du aber Ohrensausen, sag ich Dir."
„Und was war das mit JFK und dem Zoo?"
„JFK kennst Du, das ist der Kennedy Airport in New York. Der muss so ziemlich das Chaotischste sein, was unter dem Namen ‚Airport' firmiert. Sagt jedenfalls mein Opa. Und der muss es wissen. Schließlich hat er seinen Jumbo etliche Dutzendmal dahingeflogen, und er hasst diesen Flughafen wie die Pest."
„Und welchen Flughafen mag er lieber?"
„San Francisco", kam die Antwort wie aus der Pistole geschossen. „Sagt mein Vater auch. Da fliegen sie alle gerne hin. Besonders, wenn Du die ‚Golden Gate-Five' Arrival fliegst. Da kommst Du östlich an Point Rays vorbei, dann wunderschön über das Golden Gate, Downtown San Francisco, dann über den Platz in einer weiten Linkskurve und dann über DUMBA und AXMUL beispielsweise auf die Bahn zwei-acht-rechts. Bei schönem Wetter ist das ein sagenhafter Anflug. Fantastisch!"
„Da warst Du also auch schon?"
Phil nickte. „Ziemlich oft sogar. Mein Onkel wohnt in San Francisco, Papas Bruder. Genauer gesagt, im Silicon Valley. Naja, und immer,

wenn wir den besucht haben, mussten wir natürlich durch San Francisco durch. Daher weiß ich das." Er drehte sich zu ihr um, nahm ihre Hände und lächelte sie an. „San Francisco", sagte er schwärmerisch. „Mit Dir möchte ich da mal gerne hin."

Sie lachte zurück. „San Francisco. Du bist ein Spinner. Was soll ich denn in San Francisco?"

„Was Du da sollst? Na, Cable Car fahren, nach Fisherman's Warf auf die Pier Neununddreißig, rüber nach Sausalito, Fisch essen, rauf auf den Telegraph Hill, Dir die Stadt anschauen und in einem schicken Cabrio die Lombard Street runterfahren. Und wenn Du mich dann auch noch mitnähmst, dann wär's perfekt."

„Wieso das denn? Du warst doch da schon überall."

Er tippte ihr mit dem Finger auf die Nasenspitze. „Stimmt. Aber nicht mit Dir."

„Verrückter Kerl", lachte sie und gab ihm einen Schmatzer auf den Mund.

Er legte seinen Arm um ihre Schultern. „Komm, lass uns fliegen geh'n."

***

Immer öfter kam Eva jetzt zum Fliegen mit. Sie hatte alle Angst davor verloren, es machte ihr sogar richtig Spaß. Und sie beobachtete Phil genau, was er machte, wenn er flog.

Manchmal war es ziemlich ruppig da oben. Schließlich war Herbst, und das Wetter war nicht immer gut. Aber auch an die Schaukelei hatte sie sich gewöhnt.

Neuerdings übernahm sie sogar den Funkverkehr. Sie hatte sich das Fliegerkauderwelsch inzwischen angeeignet und wusste, was sie sagen und wie sie antworten musste. „Dann kannst Du Dich mehr aufs Fliegen konzentrieren", hatte sie gesagt, als sie Phil das vorgeschlagen hatte. „Wahrscheinlich ist das gar nicht nötig, aber es macht mir eben Spaß."

Dann war es allerdings so gut wie vorbei mit der Fliegerei in diesem Jahr. Das Wetter wurde einfach zu schlecht und abends wurde es immer früher dunkel. Sie hatten schon die Erledigung ihrer Schularbeiten auf

den Abend verschoben, damit sie mittags, nach der Schule, gleich los-
konnten, aber irgendwann half auch das nicht mehr.
Außerdem wurde es zunehmend kälter. Sie mussten ihre dicken Jacken
anziehen. Aber trotzdem. Ein paarmal wollten sie noch. Zu zweit, da
oben am Himmel, das war's doch. Da fühlte man sich doch gleich so,
als wär man schon drin. Im Himmel.

***

An einem dieser kalten, aber klaren Frühwintertage waren sie wieder
unterwegs. Opa Uwe hatte sich das Wetter angesehen und ein bisschen
die Stirn gerunzelt, aber am Ende hatte er sie doch losfliegen lassen.
Anfangs ging auch alles gut. Die Sicht über die klare, kalte Landschaft
war einfach atemberaubend. Der Himmel war wolkenlos, aber die
Sonne stand schon ziemlich tief. Ein langer Flug würde es diesmal nicht
werden, das wussten sie schon.
Allerdings, wie kurz er dann wirklich werden würde, das ahnten sie
noch nicht.

***

Wegen der Ostwetterlage waren sie von der Bahn elf in Richtung Osten
gestartet. Phil hatte den Flieger laufen lassen. Immer geradeaus. Jetzt
waren sie irgendwo über Telgte. Phil fand es langsam an der Zeit, umzudrehen und wieder zurückzufliegen. Da fing plötzlich der Motor an
zu stottern.
„Was soll das denn jetzt?", knurrte Phil und klopfte mit der Hand auf
das Armaturenbrett. „Willst Du wohl brav sein?"
Aber es half nichts. Der Motor blieb nach kurzem Ruckeln stehen.
Stille. Nur das Geräusch der vorbeiziehenden Luft war noch zu hören.
Eva riss entsetzt die Augen auf. „Phil!", schrie sie.
„Eva!", schrie Phil zurück. „Keine Panik jetzt. Das kann ich jetzt nicht
gebrauchen. Wir kriegen das schon hin."
„Aber wir stürzen ab!" Sie hatte gemerkt, dass das Flugzeug an Höhe
verlor.

„Gar nichts stürzen wir", versuchte Phil sie zu beruhigen. Er sah ihr fest in die Augen. „Ich sag Dir, Eva, wir kriegen das hin. Wenn Du mir hilfst. Einverstanden?"

Sie nickte und versuchte, tief durchzuatmen. Es ging. Einigermaßen. Phil merkte, dass sie ihre aufkommende Panik zu bekämpfen versuchte und nickte: „Gut so."

Er schaltete den Transponder um auf den Squawk 7700, damit jeder am Boden wusste, dass sie einen Notfall hatten. Dann drückte er den Knopf für den Sprechfunk an seinem Steuerhorn.

„Mayday, Mayday, Mayday. Delta-Echo-Lima-Charlie-Charlie. Anyone on this frequency?"

"Münster Tower here, please switch to one-two-one-decimal-five-five and call back", kam es unmittelbar darauf aus dem Lautsprecher.

Phil änderte die Frequenz und meldete sich erneut: "Delta-Echo-Lima-Charlie-Charlie for Münster Tower, come in, please."

„Münster Tower, was ist denn los?"

„Unser Motor ist ausgefallen. Wir haben keinen Antrieb mehr. Wir segeln jetzt", erklärte Phil. „Wir sind im Moment…"

„Ich weiß, wo Ihr seid. Ich hab' Euch auf dem Radar. Ihr seid ja nicht zu übersehen. Schaffst Du's bis hierher? Bahn fünfundzwanzig ist trocken und offen. Kein Wind."

„Negativ. Um nach Münster zu fliegen, sind wir zu tief. Wir werden's hier irgendwo versuchen."

„Eine Außenlandung? Schaffst Du das?"

„Hab' ich 'ne Wahl?"

„Nee, wahrscheinlich nicht. Wir bleiben in Verbindung. Sag, wenn Du was brauchst. Sollen wir irgendjemand informieren?"

„Call Echo-Delta -Lima -Sierra, Stadtlohn. Von da kommen wir."

„Echo-Delta-Lima-Sierra, wird gemacht, Charlie-Charlie. Viel Glück."

„So", sagte Phil und sah Eva an. „Wenigstens wissen sie Bescheid. Jetzt brauchen wir nur noch einen geeigneten Platz zum Landen. Pass auf, Du guckst nach rechts raus, ich nach links. Sag Bescheid, wenn Du irgendetwas siehst, was gerade, flach und mindestens vierhundert Meter lang ist. Besser noch, fünfhundert Meter. Eine Straße, ein Feldweg, eine Wiese oder auch ein abgeerntetes Getreidefeld."

Eva sah ihn mit großen Augen an. Sie hatte Angst, das sprach mehr als deutlich aus ihrem Blick. Phil lächelte und tätschelte ihren Oberschenkel: „Das wird schon, Eva."

Sie verloren rapide an Höhe. Der Höhenmesser spulte die Zahlen nur so herunter. Die Segeleigenschaften waren bei diesem Flugzeug nicht so besonders toll. Das war Phil ziemlich schnell klar. Er musste sich beeilen, wenn er die Kiste wenigstens halbwegs gesittet auf den Boden bringen wollte. Zum Glück ließ sie sich einigermaßen gut steuern.

Er fuhr die Klappen aus, um den Auftrieb zu erhöhen. Dann würden sie nicht ganz so schnell sinken und konnten auch langsamer fliegen.

So richtig Angst hatte er eigentlich nicht. Er hatte zwar noch nie ein Motorflugzeug im Segelflug gelandet, aber andererseits, was sollte schon passieren? Das Wetter war gut, es war immer noch hell, und dank der ländlichen Umgebung gab es viel freie Fläche. Da würde sich doch wohl eine geeignete Wiese finden lassen. Auf einer Straße wollte er nicht so gerne landen. Erstens war das ziemlich heikel, weil normale Straßen doch recht schmal waren, und zweitens hatte er Angst, dass ihnen gerade in dem Moment, in dem sie aufsetzen würden, ein Auto entgegenkommen konnte. Da war eine Wiese schon weniger brenzlig. Vorausgesetzt, es standen keine Kühe drauf, oder sowas.

Eva starrte angestrengt nach rechts aus dem Fenster. Phil hatte sie zwar ein bisschen beruhigt, aber Angst hatte sie trotzdem noch. Allerdings hatte er ihr jetzt auch eine Aufgabe gegeben. Also schob sie energisch die Angst nach hinten und versuchte, dort unten eine Stelle zu finden, wo sie landen konnten.

„Da vorne", rief sie nach einer Weile. „Was ist mit der Wiese da vorne?"

„Hab' sie gesehen", antwortete Phil. „Die sieht gut aus. Sind da Kühe drauf? Ich kann keine entdecken."

„Sind auch keine drauf", meldete Eva. „Und abgemäht scheint sie auch zu sein."

„Also dann los. Die nehmen wir."

Er legte das Flugzeug in eine Rechtskurve und hielt auf die Wiese zu. Den Zaun verfehlte er um wenige Meter, dann setzte er auf. So sanft wie möglich. Trotzdem ruckelte das Flugzeug und machte Bocksprünge, als ob es sich jeden Augenblick überschlagen wollte. Aber es passierte nichts. Phil war vorsichtig beim Bremsen. Sie hatten ja Platz genug, da kam es auf heftiges Bremsen nicht an. Etwa zwanzig Meter vor dem Ende der Wiese und dem Begrenzungszaun brachte er das Flugzeug zum Stehen. Unbeschädigt. Kühe waren allerdings doch auf der Weide. Sie standen, dicht zusammengedrängt, in einer Ecke unter einer Baumgruppe.

Er atmete tief durch und sah Eva an.

Sie lächelte. „Tolle Landung", sagte sie.

„Bisschen ruckelig vielleicht, aber wir sind unten", meinte er. „Wie Quax, der Bruchpilot."

Sie beugte sich zu ihm hinüber und gab ihm einen Kuss. „Gar nix, Bruchpilot", flüsterte sie. Und dann fügte sie noch leiser hinzu: „Danke."

Er lächelte zurück. „Gern geschehen." Dann drückte er die Sprechtaste. „Delta-Echo-Lima-Charlie-Charlie, Münster Tower, wir sind unten."

„Hab' ich mir gedacht, Charlie-Charlie. Ich seh' Euch nämlich nicht mehr, Und? Braucht Ihr 'n Besen und 'n Kehrblech?"

Phil lachte. „Nee, nee. Alles heile geblieben. Wir leben noch, und die Kühe auf dieser Weide auch. Allerdings haben wir keine Ahnung, wo wir sind."

„Irgendwo östlich von Everswinkel müsstet Ihr sein. Jedenfalls seid Ihr da aus meinem Radarbild rausgerauscht."

„Na gut. Wir sehen uns mal um", antwortete Phil. „Wissen die in Stadtlohn Bescheid?"

„Yep. Hab' sie angerufen. Der Alte, mit dem ich gesprochen hab', schien nicht sonderlich beunruhigt zu sein. Scheint gute Nerven zu haben, der Mann."

„Das war wahrscheinlich mein Opa. Und ja, gute Nerven hat er. Hat früher Jumbos geflogen."

Der Mann im Tower lachte. „Na dann."

„Also, wir zieh'n dann mal los. Sollen wir uns wieder melden?"

„Klar sollt Ihr. Ich will doch wissen, wie die Sache ausgegangen ist."

***

Nun, bis jetzt war die Sache gut ausgegangen. Jedenfalls was den heiklen Teil betraf. Was nun folgte, war wohl erstmal ein längerer Fußmarsch. Phil stellte das fest, nachdem er sich gründlich umgesehen hatte. Kein Haus weit und breit. Aber vielleicht konnte man ja jemanden herbeitelefonieren. Allerdings hatte er blöderweise sein Telefon zu Hause liegen lassen. Naja, halb so schlimm. Eva hatte ja auch eins.

„Hast Du Dein Smartphone dabei?"

Sie schüttelte den Kopf. „Vergessen."

„Na bravo", machte er. „Dann sind wir ja schon zu zweit."

„Wie denn, Du auch?"

Er nickte.

„Und jetzt?"

„Na, laufen. Wir gehen zu Fuß ins nächste Kaff, suchen uns 'ne Kneipe oder 'ne Polizeistation und rufen von da aus an."

„Na, das kann ja heiter werden." Eva seufzte.

Phil griff nach ihrer Hand. „Komm. So schlimm wird's schon nicht werden."

Es war dann auch weit weniger schlimm, als sie befürchtet hatten. Schon nach wenigen hundert Metern trafen sie auf eine Landstraße. Nur, wohin jetzt? Sehen konnten sie nicht mehr viel, denn die Sonne war inzwischen untergegangen.

Phil versuchte sich zu orientieren. Sie waren nach Osten geflogen, und der Lotse in Münster hatte gesagt, dass er sie kurz hinter einem Ort namens Everswinkel verloren hatte. Zum Landen hatte er eine ziemlich scharfe Rechtskurve geflogen, also hatte er nach Süden gedreht. Von dort aus waren sie geradeaus losgegangen, über den Zaun geklettert und dann immer in dieselbe Richtung weitergelaufen. Also nach Süden. Die Straße, auf die sie jetzt getroffen waren, verlief im rechten Winkel dazu, also Ost West. Wenn sie jetzt nach rechts gingen, also Richtung Westen, mussten sie eigentlich in den Ort kommen.

Kurz entschlossen setzte er in die Tat um, was er sich überlegt hatte. Und er lag richtig. Nach zwei Kilometern Fußmarsch erreichten sie ein Industriegebiet, dann die ersten Häuser.

„Am besten geh'n wir bis richtig in den Ort rein", meinte Phil. „Bis wir 'ne Kneipe finden oder sowas, von wo aus wir telefonieren können. Ich hab' keine Lust, hier am erstbesten Haus zu klingeln und den Leuten dann lange Erklärungen auftischen zu müssen."

Eva nickte.

Er sah sie an. „Kannst Du noch?"

Lachend drückte sie ihm einen Kuss auf die Wange. „Klar kann ich noch. Bis jetzt haben wir ja noch nichts Anstrengendes gemacht. Nur Aufregendes."

„Schlimm?"

„Nicht mehr. Ist ja alles gut gegangen."

Sie wanderten weiter durch den Ort, bis zum Kirchplatz. Das Wetter war immer noch gut, nur dunkel war es geworden. Und kalt. Eva war froh, dass sie ihre dicke Jacke mitgenommen hatte. Auf den Straßen trafen sie kaum jemanden. Anscheinend waren alle schon zu Hause.

„Du, guck mal." Sie stieß Phil an. „Da vorn is 'ne Kneipe. Soll'n wir da mal reingeh'n?"

Die Kneipe sah einladend aus. Zumindest von außen. Also gingen sie hinein und stellten fest, dass es dort nicht anders war. Viel war nicht los. Wahrscheinlich war es doch noch zu früh am Abend. Einige Männer saßen an der Theke und tranken ihr Feierabendbier. Phil und Eva stellten sich daneben.

„Was soll's denn sein?", fragte die Bedienung.

„Zwei Cola bitte", antwortete Phil. „Und, darf ich mal telefonieren?"

„Telefon steht da vorne." Die Bedienung bückte sich, um eine große Colaflasche aus dem Kühlfach zu holen. Während sie einschenkte, wartete Phil darauf, dass sein Opa sich meldete. Natürlich hatte er den angerufen. Seine Handy-Nummer wusste er auswendig.

Uwe Kramm meldete sich beim ersten Klingeln. Vermutlich ahnte er, wer dran war. „Na, Du Bruchpilot, alles in Ordnung mit Euch?", fragte er, noch bevor Phil sich gemeldet hatte.

„Ja, Opa, alles in Ordnung. Eva ist heile und ich auch."

„Das ist die Hauptsache. Und die Kiste?"

„Auch in Ordnung. Steht auf irgendso'ner Kuhweide."

„Da steht sie gut."

„Holst Du uns ab?"

„Wo seid Ihr denn?"

„Der Ort heißt ‚Everswinkel'. Liegt 'n gutes Stück hinter Münster. Sagt der Towerlotse in Münster."

„Ja, mit dem hab' ich auch gesprochen. Also, pass auf, mein Junge: Ihr bleibt jetzt mal schön, wo Ihr seid. Sucht Euch ein Zimmer für die Nacht, und morgen früh komm ich mit einem Mechaniker raus, und wir sehen uns die Sache an. Heute Abend werden wir sowieso nichts mehr ausrichten können."

„Und der Flieger?"

„Steht gut da, wo er jetzt steht. Die Kühe werden schon drauf aufpassen. Der Oma sag ich Bescheid und bei Evas Eltern ruf ich auch an, damit sie sich keine Sorgen machen. Und zwar werde *ich* das tun. Sie soll das nicht machen. Besser, *ich* rede mit denen, dann gibt's weniger Stress. Wie heißt die eigentlich?"

„Eva."

„Das weiß ich, Du Trottel. Und weiter?"

„Eva Schuster."

„Na also. Geht doch. Habt Ihr Geld?"

„Wenig."

„Kein Problem. Ich regel das. Wo seid Ihr im Moment?"

„In einer Kneipe, hier, mitten im Ort."

„Haben die Zimmer?"

„Keine Ahnung. Warte, ich frag mal."

„Nee, lass sein, Junge. Gib mir mal die Bedienung "

Phil hielt der Frau hinter dem Tresen das Telefon hin. „Hier, mein Opa würde gern mit Ihnen sprechen."

Sie nahm ihm das Telefon ab und meldete sich. Dann sagte sie erstmal nichts mehr. Während sie zuhörte, wurden plötzlich ihre Augen ganz groß. Aber dann lachte sie.

„Gut, Herr Kramm. So können wir das machen. Ich kümmer mich drum."

Sie drückte das Gespräch weg und legte den Hörer wieder auf die Station. Dann lachte sie wieder und ging hinüber zu den Männern an der Theke, die die ganze Sache neugierig verfolgt hatten.

„Also Jungs, das glaubt Ihr jetzt nicht. Der Bengel hier", sie zeigte auf Phil, „ist vorhin mit dem Flugzeug hier angekommen. Der Motor ist ihm anscheinend verreckt, und so ist er mit dem Ding auf irgendeiner Kuhweide hinterm Dorf gelandet."

Großes Hallo.

Phil und Eva waren sofort von den Männern umringt, die wild durcheinanderredeten und natürlich alles wissen wollten. Geduldig gab Phil Auskunft. Nein, ihm sei nichts passiert, auch seiner Freundin nicht. Der Flieger sei noch heile, bis auf den kaputten Motor natürlich. Und die Kühe auf der Wiese hätten ihnen auch nichts getan. Und ja, er könne fliegen, er habe sogar die Lizenz dazu.

Phil zog das Papier aus seiner Hosentasche und zeigte es ihnen.

„Philipp Busher Junior", las einer vor. „Bist Du Amerikaner?"

„Nee, Bayer", antwortete Phil, „also, Amerikaner auch, weil mein Vater einer ist. Aber erstmal Bayer. Weil ich in Bayern geboren bin."

„Dann bist Du also jetzt von Bayern bis nach hier rauf geflogen?", wollte ein anderer wissen.

„Nein, natürlich nicht. Das wär ja auch viel zu weit gewesen. Wir kommen von Stadtlohn. Da in der Nähe wohn ich. Bei meinen Großeltern. Mit meinem Opa hab' ich eben telefoniert." Er wandte sich an die Bedienung. „Was hat er denn gesagt?"

„Dass ich mich um Euch kümmern soll, dass Ihr heute Nacht irgendwo unterkommt", antwortete sie.

„Und? Geht das?"

„Ihr habt Glück. Wir haben ein paar Zimmer für Monteure und so. Meistens sind die alle belegt, aber heute ist was frei geworden. Es ist allerdings nur ein Zimmer. Das müsstet Ihr Euch teilen. Ist doch kein Problem, oder?"

Phil sah zu Eva hinüber. Die zuckte nur mit den Schultern.

„Kein Problem", sagte sie.

„Na also, dann wär das ja auch geklärt", sagte die Bedienung grinsend.

„Auf den Schreck solltet Ihr aber jetzt erstmal einen heben", meinte einer der Männer. „Und zwar 'n ordentlichen Schnaps und keine Cola."

Er streckte den Arm hoch und sah zur Theke hinüber. „Mechthild, mach uns mal ein'n fertig."

Phil fand das jetzt nicht so prickelnd, aber er wollte auch kein Spielver-

derber sein. Also trank er seinen Schnaps. Auch Eva wurde zum Mit-
trinken genötigt. Sie wehrte sich, aber es half ihr nichts. Hoch damit,
und runter damit. Sie röchelte und fing an zu husten.

Einer der Männer klopfte Ihr auf den Rücken. „Da musst Du jetzt
durch, Mädchen!"

Langsam füllte sich die Kneipe. Immer mehr Männer kamen herein.
Normalerweise waren es nie so viele, mitten in der Woche, aber die
Sache mit den beiden jungen Leuten, die vor dem Dorf mit einem Flugzeug eine Bruchlandung hingelegt hatten, verbreitete sich wie ein Lauf-
feuer durch das Dorf. Keiner wusste, wie, aber es war so. So war es
immer, wenn im Dorf etwas Ungewöhnliches passierte.

***

Später bekamen Phil und Eva etwas zu essen, und danach wurden sie
sogar an den Stammtisch eingeladen, wo sie Rede und Antwort stehen
mussten. Phil hatte natürlich auch eine ungewöhnliche Geschichte. Mit
all den Piloten in der Familie. Er selbst, seine Schwester, sein Vater, sein
Großvater. Nur dass seine Mutter auch dazugehört hatte, und dass sie
jetzt tot war, das verschwieg er. Aber er hatte ja genug andere Geschichten, die die Männer hören wollten. Die mit dem Krankentransport nach
München, beispielsweise oder die vom Flugtag, mit dem Beinahe-Crash
auf der Runway.

Irgendwann war es dann genug, und sie konnten auf ihr Zimmer ver-
schwinden. Zum Schlafen. Müde genug waren sie jedenfalls. Zum
Glück war morgen Samstag, da würden sie wenigstens nicht die Schule
versäumen, wenn sie heute Nacht hier blieben.

Phil schloss die Zimmertür hinter sich und lehnte sich mit dem Rücken
dagegen. „Und jetzt?" fragte er.

Eva drehte sich zu ihm um. „Jetzt? Jetzt ziehen wir uns aus, legen uns
ins Bett und pennen."

„Einfach so?"

Sie nickte. „Einfach so."

„Und das macht Dir gar nichts aus?"

„Natürlich macht mir das was aus. Aber hast Du'n besseren Vorschlag?"

„Nee, leider nicht."

„Na also. Ich war zwar noch nie mit 'nem Jungen im Bett, aber ich hoffe mal, dass es so schlimm auch nicht werden wird."

Phil ging zu ihr hin und nahm sie in die Arme. „Versprochen."

Eva gab ihm einen Kuss. „Danke", sagte sie, machte sich von ihm los und sah sich um. „Bad gibt's hier offensichtlich keins. Nur'n Waschbecken."

„Dusche und Klo sind auf'm Flur."

„Blöd, aber nicht zu ändern."

Sie zog ihren Pulli aus. Darunter trug sie ein T-Shirt, dann einen BH und dann gar nichts mehr. Es folgten Schuhe, Strümpfe und die Jeans. Ihr Höschen behielt sie an.

Mit großen Augen stand Phil dabei und sah ihr zu. Als sie mit Ausziehen fertig war, schlüpfte sie ins Bett und zog die Decke bis zum Hals hoch. Phil stand immer noch da.

„Was ist? Willst Du da festwachsen?"

Es war, als hätte ihn ihre Ansprache geweckt. Eilig war er ebenfalls aus seinen Kleidern heraus. Jetzt war sie es, die ihm dabei zusah. Und das, was sie dabei zu sehen bekam, gefiel ihr ganz gut.

„Du siehst toll aus", flüsterte sie, als er neben sie ins Bett gekrochen war.

„Du aber auch", gab er ihr das Kompliment zurück.

„Hast Du sowas schonmal gemacht?"

Er kicherte. „Was? Mich ausgezogen? Jeden Abend."

Sie boxte ihn vor die Brust. „Blödmann! Mit einem Mädchen ins Bett gegangen, mein ich natürlich."

Er nickte. „Mit meiner Cousine, neulich, als ich Grandpa Jimmy und Grandma Virg besucht hab'. Betty war auch da, und es war nur ein Gästezimmer verfügbar. Also musste ich zusammen mit Betty auch in einem Bett schlafen. War aber kein Problem. Wir versteh'n uns ganz gut."

„Und sonst?"

„Was, und sonst?"

„Na, was ist sonst noch passiert?"

„Na, gar nix. Sie ist meine Cousine, Eva. Was soll denn da schon passieren? Außerdem hatte sie ein Nachthemd an und ich Shorts und T-Shirt. Mehr als wir beide jetzt anhaben."

„Stört's Dich?"

Phil lachte. „Das fragst Du mich jetzt nicht ernsthaft, oder? Hey, ich liege mit dem süßesten Mädchen, das ich kenne, zusammen in einem Bett, sie hat nichts weiter an als ein winziges Höschen, und sie fragt mich, ob mich das stört." Er drehte sich zu ihr auf die Seite und sah sie an. „Stört's Dich denn?"

„Schon. Aber wir liegen ja jeder unter seiner eigenen Decke."

„Das kann man ändern", sagte Phil und schickte sich an, zu ihr unter die Decke zu rutschen.

„Untersteh Dich!", warnte sie ihn.

Sofort hielt er inne und blieb, wo er war.

Sie lachte und hob ihre Decke an. „Jetzt komm schon, Du Wüstling."

Erleichtert fuhr er mit dem fort, was er Sekunden vorher abgebrochen hatte.

Sie rutschte ganz dicht an ihn heran. „Aber Du behältst schön Deine Finger bei Dir."

Sie war so weich und so anschmiegsam, und ihre Haare rochen so gut.

„Das kann ich nicht versprechen", sagte er.

Sie kuschelte sich in seine Arme. „Na gut. Ist ja auch egal."

Und tatsächlich wehrte sie sich nicht, als er – ganz vorsichtig – damit begann, sie ein ganz klein wenig zu streicheln.

Allerdings nicht sehr lange. Dann waren sie beide eingeschlafen.

***

Sie waren gerade fertig mit dem Frühstück, als der Großvater auf der Matte stand. „Na, Ihr zwei, gut geschlafen?", fragte er, bestens gelaunt und zwinkerte ihnen zu.

Phil nickte. „Super", sagte er, und er dachte: Wie kann man mit einem so bezaubernden Mädchen, wie seiner Eva, im Arm eigentlich *nicht* gut schlafen?

Und darüber, dass Eva jetzt *seine* Eva war, darüber bestand wohl kein Zweifel mehr. Er hatte zwar sein Versprechen gehalten und war ziemlich vorsichtig mit ihr umgegangen, aber trotzdem hatte sie es sich gefallen lassen, dass er sie in den Armen hielt, sie küsste, mit ihr schmuste und sie hier und da auch streichelte. Und das, obwohl sie beide fast nackt waren. Da brauchte man ja wohl nicht mehr viel Fantasie, um sich vorzustellen, dass er und Eva zusammen waren.

Das mit dem Schmusen und so, hatten sie gemacht, nachdem sie am Morgen aufgewacht waren und sich gegenseitig versichert hatten, wie gut sie geschlafen hatten. Und sie hatte auch nichts dagegen gehabt, dass er sie ausgiebig betrachtete, nachdem sie aus dem Bett geklettert war. Weil sie doch so ein süßes Mädchen war, und weil sie doch so toll aussähe, wie er ihr versichert hatte. Mehrmals.

„Du siehst aber auch ganz schön knackig aus", hatte sie ihm dann versichert, nachdem sie gleiches Recht für alle eingefordert hatte, und er sich im Zimmer für sie hatte aufstellen müssen.

Aber dann hatten sie sich brav wieder angezogen und waren zum Frühstück hinunter in die Kneipe gegangen.

***

Jetzt war der Opa da und machte Druck. „So, Kinder, und jetzt kommt in die Puschen, wir wollen los. Das Taxi wartet draußen."

„Taxi?", fragte Phil. „Ja, bist Du denn nicht mit dem Auto gekommen?"

„Natürlich nicht. Das war mir zu umständlich. Selbstverständlich bin ich hergeflogen. Wir haben Deinen Schrottvogel auch gleich entdeckt und sind daneben gelandet. Berthold kümmert sich schon darum. Nix Ernstes, hat er gesagt. Der Vergaser sei verdreckt, oder sowas."

„Ja, und wer soll den Flieger jetzt wieder nach Hause bringen? Berthold kann doch nicht fliegen."

„Na, Du doch. Wer denn sonst? Du hast Dir die Kiste ausgeliehen, jetzt bringst Du sie gefälligst auch wieder zurück."

„Na, Du hast vielleicht Nerven, Opa!"

„Hab' ich. Und jetzt komm."

Als sie kurze Zeit später wieder die Kuhweide erreichten, war die

‚Delta-Echo-Lima-Charlie-Charlie' wieder betriebsbereit. Daneben stand die ‚Delta-Echo-Lima-Charlie-Foxtrott'. Und um die beiden Flugzeuge herum eine ganze Menge Leute aus dem Dorf, die sich das Schauspiel auf Bauer Schlötenkötters Kuhweide nicht entgehen lassen wollten. Heute war schließlich Samstag, und da hatte man Zeit für sowas.

Sie stiegen aus, und Opa Kramm bezahlte das Taxi. „Ihr nehmt meine, und Berthold und ich nehmen Eure", befahl der Opa. „Falls sie unterwegs nochmal Zicken macht." Er drehte sich zu dem Mechaniker um. „Können wir, Berthold?"

Der nickte.

„Also dann los. Ihr zuerst, dann wir."

Zum Glück war es windstill, so dass sie sich um die passende Startrichtung gegen den Wind nicht zu kümmern brauchten. Sie hatten die ganze Länge der Wiese.

Aber so viel brauchte Phil gar nicht. Es holperte tüchtig, als er das Flugzeug auf der unebenen Wiese beschleunigte, aber dann waren sie in der Luft. Nicht einmal die Hälfte der Wiese hatten sie zum Start gebraucht.

Eva, die etwas nervös auf dem rechten Sitz gehockt hatte, entspannte sich wieder, nachdem sie abgehoben hatten. Sie lächelte Phil an. „Gut gemacht."

Er lächelte zurück. „Danke."

Sie flogen in den Morgen hinein. In einen wunderschönen, sonnigen Spätherbstmorgen. Eigentlich war es eher ein Frühwintermorgen, aber das kam ihnen gar nicht so vor. Herbst passte besser zu ihrer Stimmung als Winter. Weil's im Herbst eigentlich längst noch nicht so kalt war. Und weil ihnen beiden doch auch so warm ums Herz war.

„Du, Eva", sagte Phil auf einmal in diese wunderbare Stimmung hinein, „Darf ich Dir was sagen?! Eva, Ich liebe Dich."

Kapitel 8

Am Tag vor Heiligabend klingelte es an Opa Kramms Haustür.

Phil war gerade aus der Schule gekommen und freute sich darüber, dass nun endlich die lang ersehnten Weihnachtsferien begonnen hatten. Außerdem freute er sich darüber, dass es mit Eva so gut klappte. Sie hatte ihm gesagt, dass sie auch ihn liebe, und das zeigte sie ihm auch. Zwar waren sie seit jener Nacht, die sie notgedrungen in Everswinkel verbringen mussten, nie wieder so intim zusammen gewesen, aber das beschäftigte ihn auch nicht weiter. Er konnte auch mit einer angezogenen Eva sehr zärtlich sein. Ebenso wie sie mit ihm. Und das machte ihn glücklich.

Weniger glücklich machte ihn der Umstand, dass er wohl weder seinen Vater noch seine Schwester zu Weihnachten zu Gesicht bekommen würde. Das wäre zweifellos schon ganz schön gewesen. Vor allem, weil es das erste Weihnachtsfest ohne seine Mutter war. Aber das ging nun nicht. Anscheinend konnte sein Vater von Phoenix nicht weg, und alle Flüge dorthin waren ausgebucht. Er hatte sich zu spät darum gekümmert, und jetzt war nichts mehr zu machen.

Es klingelte noch einmal. Warum machte denn keiner die dämliche Haustür auf, zum Kuckuck? Er rannte nach unten, um selbst nachzusehen. Unnötig. Opa hatte die Tür schon geöffnet und darin stand: …

„Papa! Was machst Du denn hier?"

Phil Busher Senior nahm seinen Sohn in die Arme und drückte ihn.

„Da staunst Du, was?"

„How come?", fragte der Junior.

"Ach, weißt Du, ich hatte Sehnsucht nach meinem Sohn. Und da hab' ich mir für gestern die Vier-acht-eins von Denver nach München geben lassen, und da bin ich jetzt."

„Ist ja super, ey!"

„Am Tag nach Weihnachten muss ich wieder zurück. Diesmal allerdings nach San Francisco. Und weil das so ist, hab' ich mir gedacht, dass wir, vorausgesetzt, Du hättest Lust mitzukommen, ja vielleicht bei Onkel Matt Silvester feiern könnten. Was hältst Du davon?"

„Ne ganze Menge halt ich davon. Nur, eigentlich bin ich für Silvester schon verabredet." Phil sah etwas unglücklich aus, als er das sagte.

„So, mit wem denn?"

„Ich bin mit Eva zu einer Party bei ihrer Freundin eingeladen, und ich glaub, Eva wär jetzt sehr enttäuscht, wenn ich ihr absagen würde."

„Musst Du doch nicht. Nimm sie doch einfach mit. Statt zu ihrer Freundin auf die Party, kommt sie dann mit uns auf die von Onkel Matt und Betty."

„Ist das Dein Ernst?"

„Wieso nicht? Ich hab' mir den Flug mal angesehen. Am Tag nach den Feiertagen ist der nicht sehr gut gebucht. Abgesehen davon werdet Ihr ja sowieso die ganze Zeit bei mir vorne rumhängen wollen, oder?"

„Mann, das wär mega! Eva wird sich ein Loch in den Bauch freuen. Die war nämlich noch nie in den USA."

„Gut, dann solltet Ihr Euch aber auch gleich drum kümmern. Hat sie einen Pass?"

„Keine Ahnung."

„Frag sie. Am besten kommt sie gleich mal her. Mitsamt Pass. Wenn sie keinen hat, sieht's übel aus, aber das sehen wir mal. Also, worauf wartest Du noch?"

Zehn Minuten mussten sie warten, dann stand Eva vor der Haustür der Kramms. Ihren Reisepass hatte sie mitgebracht. Phils Vater hatte seinen Laptop gestartet.

„Wir müssen ESTA noch machen", sagte er, während er auf die Tastatur einhämmerte. „Ist aber kein Problem. Ich kenn da einen bei Homeland Security." Er sah auf seine Armbanduhr. „Der dürfte inzwischen schon munter sein. Den ruf ich jetzt an, und dann geht das ohne Probleme durch." Er winkte Eva zu sich. „Komm Mädchen, setz Dich mal hier neben mich und schlag Deinen Pass auf. Dann hämmern wir schnell Deine Daten rein, und ab geht die Post."

Eine gute Stunde später war alles erledigt. Evas Einreise in die USA stand nichts mehr im Wege. Überglücklich zog sie mit Phil ab in sein Zimmer. Dort bekam er zuerst mal einen Kuss. Und zwar einen, der sich gewaschen hatte.

„Hoppla, was war das denn?", wunderte sich Phil.

Eine Antwort bekam er nicht. Nur ein: „Danke, danke, danke, danke" und einen dicken Schmatzer nach jedem ‚Danke‘.

„Die solltest Du meinem Vater geben", lachte er, nachdem sie wieder von ihm abgelassen hatte. „*Ich* kann nix dafür. *Er* hat die Idee gehabt." Aber das wollte Eva nicht. Sie war der Meinung, sie könnte sich genausogut an den jüngeren Phil halten. Na gut, was sollte er dagegen haben? – Gar nichts. Also gab es eine Schmusestunde zwischen Eva und Phil Junior. Einige Kleidungsstücke gingen dabei zu Boden, aber nicht alle.

∗∗∗

Sie konnten im Crewbus mitfahren. Samt Gepäck. Sie hatten zwar eine Bordkarte, aber eingecheckt am Schalter hatten sie nicht. Also gab's auch keinen Gepäckservice. Banderolen hatten ihre Koffer allerdings. ‚SFO‘ stand darauf, und ‚LH 458‘. Und eine zweite noch dazu. Auf der stand: ‚Crew Bagage‘. Damit wären sie in San Francisco im Nu durch den Zoll, behauptete Phil.

Die A350 stand auf der Position Zwei-Fünf-Sechs, also Gate L27, aber damit hatten sie nichts zu tun. Sie überließen ihr Gepäck den ‚Kofferschmeißern‘, die bereits fleißig dabei waren, das Gepäck der Fluggäste zu verladen und kletterten die Treppe am vorderen Ende der Fluggastbrücke hoch, von der aus man direkt ins Flugzeug gelangte.

Alle, außer Phils Vater. Der blieb unten, weil er sich das Flugzeug noch einmal genau ansehen wollte, wie es von jedem Kapitän vor dem Abflug verlangt wird. Der Erste Offizier, Michael Sowieso – den Hausnamen hatten sich Phil und Eva gar nicht erst gemerkt, weil der Mann wollte, dass sie ihn mit seinem Vornamen ansprachen – stürmte sofort ins Cockpit und klemmte sich auf den rechten Sitz. Er war dafür zuständig, die Route in den Flight Director einzugeben, und das machte er jetzt. Der dritte Pilot, Kapitän Jürgen Schmittbauer, ließ es gemütlicher angehen. Er war noch nicht an der Reihe mit Fliegen und tratschte daher ein wenig mit den Leuten von der Kabinenbesatzung. Bis der Purser, Gerd Conradi, dem ein Ende machte.

Conradi war eine beeindruckende Erscheinung. Hoch aufgeschossen sah er aus wie ein Gardeoffizier wozu allerdings die inzwischen ergraute

Wildmähne so gar nicht passte, die er auf seinem Kopf spazieren trug. Ebenso wenig wie die riesige, schwarz geränderte Brille, die die buschigen Augenbrauen fast verdeckte. Er war ein alter Recke, seit fast vierzig Jahren im Geschäft und fast so etwas wie eine Respektsperson. Wozu nicht zuletzt auch der schnarrende Kasernenhofton beitrug, den er hin und wieder anschlug.

Er klatschte in die Hände. „So, Kinder, Schluss jetzt mit dem Kaffeekränzchen. Gleich kommen die Gäste und nix is fertig. Also, schwingt die Hufe." Er drehte sich zu Kapitän Schmittbauer um und klopfte ihm freundschaftlich auf die Schulter. „Und Du, mein lieber Jürgen, verziehst Dich jetzt am besten mal in Deinen Führerstand."

„Geht nicht", antwortete Schmittbauer und zeigte auf Phil und Eva. „Da sitzen die beiden schon."

„Dann setz Dich meinetwegen aufs Klo, aber steh uns hier nicht im Weg rum. Und Ihr Beiden", er wedelte mit den Händen, als ob er Phil und Eva verscheuchen wollte wie lästige Fliegen, „Ihr schafft Euch jetzt mal in die Disco-Bude da vorn, dann seid Ihr auch aus'm Weg."

„Aye, aye, Sir", machte Phil und salutierte.

„Sei nicht so frech, Du Rotzlöffel", schnappte der Purser. „Und wage es nicht, an den Knöpfchen zu spielen."

Kichernd trollte sich Phil. Eva stolperte hinter ihm her.

„Wie ist der denn drauf?", fragte sie, während sie ihre Plätze hinten im Cockpit einnahmen.

„Ach weißt Du, der Gerd Conradi, das ist 'ne echte Rakete. Nie schlecht gelaunt, immer 'n coolen Spruch drauf und vor nichts und niemandem Respekt. Papa freut sich immer, wenn er den im Team hat."

Eva sah sich um. Sie war noch nie im Cockpit eines so großen Flugzeugs gewesen und war überwältigt von der Vielzahl der Anzeigen, Bildschirme, Knöpfe, Schalter und Hebel. Ihr wurde ganz schwindelig, wenn sie das alles ansah.

„Und was ist das jetzt alles?", fragte sie, etwas außer Atem.

„Größtenteils Spielerei", tönte es von vorne.

„Na, dann kann ich doch auch mal'n bisschen drauf rumdrücken, oder?", lachte Phil, der natürlich sofort wusste, dass das Unsinn war.

„Untersteh Dich!", kam die prompte Antwort. „Aber Du kannst mal hier nach vorne kommen und mir helfen. Ich kann das verfluchte ‚W‘ nicht finden."

Phil brüllte los vor Lachen. „Aber fliegen kannst Du die Kiste schon, oder?"

Der Copilot drehte sich um und grinste. „Keine Ahnung. Hab's noch nie versucht."

Eva, die ohnedies ziemlich am unteren Ende ihrer Gute-Nerven-Skala angekommen war, kreischte: „*Waaas*?", und sah entsetzt zwischen dem Piloten und ihrem Freund hin und her, die sich beide vor Lachen bogen. Dann bekam sie natürlich mit, was da lief und boxte Phil vor die Brust. „Ihr wollt mich nur veräppeln!"

Phil ließ sich in seinen Sitz fallen. „Wie hast Du das erraten, Süße?"

Phils Vater kam herein und sah sich irritiert um. „Was ist denn hier los? Bin ich hier im Zirkus, oder was?"

„Houston, we have a problem", antwortete Phil. „Dein Vize kann auf der Tastatur das ‚W‘ nicht finden. Hast Du vielleicht noch eins?"

„Hört auf mit dem Blödsinn", schimpfte der Senior. Aber er grinste dabei. „Setzt Euch hin und schnallt Euch an. Es geht gleich los. Hast Du alles drin?"

Der Copilot nickte. „Si Signore. Der Schlaumeier ist in Ordnung."

„Gut. Dann Briefing."

Der Copilot holte tief Luft. „Also. Wir starten auf der sechsundzwanzig-rechts und fliegen die EVIVA-Four-November Departure. Die geht geradeaus, bis vier-komma-drei DME, dann rechts rum auf dreihundertsechsundvierzig Grad bis DM vierundsechzig, dann wieder rechts rum, fuffzig Grad bis LAMSI und danach dreihundertdreiundfuffzig Grad bis EVIVA. Die Speed restriction ist zwohundertzwanzig initially und zwohundertfuffzig bis LAMSI. Initial Climb ist siebzig, und dann müssen wir abwarten, was die uns sagen. Bahn ist vier Kilometer lang, sie ist trocken, und mit unserem berechneten Take-off-Weight haben wir gut fünfhundert Meter Luft. V-one ist bei hundertachtunddreißig Knoten und Rotate bei hundertzwoundvierzig. In Case of Engine-Failure geht's auch geradeaus, dann hoch bis auf fünftausend, dann links rum bis München, und dann schau 'n wir mal, was wir machen."

Phils Vater nickte. „Sehr schön." Dann drehte er sich um und brüllte durch die offene Cockpittür: „Gerd!"

Der Purser kam herein. „Phil?"

„Wie sieht's aus?"

„Die letzten kommen gerade an Bord. Dann sind wir soweit."

„Gut. Du pass auf, wir stehen ziemlich weit weg von der Bahn, kannst Dir also Zeit lassen mit dem Pax-Briefing. Wetter ist gut, wir erwarten da nix, Service sollte also kein Problem sein."

„Alles klar." Der Purser ging hinaus und zog die Tür hinter sich zu.

„Ground from Cockpit", rief Phils Vater ins Mikro.

„Cockpit?", kam es zurück.

„Seid Ihr fertig?"

„Loading ist fertig, alle Türen sind zu, Gear-Pins inserted, fertig für Push."

Ein Schlepper war gerade dabei, von vorne her unter das Flugzeug zu fahren. Dann bemerkten sie, wie es vorne leicht angehoben wurde.

„Pushback", verlangte Phils Vater.

Der Copilot drückte auf die Sprechtaste. „Ground Control? Lufthansa Four-five-eight, Position Two-five-six, ready for push."

"Lufthansa Four-five eight, pushback approved, facing East", lautete die Antwort, die der Copilot umgehend bestätigte.

Phils Vater gab die Anweisung weiter an die Boden-Crew. „Hello Ground, Ihr könnt stoßen, Nase nach Osten."

Sekunden später wurde das Flugzeug rückwärts von der Terminal-Position weg auf das Vorfeld hinaus gedrückt. Kurz nachdem es wieder zum Stehen gekommen war, kam die Meldung: „Cockpit, ready to start engines."

„Engine Start", sagte Phils Vater und legte zwei kleine Schalter um, die sich auf der Mittelkonsole vor den Schubhebeln befanden. Die Triebwerksanzeiger auf dem Display darüber begannen sich zu bewegen, die Triebwerke heulten auf. Phil beobachtete die Anzeigen. Bei einer bestimmten, markierten Drehzahl schaltete sein Vater die Zündung ein.. Die Triebwerke liefen weiter hoch, bis die Anzeigen sich am oberen Limit einpendelten. Auch die Temperaturanzeiger schnellten nach oben.

Dann nickte er und drückte wieder auf die Sprechtaste. „Ground from

Cockpit, please remove Steering Pins und Pushback-Equipment, Daumen von links, Danke schön, Servus, Schönen Tag."

Es dauerte einen Moment, dann kam die Bestätigung: „Cockpit? Steering-Pins und Pushback-Equipment removed, fertig zum Rollen, Servus, Guten Flug."

Durch die seitlichen Fenster konnte Phil sehen, wie der Schlepper davonfuhr. Wenig später tauchte der Mann vom Bodenpersonal auf, sah zu ihnen hoch und streckte den Daumen in die Luft.

„Taxi", sagte Phils Vater.

„Ground control, Lufthansa Four-five-eight, request taxi."

"Lufthansa Four-five-eight, taxi Oscar-two, November-four, Alfa-one-three, hold short Runway-two-six-right, call Tower on one-one-niner-decimal-four, report ready."

Nach der Bestätigung durch den Co-Piloten schob Phils Vater die Schubhebel nach vorne bis sich das Flugzeug langsam in Bewegung setzte. Er rollte den vorgegebenen Weg ab und brachte dann das Flugzeug kurz vor der Startbahn zum Stehen.

„Tower, Grüß Gott, Lufthansa Four-five-eight, Runway Two-six-right, ready", meldete der Copilot.

Fertig waren sie zwar, aber sie waren noch nicht dran. Ein riesiger Airbus 380 der Thai Airways schob sich vom Rollweg A15 aus auf die Bahn, beschleunigte und hob ab.

Eine Weile später waren sie an der Reihe.

„Lufthansa Four-five-eight, Runway Two-six-right, wind two-seven-seven degrees, four Knots, cleared for take-off, Pfiat's Aich, Guten Flug."

Phils Vater wartete die Bestätigung des Copiloten an den Tower ab, dann rollte er auf die Bahn hinaus und schob die beiden Schubhebel bis zum Anschlag nach vorne. Die Triebwerke brüllten los Draußen musste jetzt ein infernalischer Lärm herrschen.

Eva schloss die Augen. So ganz wohl war es ihr nicht bei der Sache. Ein Start mit Phil, in dem kleinen Flugzeug, das ging ja noch. Aber mit so einem Riesen-Flieger, da hatte sie immer noch Angst. Wenn hier ein Triebwerk ausfiel, dann konnte man nicht mal eben so auf der nächstbesten Wiese runtergehen, wie Phil das getan hatte. Wie hatte der Co-pilot gesagt: ‚In Case of Engine Failure, rauf bis fünftausend Fuß, und dann schau'n wir mal'. Das klang nicht gerade sehr beruhigend.

Phil sah, dass Eva sich unwohl fühlte. Er lehnte sich zu ihr hinüber und angelte nach ihrer Hand. Sie schlug die Augen auf und sah ihn dankbar an.

„Take-off Power set ", meldete der Copilot.

Das Flugzeug schoss vorwärts, es ging los.

**

Was danach kam, war nicht mehr aufregend. Als erstes sorgte der Purser mal für eine entspannte Atmosphäre. Kurz nachdem sie die Rei-seflughöhe fast erreicht hatten, war er ins Cockpit gekommen.

„Aah, der Herr Conradi", hatte Phils Vater ihn begrüßt. „Herr Conradi, schönen, guten Tag."

„Herr Busher, guten Tag", kam der Gruß zurück. „Sagen Sie mal, Herr Busher, haben Sie eine Ahnung, wohin wir heute fliegen?", fragte er.

Evas Kopf fuhr herum. Irritiert sah sie den Purser an. Der grinste.

„Nö", antwortete Phils Vater. „Du weißt doch, Gerd, wir fliegen doch immer erst mal los, und dann schau 'n mer mal, wo's hingeht."

„Und dann?"

„Dann geh'n mer'n Bier trinken. Das machen wir doch immer so."

„Ja, das ist ja schonmal gut", meinte Conradi und begann, die Speisen-karten die er mitgebracht hatte, an alle im Cockpit zu verteilen. „Hier, ich hab' Euch die Karte mitgebracht, Ihr tragt ein, und dann schau'n wir mal, was übrigbleibt."

Eva wusste nicht, was sie davon halten sollte. Waren die jetzt alle plem-plem hier? Sie beugte sich rüber zu Phil: „Sag mal, wir fliegen doch nach San Francisco, oder?", flüsterte sie. Aber nicht leise genug. Alle brüllten los vor Lachen.

Mitten hinein platzte die Stimme des Fluglotsen: Maastricht-Radar, Lufthansa Four-five–eight, you're identified, Sir. Climb and maintain Flight-Level Three-two-zero." Offensichtlich ein Schotte, dem Akzent nach zu urteilen.

Immer noch kichernd antwortete der Copilot: „Maastricht-Radar, climbing Flight-Level Three-twenty, Lufthansa Four-five-eight."
„Lufthansa Four-five-eight, what's so funny?", fragte der Lotse zurück.
„We were just wandering, whereto we might be going", sagte der Copilot, ließ die Sprechtaste los und meinte: „Scheint nicht viel los zu sein da unten, dass er Zeit zum Quatschen hat."
„San Francisco, I thought", kam es von unten zurück.
„No idea. *You* tell *me*", feixte der Copilot lachend.
"No, I woun't. What I will do though, is, tell you: You cleared direct Victor-India-Golf, Lufthansa Four-five-eight."
Der Copilot fummelte am Flight-Director herum, und eine abgeknickte, blass-rosa Linie auf dem Display sprang um auf eine gerade Linie. „Lufthansa Four-five-eight, thank you, Maastricht", sagte er. „*That's* a nice shortcut."
Eine ganze Weile später, nachdem sie sich bei Bodø-Oceanic abgemeldet hatten, flogen sie hinaus auf den Nordatlantik. Dann, auf dem Großkreis von etwa siebzig Grad nördlicher Breite über Grönland und weiter bis zur kanadischen Ostküste. Sie meldeten sich wieder bei Edmonton-Center, wurden von dort nach Seattle geschickt und dann nach Süden, an der Pazifikküste entlang, Richtung San Francisco, zu NorCal-Approach, der Luftaufsicht für Nord-Kalifornien, die in Sacramento stationiert war.
Tatsächlich bekamen sie von dort die ‚Golden-Gate-Five' Arrival zugewiesen, die Phil vor einiger Zeit erwähnt hatte, als er Eva etwas von San Francisco vorgeschwärmt hatte.
Als er es hörte, tauschte er schnell mit Eva den Platz, damit sie die beste Sicht auf das Golden Gate, die Bay und die Stadt San Francisco hatte, während sie darüber hinwegflogen. Angestrengt sah sie aus dem Fenster. Es war alles so, wie er es geschildert hatte, und es sah fantastisch aus.
Nachdem das Flugzeug dann auf der Bahn achtundzwanzig-rechts aufgesetzt hatte und gleich darauf heftig bremste, wurde ihr mit einem Mal so richtig klar, dass sie nun wirklich in San Francisco angekommen war.

Kapitel 9

Sie verließen das Flugzeug als letzte, waren aber dennoch die ersten, die Pass- und Zollkontrolle hinter sich gebracht und ihr Gepäck in Empfang genommen hatten. Wie auf allen Flughäfen der Welt, so wurden auch hier die Flugzeugbesatzungen stets bevorzugt abgefertigt.

In der Ankunftshalle erwarteten sie Phils Onkel Matt mit seiner Tochter Betty und Tanja, Phils Schwester. Sie war schon vor den Weihnachtstagen von Bremen aus nach Kalifornien geflogen, um die Feiertage mit ihrem Onkel und ihrer Cousine zu verbringen.

Phil stürzte auf sie zu und fiel ihr um den Hals. Er freute sich riesig, seine Schwester zu sehen und hatte keine Hemmungen, das auch zu zeigen.

„Tanny!", rief er. „Bin ich froh, Dich zu sehen!" Er schob sie vorsichtig von sich weg und betrachtete sie. „Du siehst Bombe aus."

Dann war seine Cousine an der Reihe, gedrückt und geküsst zu werden. Eva war fast ein wenig eifersüchtig auf das Mädchen, das etwa so alt war, wie sie selbst und einfach nur fantastisch aussah. Zum Schluss umarmte Phil seinen Onkel Matt, der zuvor von seinem Vater begrüßt worden war. Die beiden Männer sahen einander ziemlich ähnlich, waren gleich groß und trugen den gleichen Haarschnitt. Abgesehen von der Kleidung unterschieden sie sich nur durch die schwarz geränderte Brille, die der Onkel auf der Nase trug, während Phils Vater ohne Sehhilfe auskam.

Eva stand zunächst ein wenig abgehängt dabei, aber nun nahm Phil sie an der Hand und zog sie zu sich heran. „And this is my lovely Eva, the most beautiful girl in the world", stellte er sie vor.

Eva fand das total daneben und bekam einen roten Kopf. „Schleimer", raunte sie ihm zu, und Tanja fing laut an zu lachen. Sie streckte Eva die Hand hin.

„Hallo Eva", sagte sie. „Völlig recht hast Du. Er war und ist ein alter Schleimer. Immer schon gewesen."

„Hör bloß auf, hier schlechte Stimmung zu machen", knurrte Phil.

Betty hatte zwar die Worte nicht verstanden, aber den Tonfall, in dem sie gesagt worden waren, sehr wohl. Sie schubste ihn zur Seite. „Go away, you jerk!" Dann reichte sie Eva die Hand. „Hi Eva, I'm Bitching-Betty, as this jerk is calling me." Sie schubste Phil erneut. "I don't' know why, but he does."

"You're pushing me around, you're shouting at me, you call me a jerk, what else should I call *you* then?", gab Phil zurück.

Mittlerweile waren die Leute stehengeblieben, weil sie annahmen, da sei eine Auseinandersetzung im Gange. Erst auf den zweiten Blick erkannten sie, dass dem nicht so war, weil alle Beteiligten zu lachen angefangen hatten.

Phils Vater sah es und sagte: „Kommt, Kinder, lasst uns zusehen, dass wir hier rauskommen, die Leute werden schon aufmerksam. Dann bot er seiner Tochter Tanja und seiner Nichte Betty je einen Arm an und schleppte sie ab. Seinen Koffer überließ er derweil seinem Sohn.

Immer noch lachend, verließen sie die Halle. Die Leute, die stehengeblieben waren, schüttelten grinsend die Köpfe und gingen weiter.

∗∗∗

Die Fahrt von San Francisco International bis ins Silicon Valley dauerte nicht lange. Eine knappe halbe Stunde nur, dann hielten sie vor der riesigen Villa am ‚Oak Knoll Drive' in ‚Emerald Hill', die Phils Onkel Matt gehörte.

Eva staunte nicht schlecht, als sie das Anwesen sah. „Was ist das denn?", fragte sie Phil.

„Onkel Matts Haus", antwortete Phil. „Er hat eine Firma drüben in Palo Alto. Irgendein Start-up oder so was Ähnliches, keine Ahnung. Scheint aber gut zu laufen. Letztes Jahr hat er sich diese Hütte gekauft. Blöderweise ist ihm kurz danach seine Frau abgehauen. Jetzt wohnt er mit Betty allein hier."

Sie durchquerten das riesige Wohnzimmer und traten hinter dem Haus auf die Terrasse, die ebenfalls stattliche Ausmaße hatte. Der große Garten war von einer reichlich übermannshohen Hecke umgeben und grenzte an ein kleines Waldgebiet.

Gerne wären sie hier draußen geblieben und hätten sich an den großen Tisch gesetzt, aber dazu war es Ende Dezember mit nur zwölf Grad dann doch zu kalt. Also kehrt marsch die ganze Truppe und wieder hinein ins Wohnzimmer. Phil, sein Vater und sein Onkel machten es sich dort bequem, während die Mädchen nach oben gingen, um die Koffer auszupacken.

Das Haus verfügte über nicht weniger als drei Gästezimmer, so dass Tanja, ihr Vater und Phil mit Eva jeweils ein eigenes beziehen konnten. Daneben gab es auf der oberen Etage des Hauses noch Bettys Zimmer und das Schlafzimmer ihres Vaters, das sogar über ein eigenes Bad verfügte. Die beiden anderen Badezimmer mussten sich Betty und die Bewohner der Gästezimmer teilen.

Das Erdgeschoß des Hauses wurde von dem riesigen Wohnzimmer dominiert. Daneben gab es ein Esszimmer mit einem großen Esstisch für zwölf Personen, das Betty und ihr Vater allerdings so gut wie nie benutzten. Sie pflegten ihre Mahlzeiten in der Küche einzunehmen, in der es ebenfalls einen Tisch gab, an dem allerdings nur sechs Personen Platz fanden. Anders als in Deutschland, waren nämlich in diesem Land auch die Küchen großzügig dimensioniert.

Eva, die mit ihren Eltern und ihrem zehnjährigen Bruder in einer nicht allzu üppig bemessenen Doppelhaushälfte lebte, fragte sich, wie man zu zweit ein solch riesiges Haus bewohnen konnte. Sie war von dem Raumangebot überwältigt.

✶✶✶

Für Eva, Phil und seinen Vater wurde der Abend nicht lang. Sie waren nach der Reise hundemüde und auch die Zeitumstellung von neun Stunden machte ihnen zu schaffen. Gleich nach dem Abendessen verabschiedeten sie sich, um ins Bett zu gehen.

In ihrem Zimmer angekommen, legte Eva Phil die Arme um den Hals und ihren Kopf auf seine Schulter. „Ich bin so müde, Philly, ich könnt so im Stehen einschlafen."

Er küsste sie sanft auf die Haare. „Darfst Du auch, Evchen. Gleich. Darf ich Dich vorher noch auspacken?"

Sie nickte, ohne den Kopf von seiner Schulter zu nehmen.

Das Ausziehen wurde eine mühsame Sache. Eva hing an Phils Hals wie ein nasser Sack, und er musste sie ständig festhalten, damit sie nicht umfiel, während er sie aus ihren Kleidern herauspellte. Natürlich wäre es viel einfacher gewesen, wenn sie das selbst gemacht hätte, so müde konnte ja keiner sein, als dass er nicht noch in der Lage wäre, sich auszuziehen, aber Eva wollte die Schlafpuppe spielen, und Phil wollte sich die Chance nicht entgehen lassen.

Also zog er sie aus. Komplett. Naja, fast komplett. Als er sich zum Schluss an ihrem Höschen zu schaffen machen wollte, hielt sie seine Hände fest.

„Nicht?", fragte er leise.

Sie schüttelte den Kopf. „Nicht böse sein."

Er schloss sie in die Arme. „Bin ich doch gar nicht. Willst Du noch Zähne putzen?"

Als er nur ein erneutes Kopfschütteln als Antwort erhielt, nahm er sie auf die Arme, trug sie zu dem breiten Doppelbett und legte sie vorsichtig darauf ab. Dann beeilte er sich, selbst aus seinen Sachen herauszukommen. Nur seine Unterhose behielt er an. Er legte sich neben sie und schlug die Bettdecke über sie beide.

Zärtlich strich er ihr über den Kopf. „Gute Nacht, mein Evchen", flüsterte er. „Schlaf gut und träum was Schönes."

Sie gab ihm keine Antwort mehr. Nur dass sie ihm den Rücken zudrehte und ganz nah an ihn heranrutschte. Natürlich wusste er sofort, was sie wollte: Löffelchen liegen. Und selbstverständlich tat er ihr den Gefallen und schloss sie fest in seine Arme.

Der Schlaf kam beinahe sofort, obwohl es noch nicht einmal acht Uhr am Abend war.

***

Dafür war die Nacht allerdings auch schon vor sechs Uhr am nächsten Morgen wieder zu Ende. Fast zehn Stunden hatten sie geschlafen. Für Phil war das schon fast rekordverdächtig. Er war kein Langschläfer. Bei Eva hingegen war das anders. Sie hätte mit Vergnügen noch länger in Morpheus' Armen gelegen. Wobei dieser Morpheus, in dessen Arme sie sich gekuschelt hatte, mit bürgerlichem Namen Phil hieß. Was die ganze

Sache wesentlich angenehmer machte als mit dem echten Morpheus, dem alten Knochen.

Sie wachte eigentlich nur deshalb auf, weil ihre Blase sie drückte. Irgendwie war sie über Nacht aus der ‚Löffelchen-Lage' herausgekommen, denn das erste, was sie jetzt sah, als sie die Augen aufschlug, war Phils Gesicht. Und das lächelte sie an. Also vergaß sie ihre drückende Blase zunächst mal und drückte ihm einen dicken, fetten Kuss in sein Lächeln. Das war doch mal eine Art aufzuwachen, an die sie sich wohl gewöhnen konnte, dachte sie. Allerdings, als Phil sich dann reichlich, viel zu reichlich Zeit nahm, ihr ihren Kuss zurückzugeben, wurde sie doch ein wenig unruhig.

„Ich muss mal", nuschelte sie in seine geöffneten Lippen hinein.

Sofort ließ er von ihr ab und lachte sie an. „Na, dann musst Du wohl gehen."

Sie schlug die Decke zurück, sprang aus dem Bett und rannte aus dem Zimmer. Phil lachte hinter ihr her.

Als sie zurückkam, lag er auf dem Rücken, die Hände unter den Kopf geschoben und sah sie an.

Das war ihr jetzt ein bisschen peinlich, weil sie doch nichts weiter am Körper trug, als dieses winzige Höschen, das ja nun so gut wie gar nichts mehr versteckte. Und das gehörte sich ja wohl *ü-ber-haupt* nicht, dass man einem Jungen so gegenübertrat. Selbst wenn man ihn lieb hatte.

Phil aber guckte und lächelte.

Sie wusste nicht, was sie machen sollte und blieb deshalb einfach stehen. Schockstarre, nannte man das wohl. Und dieser unverschämte Kerl da im Bett nutzte das auch noch schamlos aus. Obwohl, wer war hier eigentlich schamlos? Dieser Lümmel, der da – züchtig bedeckt – unter der Bettdecke lag, oder dieses Mädchen, das sich da, mit nichts weiter als diesem Nichts von einem Höschen am Leib, zur Schau stellte? Was für eine dumme Situation!

Phil löste sie auf, indem er sie fragte: „Kommst Du wieder ins Bett?"

Nichts lieber als das, ging es ihr durch den Kopf, und sie beeilte sich, seine Frage positiv zu beantworten, indem sie flink unter die Decke kroch.

Aber das machte es nicht besser. Zwar hatte sie sich damit seinen, sie so genussvoll anschauenden Augen entzogen, dafür aber machten sich seine Hände nun daran, ihren Rücken auf eine so sanfte und liebevolle Art zu streicheln, dass ihr schier Hören und Sehen verging. Und das war ja nun, vom moralischen Standpunkt aus betrachtet, genauso verwerflich, wenn nicht sogar noch schlimmer. Aber sie wusste auch: Widerstand zwecklos. Es fühlte sich einfach zu gut an. Also versuchte sie die Sache mit dem Widerstand erst gar nicht. Moralisch verwerflich? – Scheiß drauf. Er hatte sie lieb und sie ihn, und wenn er ihr seine Liebe zeigte, indem er ihren nackten Rücken streichelte, dann sollte er. Es war ein schönes Gefühl, und es machte sie glücklich. Basta!

***

Eine gute halbe Stunde später war Phil immer noch dabei, seine Freundin spüren zu lassen, dass sie glücklich waren. Allerdings hatte er jetzt sein Streichelgebiet von ihrem Rücken aus auf andere Körperregionen ausgeweitet, was sie keineswegs als unangenehm empfand, zumal er sensibel genug war, gewisse, verbotene Zonen diskret auszulassen.
Plötzlich hörten sie es im Nebenzimmer rumoren. Denn merke: US-amerikanische Villen mögen zwar riesig sein, aber deren Wände sind in der Regel nicht sonderlich gut schallisoliert. Die Geräusche kamen aus Bettys Zimmer. Eva fragte sich, was die wohl so zeitig schon aus den Federn getrieben hatte. Schließlich waren Ferien, und da brauchte man doch nun wirklich nicht bereits um halb sieben Uhr morgens herumzuturnen.
Herumturnen war allerdings auch nicht das, was Betty im Sinn hatte. Eva war, als sie das Rumoren vernommen hatte, augenblicklich aus Phils Armen geflüchtet und aus dem Bett gesprungen. Jetzt sah sie durchs Fenster, wie Betty aus dem Haus kam und davonlief.
Atemberaubend.
Sie trug so eng anliegende Leggins, dass an ihren wunderschön geformten, ewig langen Beinen kein Zweifel möglich war, ebenso wenig wie an dem niedlichen Hinterteil, das dem ganzen Fortbewegungsinstrumentarium die Krönung aufsetzte. Ihre nackten Füße steckten in grellroten

Laufschuhen, und das knalleng geschnittene Top ließ beim zufälligen oder absichtlichen Betrachter ebenfalls keine Wünsche offen. Die langen, aschblonden Haare hatte sie zu einem Pferdeschwanz zusammengebunden und mit einem breiten Stirnband gebändigt. Das ganze Ensemble ‚Betty' war einfach… Wow!

Der grüne Neid kochte in Eva hoch, und es kostete sie tatsächlich einige Mühe, ihn wieder hinunterzuschlucken. Es war Phils Verdienst, dass es ihr schließlich gelang.

„Du sag mal, Deine Cousine sieht aber wirklich hammermäßig gut aus", stellte sie fest, als der Neid noch hoch oben kochte.

„Yep", machte Phil und nickte heftig. „Sie ist ein Wahnsinns-Hingucker. Jeder weiß das, und sie weiß das auch."

„Also gehörst Du auch zu denen, die ganz genau hingucken?"

„Yep", machte er wieder. „Welcher Junge würde es sich schon entgehen lassen, genau hinzuschauen, wenn ihm jemand wie Betty begegnet?"

„Aber sie ist Deine Cousine!"

„Na und? Das hindert mich doch nicht daran, ihr hinterherzugucken. Allerdings muss ich gestehen, einer gewissen Eva Schuster guck ich noch viel lieber hinterher. Wobei, ehrlich gesagt, am liebsten ist es mir sogar, wenn ich sie kommen sehe. Betty mag der Hammer sein, aber Eva ist der Super-Hammer."

„Du schleimst."

„Ist das ein Wunder? Wenn man jemanden wie Dich sieht, kann man gar nicht verhindern, dass man ins Schleimen gerät."

„Bah, das ist ja eklig!" Sie verzog das Gesicht und schüttelte sich heftig. Eine Körperreaktion, die Phil an ihr einfach atemberaubend fand, insbesondere im Hinblick auf ihre niedlichen Brüste, die sich ihm in diesem Augenblick in ihrer vollen und nackten Schönheit darboten.

„Stimmt genau", sagte er daher. „Und deshalb wär's auch ganz schön, wenn Du jetzt wieder zu mir ins Bett kommen würdest. Dann könnte ich nämlich mit der ekligen Schleimerei aufhören und mich angenehmeren Tätigkeiten widmen."

Und weil er sie dabei so unendlich lieb anlachte, war mit einem Mal der grüne Neid verschwunden und ein rosarotes Glücksgefühl machte sich in ihr breit. Aufgrund just dieses Gefühls hatte sie auch nicht das Geringste dagegen einzuwenden, dass er sich, nachdem sie tatsächlich wieder zu ihm unter die weiche Decke gekrochen war, mit Hingabe an ihren niedlichen, nackten Brüsten zu schaffen machte. Obwohl die bislang zur ‚Verbotenen Zone‘ gehört hatten. Jetzt taten sie das nicht mehr.

Irgendwann allerdings musste er dann doch damit aufhören, weil es inzwischen an der Zeit war, aufzustehen und sich fürs Frühstück fertigzumachen.

Leider.

***

Tatsächlich tauchten Phil und Eva reichlich spät am Frühstückstisch auf. Alle anderen hatten sich schon um den Tisch in der Küche versammelt und palaverten munter drauf los.

Die Atmosphäre war entspannt.

Die beiden Brüder Matt und Phil Busher trugen Jeans und Poloshirts, Betty hatte ihr aufreizendes Jogging-Outfit gegen ein artiges Blüschen und einen weit weniger artigen Minirock getauscht, und Tanja trug einen dünnen Jogginganzug, wie ihn die Lufthansa auf den Overnight-Langstreckenflügen an die Passagiere ihrer ‚Senator-Klasse‘ auszugeben pflegte und den auf dem Rücken das Kranichsymbol und quer über der Brust der Schriftzug ‚Lufthansa First Class‘ zierte. Weiß der Kuckuck, wo sie den herhatte, ordnungsgemäß verdient hatte sie ihn jedenfalls nicht.

Sofort sprang Tanja auf, als Phil und Eva hereinkamen und rannte zum Herd. „Ham, Bacon, fried Eggs, scambled, Mushrooms, Hashbrowns, was wollt Ihr haben?“, ratterte sie den ungesunden Teil eines US-amerikanischen ‚Breakfast-Menus‘ herunter.

„Alles“, verlangte ihr Bruder und setzte sich auf einen der beiden, noch freien Stühle. „Und Ketchup. Schließlich sind wir hier in the US of A.“

„Yes sir“, salutierte Tanja und wandte sich dann an Eva. „Und was möchtest Du? Setz Dich doch.“

Eva war verwirrt. Eine so energische Tanja am frühen Morgen, das war sie nicht gewohnt. Immerhin ließ sie sich auf dem freien Stuhl neben Phil nieder. „Öh-pff-m", machte sie.

„Also auch alles", konstatierte Tanja und machte sich an die Arbeit.

Eva hatte zwar nicht die leiseste Ahnung, auf was sie sich da einließ, aber sie erhob auch keinen Einspruch.

Was Tanja dann allerdings wenige Minuten später vor sie hinstellte, machte sie doch einigermaßen fassungslos. Auf dem Teller türmten sich ein Spiegelei mit cross gebratenem Speck, ein ordentlicher Kleks Rührei mit saftig gebratenem Schinken, ein ansehnliches Hügelchen von geschmorten Champignons und ein zweites, ebenso ansehnliches, das aus winzigen, braunen Stiften bestand, die anscheinend die amerikanische Lesart der deutsch-bürgerlichen Bratkartoffeln darstellten. Das Ganze war gekrönt von einer geschmorten Tomatenhälfte, die Tanja in ihrer Aufzählung zwar nicht erwähnt, aber dennoch hinzugefügt hatte.

„Um Gottes Willen, wer soll denn das alles essen?", entsetzte sich Eva.

„Na Du doch, wer denn sonst?", antwortete Phils Vater. „Mit Gottes Hilfe. Du bist noch in der Entwicklung und brauchst demzufolge ein ordentliches Frühstück."

Eva platzte mit einem Lacher heraus. „Genau das sagt mein Vater auch immer", gluckste sie.

„Na also."

Phil Junior hatte sich indes nicht beeindrucken lassen und mampfte jetzt, nachdem er sich zusätzlich eine ordentliche Ladung Ketchup auf den Teller geladen hatte, ungerührt sein Frühstück in sich hinein.

Also machte Eva es ihm nach. Nur mit der überdimensionalen Ketchupflasche, die vor ihr auf dem Tisch stand, ging sie etwas vorsichtiger um.

Phil hatte vor Eva zu essen angefangen, und er baute seinen Vorsprung langsam aus. Sie war noch nicht einmal halb fertig mit ihrer Portion, da war sein Teller schon leer.

Tanja bemerkte das und fragte ihn: „Pancakes?"

Weil er den Mund voll hatte, konnte er im Moment nur nicken. Trotzdem gelang es ihm irgendwie, eine Sekunde später, noch ein vollmundiges: „mit Maple-Sirup" hinterherzunuscheln.

Der leere Teller ging, ein voller Teller kam. Eva staunte nicht schlecht, als Tanja ihrem Bruder die beiden Pfannkuchen servierte, die in dem honigfarbenen Ahornsirup beinahe ertranken.

„Grundgütiger! Wo bringst Du das bloß alles unter?" fragte sie.

„In seinem Penis, damit der endlich mal in Form kommt", antwortete Tanja anstelle ihres Bruders, der gerade unter einer momentanen Sprachblockade litt, hervorgerufen durch ein riesiges Stück Ahornsirup-Pfannkuchen, das er zu Zerkleinerungszwecken im Mund herumwälzte.

Stille.

Phil Junior mampfte, Betty giggelte, ihr Vater grinste, Eva war entsetzt und Phil Senior empört. „Tanja, bitte!", wies er seine Tochter zurecht. Aber die zuckte nur mit den Schultern.

„Was denn, stimmt's etwa nicht?"

Phil Junior hätte gerne etwas dazu gesagt, aber er konnte nicht. Mund voll. Ob immer noch oder schon wieder – Wer wusste das schon?

Eva schwieg betreten. Sie konnte dazu nichts sagen. Soweit waren sie und Phil noch nicht.

***

Nachdem Phil Junior seinen bescheidenen Frühstücks-Imbiss beendet hatte, verließ das Jungvolk das Haus. Die beiden Busher-Brüder blieben zurück. Sie hatten sich lange nicht gesehen und sich entsprechend viel zu erzählen. Jetzt konnten sie das, denn die Tage zwischen Weihnachten und Neujahr hatten sie sich frei genommen.

Betty fuhr. Sie besaß einen kleinen Toyota, dessen verbeultes Blechkleid schon bessere Tage gesehen hatte. Es ging eng zu in dieser Schrumpflimousine, aber es ging. Betty verfrachtete ihren Cousin nebst Anhang auf die Rückbank und ihre Cousine auf den Beifahrersitz.

Dann konnte es losgehen.

Betty war zwar erst sechzehn, aber sie fuhr zügig und couragiert. Irgendwie schienen die Bushers den Umgang mit motorgetriebenen Fortbewegungsmitteln im Blut zu haben. Und sie kannte sich aus in dem Gewirr von Freeways und Highways. Lange brauchten sie nicht von Emerald Hills bis nach Downtown San Francisco. Allerdings war der

Verkehr auch, bedingt durch die Ferien, relativ dünn.

In der Stadt spulten sie genau das Programm ab, von dem Phil Eva vorgeschwärmt hatte. Zwar fuhren sie die Lombard Street nicht in einem offenen, beeindruckend dimensionierten, schneeweißen Cabrio hinunter, sondern lediglich in Bettys Toyota-Ruine, aber Spaß machte es trotzdem.

Dann geradeaus weiter und hinauf auf den Telegraph Hill, wo sie sogar ohne Schwierigkeiten einen Parkplatz fanden. Natürlich wollten sie hinauf auf den Coit-Tower. Das Vergnügen, die sensationelle Aussicht auf die Stadt, die San Francisco Bay und das Golden Gate zu genießen, durfte man sich ja keinesfalls entgehen lassen. Obwohl der alte, wackelige Fahrstuhl, mit dem sie nach oben fuhren, bei Eva eine Art Angstanfall auslöste. Was vollkommen unbegründet war, wie die drei Bushers versicherten, denn die alte Dame, die den Aufzug seit Jahr und Tag bediente, lebte ja noch.

Danach ging's zurück zur Haltestelle der Cable-Car in der Nähe der Lombard Street. Mit dieser dann hinunter nach Fisherman's Warf. In einem kleinen, italienischen Restaurant, dessen Inhaber aus der (west-italienischen) Stadt New York-Brooklyn stammte, nahmen sie ein ausgezeichnetes Mittagessen ein. Die Meeresfrüchte zu ihren Spaghetti waren so frisch, dass sie sich ganz offensichtlich am frühen Morgen noch in den Wogen des Pazifik getummelt haben mochten.

Eigentlich hatte Phil ja in einem der angesagten Szene-Lokale auf der Pier neununddreißig zu Mittag essen wollen, aber das hatte Betty strikt abgelehnt.

„Not forever in your Life", sagte sie energisch. „Die Pier neununddreißig ist die größte Touristenabzocke von ganz San Francisco und darüber hinaus. Was sie Dir da für eine simple Coke abknöpfen, bezahlst Du anderswo für eine Flasche feinsten Cabernet Sauvignon aus dem Napa Valley."

Der anschließende Bummel über die ehemalige Schiffsanlegestelle machte ihnen dann sehr schnell deutlich, dass Betty mit ihrer Einschätzung hundertprozentig richtig lag.

Von der Spitze der Pier aus sah man hinüber nach Alcatraz, der legendären Gefängnisinsel in der Bucht von San Francisco.

„Wollen wir hinüberfahren?", fragte Betty.

Niemand hatte rechte Lust dazu. Phil erklärte Eva auch, warum: „Die Gebäude sind fast alle verfallen, und das, was sie für die Touristen zurechtgemacht haben, ist schon ziemlich gruselig. Es war eben ein Gefängnis, und das spürt man auch ganz genau."

„Dann lassen wir das auch mal lieber", sagte Eva, die überhaupt keine Lust auf Gruseleffekte verspürte. Schon eher auf einen Kuss von Phil. Und den bekam sie dann auch.

Danach folgte das absolute Highlight eines jeden San Francisco Besuchs: Die Fahrt über die Golden Gate Bridge. Noch beeindruckender als die Fahrt darüber war allerdings der Blick darauf, den man von dem Hügel am Nordende der Brücke hatte. Rechts sah man hinaus auf den pazifischen Ozean, unter ihnen erstreckte sich die Golden Gate Bridge und nach links schweifte der Blick über die Bucht von San Francisco und die Stadt, die sich am südwestlichen Ufer der Bucht ausbreitete.

Es war einfach fantastisch, Eva wusste überhaupt nicht, was sie sagen sollte. Phil hatte ihr den Arm um die Schultern gelegt, und sie stand nur da und staunte. Er selbst, seine Schwester und seine Cousine kannten das natürlich alles schon, aber sie waren trotzdem jedesmal wieder fasziniert von diesem Anblick. Zumal auch das Wetter noch mitspielte. Es war zwar kalt, aber es war sonnig und klar.

„Glück gehabt", meinte Betty dazu. „Denn hier ist es auch oft ziemlich nebelig, und dann siehst Du nichts weiter als die Spitzen der beiden Brückenpfeiler, die aus der Nebelbrühe herausgucken."

Die Weiterfahrt nach Sausalito sparten sie sich auf Bettys Anraten: „Früher war das ja mal ganz nett da", sagte sie. „So'n malerisches Fischerdorf, in dem ein Haufen total verpeilter Künstler lebte. Aber heute ist da mehr Touristenrummel als sonst was. Auf Künstler trifft man da kaum noch, dafür aber auf astronomische Preise in den Restaurants."

Stattdessen fuhren sie zurück in die Stadt und sahen sich Chinatown an. Sie schlenderten durch die riesigen China-Devotionalien-Supermärkte und amüsierten sich königlich über den ungeheuerlichen Kitsch, der da in großen Mengen angeboten wurde. Wenn all die ‚Original Ming-Vasen', die dort für Zwölf-Dollar-achtundsiebzig-plus-Tax das Stück zu haben waren, tatsächlich ‚Original-Ming-Vasen' waren, dann musste sich wohl die dreifache Menge der damaligen Bevölkerung des Reiches der Mitte zu Zeiten der Ming Dynastie mit der Vasen-Töpferei beschäftigt haben.

Betty kaufte trotzdem eine und schenkte sie Eva. „For you, to remember San Francisco at its best", sagte sie lachend, als sie Eva das gute Stück überreichte.

Als Dankeschön bekam sie einen Cousin-Freundin-Kuss.

In einer kleinen Seitenstraße kannte Betty ein kleines, unscheinbares, chinesisches Lokal, zu dem man in den Keller hinabsteigen musste und das man als gemeiner Tourist in dieser Stadt niemals aufgesucht hätte. Entsprechend skeptisch war Eva, als sie die Stufen in dem schummrig beleuchteten Treppenhaus hinunterstieg.

„Der Laden gehört dem Onkel einer Schulfreundin von mir", erklärte Betty. „Ihr sollt sehen, das Essen ist eine Wucht."

Genauso war es dann auch, und so kam es dazu, dass Eva in San Francisco/California/USA Essen aus Szechuan/China serviert bekam. Von sehr jungen Damen, die in hoch-geschlitzten Seidenkleidern chinesischer Couture herumliefen und so amerikanisch aussahen wie die Mädels aus ‚Bay Watch'. Immerhin war der Majordomus ein Chinese. Unbeweglich thronte er hinter dem Pult mit dem Reservierungsbuch und sah aus, wie der Urenkel von Buddha.

Satt und müde fuhren sie danach wieder zurück nach Hause.

***

Sie fanden die Gebrüder Matt und Phil Senior im Wohnzimmer. Ein Idyll. Beide fläzten sich auf der Couch herum, hatten neben sich auf dem Fußboden eine Batterie Bierdosen und vor sich auf dem Tisch eine Riesenschüssel mit Popcorn stehen, neben der rechts und links ihre Füße lagen. Dergestalt entspannt sahen sie sich ein Baseballspiel an, das über einen an der gegenüberliegenden Wand montierten Flachbildschirm mit wahrhaft gigantischen Ausmaßen flimmerte.

„Na Ihr zwei habt's Euch ja gemütlich gemacht", stellte Tanja fest, als die Vier zur Tür hereinkamen.

„Ruhe! Stört uns nicht, es ist gerade ziemlich spannend", raunzte Phil

Senior. „Die Cincinnati Reds werden gerade von den San Francisco Giants eingetütet." Er nahm einen tiefen Schluck aus seiner Bierdose. Anscheinend den letzten. Denn als er die Bierdose absetzte, knüllte er sie zusammen und ließ sie auf den Fußboden fallen. Sie kullerte direkt neben die leeren Pizzakartons, die ebenfalls dort herumlagen.

Die Vier blieben im Wohnzimmer stehen, um herauszufinden, was es auf dem Bildschirm so Spannendes zu sehen gab.

Also, direkt spannend war da jetzt nichts. Fand zumindest Eva. Sie hatte sich noch nie ein Baseballspiel angesehen und wusste demzufolge auch nicht, was sich da abspielte.

Offensichtlich war nur, dass jemand mit voller Wucht einen kleinen Ball wegwarf, den ein anderer, der sich in einiger Distanz aufgestellt hatte, mit einem dicken Knüppel wegzuschlagen versuchte. Für den Fall, dass er das nicht schaffte, stand ein anderer hinter ihm, der dann den Ball fangen musste. Wofür er an der einen Hand einen Handschuh trug, den er sich anscheinend von King-Kong ausgeliehen hatte. Gelang es dem Knüppelschwinger aber doch, den Ball zu treffen, rannte sofort ein weiterer vom Spielfeldrand aus los, als sei der Leibhaftige hinter ihm her. Hatte er es geschafft, das Spielfeld zu umrunden, bevor jemand den weggeschlagenen Ball wieder eingesammelt hatte, jubelten die einen und buhten die anderen. Schaffte er es nicht, war's umgekehrt.

„Sensationell spannend", fand Eva und verzog das Gesicht.

Phil sah es und lachte. „Sehr spannend, oder?"

Eva beugte sich zu ihm. „Nicht wirklich", flüsterte sie ihm ins Ohr.

„Recht hast Du", flüsterte Phil zurück. „Laaangweilig."

Das war zwar geflüstert, aber nicht leise genug. Phil Senior hatte es dennoch gehört. „Germans!", knurrte er verächtlich.

Phil Junior hakte sich daraufhin bei seiner Freundin unter. „Let's go. Those Americans don't like us Germans."

Unter allgemeinem Gejohle marschierten die beiden hinaus.

∗∗∗

„War das ernst gemeint, was Dein Vater gesagt hat?", fragte Eva, als sie mit Phil allein in ihrem Zimmer war.

„Quatsch!", antwortete Phil. „Papa ist genausoviel Deutscher, wie Tanny und ich Amerikaner sind. Wir haben nämlich alle drei beide Pässe. Er macht eben gern solche Witze."

„Und Dein Onkel Matt?"

„Der nicht. Der ist nur ein reinrassiger Yankee. Anders als Betty. Die ist kein Yankee."

„Sondern?"

„Die ist hier in California geboren. Und Californians sind keine Yankees."

„Sondern?"

„Durchgeknallt."

„Jetzt hör aber auf. Deine Cousine ist doch nicht durchgeknallt."

„Ist sie wohl. Alle Californians sind durchgeknallt. Ebenso wie Betty. Aber süß ist sie auch."

„Stimmt. Das hab' ich heute zur Genüge feststellen können. Und lieb ist sie." Sie legte die Arme um seinen Hals und rieb ihre Nasenspitze an seiner. „Aber Du bist mir lieber, Phil Busher Junior. Du bist mir der Liebste von allen Bushers."

„Super", sagte er und küsste sie.

Sie machte sich von ihm los. „Du, Phil, ich würd gern duschen geh'n. Ich fühl mich so verschwitzt und dreckig."

„Ja, dann mach das doch", antwortete er.

„Kommst Du mit?"

Er sah sie fragend an. „Wie bitte? Du willst, dass ich mit Dir ins Badezimmer gehe und Dir beim Duschen zusehe?"

„Nee, ich will, dass Du mit mir duschst."

„Nix dagegen", meinte er und strahlte sie an.

✳✳✳

Als sie am nächsten Morgen aufwachten, wurde ihnen bewusst, dass sie am Abend zuvor nach dem gemeinsamen Duschbad und vor dem Zubettgehen darauf verzichtet hatten, sich irgendwelche Nachtbekleidung überzuziehen. Sowas gehörte sich zwar nicht, aber es fühlte sich unglaublich gut an. Das hatte Phil vor dem Einschlafen schon festgestellt und jetzt, nach dem Aufwachen, war es kein bisschen anders. Der Beweis dafür lag auf der Hand, wenn er damit auf Evas wundervollem, nackten Körper auf Wanderschaft ging.

Sie kicherte leise. „Willst Du das wohl mal sein lassen, Du alter Fummler?"

Sie sagte es zwar, aber etwas dagegen unternehmen tat sie nicht. Im Gegenteil, sie lag nur ganz still und entspannt da.

Das blieb auch so, selbst als Phils Hand jetzt auf ihrem Bauch angekommen und von dort aus mit einem südlichen Kurs unterwegs war. Mitten hinein in die ‚Verbotene Zone'.

Sie genossen dieses zärtliche Miteinander bis das Rumoren aus dem Nachbarzimmer sie beide zusammenfahren ließ. Blitzschnell zog Phil seine Hand unter der Bettdecke hervor und platzierte sie züchtig obendrauf.

Aber es passierte nichts weiter. Es rumorte eine Weile, dann schlug eine Zimmertür zu, dann die Haustür, und dann war wieder alles still. Eva atmete hörbar auf.

„Betty!", knurrte Phil. „Ich sag ja, alle Californians sind durchgeknallt."

„Jetzt lass sie doch. Sie will doch nur ihre Joggingrunde machen. Gut, dass sie nicht weiß, was Du jetzt gerade mit mir machst. Sonst würde sie am Ende noch mit mir tauschen wollen."

„Ich aber nicht", sagte Phil bestimmt.

„Hat sie eigentlich einen Freund?"

Phil verzog das Gesicht. „Keine Ahnung. Erzählt hat sie mir jedenfalls nichts davon."

„Würde sie denn?"

„Glaub schon. Weißt Du, sie hängt sehr an mir. Genauso wie ich an ihr. Darum erzählt sie mir auch alles. Ich liebe sie eben."

Eva sah ihn an und runzelte die Stirn. „Ach ja?"

Er lachte. „Natürlich nicht so wie Dich. Das geht ja gar nicht. Aber ich liebe sie schon auch. Wir kennen uns schon so lange. Seit wir kleine Kinder waren. Sie hat zwar immer hier in California gelebt und ich in München, aber wir haben uns oft besucht. Mit drei Piloten in der Familie war das ja kein Problem. Ich bin hierher geflogen und sie ist nach

München gekommen. Als Pilotengepäck. Darum kann sie auch ein wenig Deutsch. Wenn wir zusammen waren, haben wir uns immer sehr gut vertragen."

„Und Deine Schwester?"

„Tanny? Na, die liebe ich auch. Vielleicht sogar noch ein bisschen mehr als Betty. Tanny ist genau wie Mama. Unheimlich lieb und unheimlich resolut. Mama hat nie lange gefackelt, die hat gemacht. Und ich glaube, Tanny ist genauso. Shoot first, ask questions later." Er kicherte leise in sich hinein. „Tanny… - Ich glaube, sie ersetzt mir meine Mama so ein ganz klein bisschen."

„Du vermisst sie sehr, oder?"

Phil drehte sich zu ihr um und nahm sie in die Arme. „Ich hab' ja jetzt Dich."

„Aber ich bin nicht Deine Mutter."

„Das stimmt. Das bist Du nicht. Und Du kannst sie auch nicht ganz ersetzen. Aber Du bist was zum ganz doll liebhaben. Und dann hab' ich natürlich auch noch meine Familie, meine Großeltern, Betty, Onkel Matt, meinen Papa und eben Tanny."

„Wie wird die eigentlich damit fertig?"

„Ehrlich gesagt, das weiß ich nicht, Eva. Sie redet nicht drüber, und sie lässt sich auch nichts anmerken. Und so oft sehen wir uns ja auch nicht. Leider."

„Hat sie denn einen Freund?"

„Kann ich mir nicht vorstellen. Jedenfalls nicht im Moment. Da hat sie nur ihre Fliegerei im Kopf. Okay, kann sein, dass sie hin und wieder mal mit einem ins Bett geht, da halt ich sie für. Aber was Festes? Das glaub ich nicht. Da ist sie ganz anders als Mama war. Die hat Papa gesehen, und das war's dann. Sechs Monate später haben sie geheiratet. Weil Papa eigentlich wieder zurück nach Amerika sollte. Nur, nach der Hochzeit ist er dann geblieben. Sie war schon bei der Lufthansa, und er hat auch da angefangen. Opa Kramm hat das gedeichselt. Der hat ja auch für den Verein gearbeitet. Und weil meine Mama eben nie lange gefackelt hat, war neun Monate später Tanja auf der Welt. Danach ist sie erstmal vier Jahre lang querbeet durch die Geografie geflogen, und dann kam ich. Damit war die Familie komplett: Papa, Mama, Tochter,

Sohn. Und jetzt ist sie nicht mehr da. Und sie fehlt mir so."
Eva sah, dass er feuchte Augen bekommen hatte. So zärtlich wie sie konnte, küsste sie ihm die Tränen weg. „Ich kann sie Dir nicht ersetzen, Philly. Aber ich bin für Dich da."
Ganz fest drückte er sie an sich. „Ich weiß, Eva, ich weiß."

***

Tanja wunderte sich zwar, dass sie, als sie sich zum Frühstück in der Küche trafen, statt des üblichen Guten-Morgen Küsschens einen dicken Kuss von ihrem Bruder bekam, aber sie nahm es kommentarlos hin. Betty bekam auch einen, aber die wunderte sich bei Phil schon lange über gar nichts mehr. Phil war eben Phil, und manchmal war er eben so drauf.
Eva wusste, warum er das getan hatte. Darum war sie auch kein bisschen eifersüchtig, sondern eher froh. Anscheinend hatte Phil seine gute Laune wiedergefunden, nachdem er am Morgen, als sie zusammen im Bett gelegen hatten, noch so traurig gewesen war.
Es war schon vorbei gewesen, als sie zusammen unter der Dusche standen. Zum zweiten Mal.
„Soll das jetzt etwa zur Gewohnheit werden?", hatte er sie gefragt.
Worauf sie lebhaft genickt und ihm den feuchtesten Kuss gegeben hatte, der ihm jemals verabreicht worden war. „Was dagegen?"
Natürlich hatte er nichts dagegen. Wie könnte er denn?
Jetzt saß er am Tisch und mampfte. Es war genauso wie am Tag zuvor. Seine Schwester brutzelte ihm ein Nahrungsgebirge zusammen, und er trug es in Windeseile ab. Als ob er kurz vor dem Hungertod stand. Man musste sich tatsächlich fragen, wo das alles blieb, so rank und schlank wie er war. Dort, wo seine Schwester es vermutete, blieb es jedenfalls nicht. Das hatte Eva ja seit dem gestrigen Abend und ihrer gemeinsamen Dusche genügend und genau feststellen können. Phil war ein ganz normaler Junge mit ganz normalen Proportionen. Außergewöhnlich an ihm war lediglich, dass sie ihn liebte.

***

Nach dem Frühstück stellte sich dann heraus, dass Betty tatsächlich keinen festen Freund hatte. Das fiel ihnen auf, als sie sich alle zusammen durch die lange Gästeliste für die Silvesterparty hindurcharbeiteten.

Ursprünglich waren Phil und Eva davon ausgegangen, dass es eine kleine Feier werden würde. Zu sechst und zusätzlich noch mit dem einen oder anderen Freund, oder so. Aber da hatten sie sich gründlich getäuscht. Matt Busher hatte mindestens zwanzig seiner Mitarbeiter und Bekannten eingeladen und Phil Busher Senior die kompletten Besatzungen der beiden Lufthansa Maschinen, die am Mittag des Silvestertages mit der Vier-fünf-vier aus Frankfurt und mit der Vier-fünf-acht aus München angekommen waren.

„Damit die armen Schweine, wenn sie schon zu Silvester nicht zu Hause sein können, das neue Jahr wenigstens nicht in irgendeinem bescheuerten Crew-Hotel begrüßen müssen", hatte der Senior gemeint.

Dazu kam noch Bettys halbe Highschool-Klasse. Alles Mädchen. Ein Junge, der eventuell als Bettys Freund hätte durchgehen können, war nicht darunter. Phil Junior stöhnte gequält auf.

„Na, das kann ja heiter werden."

„Wieso das denn?", erkundigte sich Eva.

„Hast Du schonmal ein Rudel weiblicher, amerikanischer Teenager erlebt?", fragte er zurück.

Eva schüttelte den Kopf. „Natürlich nicht."

„Grauenhaft, sag ich Dir. Die sind laut, die sind hektisch, total überdreht und rattenscharf auf Jungs. Und wenn Du einer von denen dann tatsächlich mal an die Wäsche willst, dann kreischen sie, als ob's ums Leben ginge. Außerdem, wenn die da sind, dann kommst Du den ganzen Abend lang nicht mehr aufs Klo."

„Wieso das denn nicht?"

„Weil mindestens ein halbes Dutzend von denen reihum jederzeit und gleichzeitig pinkeln muss. Einschließlich anschließender Aufhübschung der Kriegsbemalung. Was entsprechend lange dauert.

„Ach komm, Phil", protestierte Betty. „Das stimmt ja gar nicht. Die sind alle ganz nett und ganz friedlich."

Phil nickte heftig. „Ja-ha", machte er, „genauso friedlich wie Kampf-stiere in der Arena."

„Wirst ja sehen", beharrte Betty trotzig.

„Ich befürchte, ja", stöhnte Phil.

Betty hakte sich bei Eva ein. „Glaub bloß nicht, was der hier erzählt", sagte sie. „Manchmal hat der echt einen an der Waffel."

***

Die Silvesterparty der Bushers im Silicon Valley wurde ein voller Erfolg. Zwar verhielten sich die Mädchen aus Bettys Klasse genau so, wie Phil es prophezeit hatte, und die Besatzungen der beiden Lufthansa Maschinen waren nach den langen Flügen naturgemäß völlig übermüdet, aber trotzdem hatten alle ihren Spaß.

Eva war sich am Anfang etwas verloren vorgekommen, aber das hatte nicht lange gedauert. Wie das im Allgemeinen so die Art der Amerikaner ist, hatten die Mädchen sie gleich vereinnahmt und sie in der Folge auch nicht mehr allein gelassen. Eva amüsierte sich köstlich mit ihnen zusammen. Phil hatte zwar in Punkto Hektik und Überdrehtheit ziemlich richtig gelegen, aber trotzdem waren sie allesamt furchtbar nett gewesen.

Phil hatte sie im Übrigen den ganzen Abend lang kaum zu Gesicht bekommen. Er hatte sich mit Vater, Schwester und den Lufthansa Piloten in das in eine Ecke des auf der Terrasse an das Haus angebauten Zeltes verkrümelt und fachsimpelte mit ihnen. In erster Linie natürlich über die Fliegerei selbst, dann aber auch darüber, wo man in welcher Metropole auf der Welt, die man möglicherweise anfliegen könnte oder schon angeflogen hatte, das beste Bier und das beste Essen bekam und welche Sehenswürdigkeiten zu besichtigen, es sich lohnte. Das war ein unerschöpfliches Thema, das die neunköpfige Truppe sicherlich über Tage hinaus beschäftigen konnte.

Der Cateringservice hatte ganze Arbeit geleistet. Es mundete hervorragend, alle wurden gründlich satt, und wenn der eine oder andere im Laufe des Abends noch einmal Appetit auf die eine oder andere Köstlichkeit verspürte, war stets wieder neu aufgetischt. Matt Busher kassierte eine Menge Komplimente dafür.

Obwohl die ihm gar nicht zustanden. Denn um die Organisation dieser Party hatte er sich keine Sekunde lang gekümmert. Der Vorschlag, eine Silvesterparty zu veranstalten, war von seiner Tochter Betty gekommen, also hatte sie sich auch gefälligst darum kümmern sollen.

Das hatte sie auch getan. Mit der, amerikanischen Teenagern eigenen Chuzpe. Zuerst haben sie keine Ahnung von nix, und danach wissen sie, wie man's machen muss. Learning by doing, hieß die Parole, und Betty hatte zuerst mal gemacht, und hinterher hatte sie es dann gelernt. Sie konnte stolz auf sich sein.

Wenn sie Zeit dafür gehabt hätte. Das hatte sie aber nicht, denn sie war ständig damit beschäftigt, sicherzustellen, dass es niemandem an irgendetwas mangelte. Sie war die perfekte Gastgeberin. Den Beifall dafür bekam sie um Mitternacht, als alle zusammenstanden, um sekundengenau auf das neue Jahr anzustoßen. Danach wurde sie von ihrem Vater geoutet.

Ein wenig brachte der Applaus, der daraufhin losbrandete, sie schon in Verlegenheit. Aber mit sowas hielt sich eine Betty Busher nicht lange auf. Sie griff nach der nächstbesten Flasche, um denen nachzuschenken, die mit dem Trinken am schnellsten gewesen waren.

∗∗∗

Am Ende der ersten Januarwoche flogen Phil, Eva und Tanja wieder zurück nach Deustchland. Mit der Vier-fünf-fünf nach Frankfurt. Diesmal durfte Tanja vorne im Cockpit sitzen. Klar, als zukünftige Pilotin war sie natürlich fast schon so etwas wie eine Kollegin. Phil und Eva suchten sich zwei freie Plätze auf dem Oberdeck des riesigen A380. Irgendwo in der Mitte, über den Tragflächen.

Diesmal war es Essig mit Aus-dem-Fenster-Schauen. Aber da es ohnehin ein Nachtflug war, störte sie das nicht sonderlich. Zumal der Service dem in der First-Class ähnelte. Der Purser kannte Phil Busher Senior, und er sorgte dafür, dass es Phil Busher Junior und seiner niedlichen, kleinen Freundin an nichts mangelte.

Den größten Teil des Flugs verschliefen sie. Leider konnten sie nicht kuscheln. Das vermissten sie schmerzlich, denn es war ihnen bei Onkel Matt, wo sie sich das viel zu große Doppelbett in einem der Gästezimmer teilen mussten, zu einer lieben Gewohnheit geworden. Aber wenigstens waren sie zusammen. Zum letzten Mal, vorerst. Denn auch das würde sich ab morgen wieder ändern, wenn Eva wieder bei ihrer Familie und Phil bei Opa und Oma war.

Nach der Landung in Frankfurt trafen sie Tanja wieder. Allerdings nur kurz. Denn hier mussten sie sich trennen. Tanja flog weiter nach Bremen und Phil und Eva nach Düsseldorf.

Der Abschied fiel herzzerreißend aus, und einmal mehr konnte Eva feststellen, wie sehr Bruder und Schwester einander zugetan waren.

„Wann sehen wir uns?", fragte Phil.

„Weiß nicht", antwortete Tanja. „Ich flieg jetzt nur noch nach Bremen, um meine Sachen zu packen. Dann geht's erstmal nach Frankfurt zum Typentraining. Ich hab' mich für den A320 gemeldet, und das scheint auch zu klappen. Von wo aus sie mich dann einsetzen, weiß ich noch nicht. Aber jetzt hab' ich bestimmt mal Zeit, für'n paar Tage zu Opa und Oma zu kommen."

„Das wär super, Tanny. Die würden sich bestimmt ein Loch in den Bauch freuen, wenn Du endlich mal wieder vorbeikommen würdest. Na, und ich ja sowieso. Das weißt Du ja."

Sie schloss ihn in die Arme. „Weiß ich doch, kleiner Bruder. Ich hab' Dich ja auch lieb."

Er bekam einen Kuss.

Anschließend war Eva an der Reihe. „Und Dich auch. Pass schön auf meinen kleinen Bruder auf. Du tust ihm gut. Das hab' ich gesehen."

Kapitel 10

Ob jetzt nun Eva auf Phil aufpasste oder Phil auf Eva, das konnte niemand in ihrer Umgebung so genau sagen. Eines stand allerdings fest: Die beiden gehörten zusammen. Unzertrennlich, sozusagen. Ihre gesamte Freizeit verbrachten sie meist mit Phils Großvater auf dem Flugplatz.

Dort hatte Eva sich mit den Mechanikern angefreundet. Während Phil stundenlang im Kontrollturm hockte, trieb sie sich in den Hangars herum. Zuerst sah sie den Technikern nur über die Schulter, bald schon begann sie, selbst mitzumachen. In der Schule war sie in Physik keine große Leuchte, aber hier hatte sie im Nu heraus, wie ein Flugzeug funktionierte. Motoren, Klappen, Fahrwerk, die Elektrik, alles.

Sie war pfiffig, sie war flink, sie war sorgfältig und zuverlässig. Sie war einfach all das, was man bei der Flugzeugwartung brauchte. Denn sie hatte ihre Lektion gelernt. Sowas wie mit Phil damals, als ihnen mitten in der Luft der Motor ausgefallen war und sie irgendwo in der Pampa auf einer Kuhweide landen mussten, sollte ihr nicht noch einmal passieren. Das sollte keinem passieren. Und deshalb nahm sie es sehr genau mit dem, was sie machte.

Die Gespräche zwischen Eva und Phil waren nichts für Dritte. Nicht, dass es wegen des Austauschs von verbalen Zärtlichkeiten zwischen zwei Turteltäubchen bei irgendwelchen Lauschern zu Fremdschämattacken kommen würde, nein, ein zufälliger Zuhörer hätte einfach nicht verstanden, worum es ging, wenn die beiden fachsimpelten. Mal abgesehen von Phils Opa. Den bezogen sie regelmäßig in ihren Gedankenaustausch mit ein.

Nein, mit Eva und Phil konnte niemand mehr so recht was anfangen. Mit dem Bazi hatte man das ja sowieso noch nie gekonnt, aber dass es mit Eva jetzt genauso war, das war schon schade. Zumal einige Jungs aus der Klasse schon gern was mit ihr angefangen hätten. Sie war zwar eine Rühr-mich-nicht-an-Type, aber so übel, dass man sie von der Bettkante schubsen würde, war sie auch wieder nicht.

Aber darüber brauchte sich ja nun niemand mehr Sorgen zu machen. Sie war bei Phil gelandet, und da würde sie, aller Voraussicht nach, auch bleiben. Die einzigen aus der Klasse, mit denen die beiden sich noch abgaben, waren Simone und Erik. Mit denen waren sie befreundet, und mit denen zusammen unternahmen sie gelegentlich auch mal was. Ganz privat. Zu viert.

***

Zuhause hatte sich Phil auf den Flughafen Düsseldorf konzentriert. Die Wände seines Zimmers waren tapeziert mit den Karten der ‚EDDL-Arrival Routes‘ und den ‚EDDL-Departure-Routes‘, der Frequenzwähler seines Flugfunk-Empfangsgerätes stand entweder auf einer der drei Frequenzen von Langen Radar für die Arrivals oder die Nord- und Süd-Departures oder den beiden für Düsseldorf Director und Düsseldorf Tower. Obwohl ihm das Fliegen riesigen Spaß machte, vor allen Dingen jetzt, wo Eva so im Cockpit neben ihm saß, wollte er immer noch Fluglotse werden.

Stundenlang konnte er den Funkverkehr der in Düsseldorf startenden und landenden Flugzeuge mit Air Traffic Control abhören. Manchmal allein, manchmal zusammen mit Eva oder mit Erik oder mit beiden.

Nur Simone war niemals dabei. Sie interessierte sich nicht die Bohne für solche technischen und organisatorischen Dinge der kommerziellen Luftfahrt. Für sie war Fliegen ein notwendiges Übel, das einem erlaubte, möglichst schnell von A nach B zu kommen. Wie das geschah, war ihr vollkommen gleichgültig. Sie bestieg ein Flugzeug, egal welches, setzte sich auf ihren Platz, aß und trank, was die Stewardessen ihr anboten, vertrieb sich die übrige Zeit mit Lesen und wartete ansonsten darauf, möglichst schnell wieder aus der fliegenden Röhre herauszukommen.

Phil war dieses Desinteresse an einer solch spannenden Sache wie der Luftfahrt völlig unverständlich. Aber er versuchte auch nicht, sie in seinem Sinne zu beeinflussen. Simone war ein nettes Mädchen, er mochte sie sehr und darüber hinaus war er der Meinung, sie sollte eben sein wie sie war und damit gut.

Phils Vater hingegen waren solche Passagiere wie Simone die ihm liebsten. Sie waren meistens unauffällig, pflegeleicht und machten keinen Ärger.

„Wenn ich nur solche an Bord hätte", sagte er, als Phil ihm von Simone erzählte, „wär mein Job gelegentlich sehr viel angenehmer. Das war überhaupt einer der wichtigeren Gründe dafür, dass Mama sich damals entschieden hat, nur Fracht zu fliegen. Mit der hast Du auch keine Schwierigkeiten."

Das Erwähnen seiner Mutter versetzte Phil damals einen Riesen-Stich. Sein Vater merkte das natürlich und nahm ihn gleich in den Arm. „Tut mir leid, mein Junge."

Aber Phil hatte nur mit dem Kopf geschüttelt. „Nein Papa. Das soll es nicht. Dass sie nicht mehr da ist, soll doch für uns kein Grund sein, nicht mehr von ihr zu sprechen, oder? Auch nicht, wenn's weh tut. Dadurch wird's mit der Zeit bestimmt leichter."

Selbstverständlich stand ihr Bild auf Phils Schreibtisch. Es zeigte sie lachend in ihrer Kapitänsuniform vor einem der beiden gewaltigen GE90-Triebwerke ihrer Triple-Seven. Daneben stand das seines Vaters, im Cockpit seines A350, dann kam das von Tanja, ebenfalls lachend und Thumbs-up in der kleinen Beech Bonanza der Flugschule in Phoenix/Arizona.

Ein Bild von Eva fehlte allerdings in dieser Sammlung. Das stand auf dem Nachttisch neben seinem Bett. Sie saß in der Cessna, hatte Kopfhörer auf und strahlte ihn an. Jeden Morgen, wenn er aufwachte, sah er als erstes ihr wundervolles Lächeln. Und der Tag konnte kommen.

✳✳✳

Ende Februar war Tanja zu Besuch da gewesen. Zwar nur für ein Wochenende, aber sie fand, dass das trotzdem dringend nötig war. Zum einen, weil sie Sehnsucht nach ihrem kleinen Bruder hatte und ihre Großeltern endlich mal wiedersehen wollte, zum anderen aber, weil es etwas zu feiern gab.

Sie trug ihre Uniform, als sie ankam. Mal ganz davon abgesehen, dass sie blendend aussah, prangten auf den Ärmeln ihrer Jacke die drei Streifen eines ‚First Officer' und auf ihrer Mütze das Emblem ihrer Fluggesellschaft. Wie Phil vorausgesagt hatte, hatte sich der Opa tatsächlich ein Loch in den Bauch gefreut, als er sie so vor der Tür stehen sah.

„Und, was fliegst Du jetzt?", hatte er sie gefragt.

„Den A320. Auf der Kurzstrecke. Nächste Woche geht's los."

„Eine elende Plackerei ist das", war Opas Anmerkung dazu gewesen.

„Aber da muss man durch."

„Was hast Du eigentlich damals als erstes geflogen?", fragte Tanja.

„Propellerflugzeuge. Ich kam doch noch ganz am Ende der Propellerzeit dazu. Mein erster Jet war dann die Boeing Sieben-zwo-sieben. Ein schönes Flugzeug war das. Nur die Trimmung war ein bisschen heikel. Mit allen drei Triebwerken am Heck musstest Du höllisch aufpassen, dass Du beim Start nicht mit dem Arsch über die Bahn geschrammt bist, wenn Du sie zu steil hochgezogen hast."

„Das stell ich mir gerade bildlich vor", lachte Tanja. „Mein Opa kriegt die Take-off-Clearance, schiebt natürlich, temperamentvoll wie er ist, die drei Dinger bis zum Anschlag nach vorne, die Mühle kippt nach hinten und hebt dann funkensprühend ab, während der Opa vorne wütend auf den Steuerknüppel haut und ‚Heilige Scheiße!' brüllt."

Der Opa neigte den Kopf zur Seite und sah seine Enkelin schief an.

„Woher weißt Du das? Warst Du dabei?"

„Nee, aber ich kann's mir denken."

„Eure Mama könnte von sowas übrigens auch ein Liedchen singen."

„Wieso das denn?", fragte Phil. „Die hat doch nie 'ne Sieben-zwo-sieben geflogen."

„Nein, aber die MD11. Als Frachter. Und die hatte ja auch diesen riesenschweren Pott ganz hinten im Leitwerk und war diesbezüglich ebenso sensibel. Einmal beim Beladen nicht aufgepasst, und bumms, saß sie auf dem Hintern."

„Aber der Mama ist das doch nie passiert."

„Nee, ihr nicht, aber einigen ihrer Kollegen. Die MD11 war ja als Frachter bei den Fluggesellschaften sehr beliebt. Davon war eine ganze Menge im Einsatz, einige sind es ja immer noch. Und da ist es dann schon gelegentlich mal vorgekommen, dass der Flieger die Nase in die Luft gestreckt hat, obwohl er gar nicht starten sollte."

„Sachen gibt's", lachte Phil.

„Das ist nicht witzig, Junge. Denn so ein Ding kriegst Du ja nicht wieder in die Waage, indem Du den dicken Schlepperfahrer und diesen verfetteten Ramp-Agent bittest, sich mal eben als Gegengewicht ins Cockpit zu stellen, damit der Flieger wieder auf die Vorderhufe kommt. Das ist ein Riesentheater. Lass Dir das gesagt sein! Mal abgesehen davon, dass dabei natürlich auch noch jede Menge kaputtgehen kann."

***

Tanja war wieder weg. Auf Dienstreise. Frankfurt-München, München-Hamburg, Hamburg-Düsseldorf, Düsseldorf-München, München-Frankfurt. Immer in der Runde. Und immer auf dem rechten Sitz, mit dem A320. Keine besonders reizvolle Vorstellung. Aber so ist das eben, als Anfängerin.

Als Geschenk hatte sie ihrem Bruder ein Foto des Cockpits eines A320 dagelassen. Eine Weitwinkelaufnahme, zweieinhalbmal eineinhalb Meter. Phil hatte es über die Karten für die An- und Abflüge auf die Bahnen 05R und 05L gepinnt. Die wurden sowieso nicht oft benutzt, weil in Düsseldorf selten Ost-Wetterlage herrschte.

Eva staunte nicht schlecht, als sie die neue Tapete in Phils Zimmer sah. Staunend stand sie davor: „Und sowas fliegt Deine Schwester jetzt?"

Phil nickte. „Und sie ist ganz begeistert davon."

Sie drehte sich zu ihm um, legte ihm die Arme um den Hals und küsste ihn. „Aber Du möchtest sowas nicht machen, oder?"

Er schüttelte den Kopf und rieb dabei seine Nase an ihrer. „Nie. Ich bleib lieber bei meinen kleinen Nuckelpinnen und sag stattdessen den Typen in den großen Vögeln, wo's langgeht." Er legte seine Stirn an ihre. „Du…?"

„Ich, was?", fragte sie zurück.

„Möchtest Du sowas fliegen?"

„Als was?"

„Na, als Pilotin."

„Ich?" Sie lachte. „Aber in hundert Jahren nicht. Ich bin froh, wenn ich in Deinem Flieger den Knopf fürs Mikro finde. Wie soll ich mich denn jemals mit sowas zurechtfinden?" Sie wischte mit der Hand vor dem großen Bild herum. „Nicht mal 'n anständiges Lenkrad gibt's. Du manövrierst die Riesenkiste mit 'nem Joystick, wie die kleinen Männekes auf der Playstation. Einmal kurz zu viel mit dem Finger gezuckt, und schon schmiert der Vogel ab."

„Meine Cessna hat auch kein Lenkrad."

„Hat sie wohl."

„Hat sie nicht. Was Du meinst, ist ein Steuerhorn und kein Lenkrad."

„Klugscheißer!"

„Was war das?"

„Du bist ein Klugscheißer", wiederholte sie.

„Na warte, Dir werd ich helfen!"

Er schnappte sie und warf sie auf sein Bett. Den anschließenden Ringkampf mit großer, gegenseitiger Kitzeleinlage verlor sie natürlich haushoch. Dann versanken sie beide in einem Kuss.

∗∗∗

Das neue Jahr hatte nach den Weihnachtsferien so begonnen, wie das alte Jahr vor den Weihnachtsferien geendet hatte: Mit langweiliger Routine. Und die setzte sich auch nach Tanjas Besuch fort.

Einzige Unterbrechung: Phil feierte seinen siebzehnten Geburtstag. Phil hatte die Feier so exakt geplant, wie der Flugplan des Arbeitgebers seines Vaters und seiner Schwester geplant war. Denn beide sollten dabei sein. Und das klappte auch. Phil Busher Senior ließ sich einen Flug geben, der freitags zuvor in Deutschland ankam, und Tanja Busher kungelte so lange mit den Kollegen an ihrem Dienstplan herum, bis sie an gerade diesem Wochenende dienstfrei hatte.

Zwischen Tag und Traum schlugen sie beide in der Nacht vor Phils Geburtstagsfeier in Großvater Kramms Haus auf. Alle lagen schon im Bett, als sie ankamen. Die Sache mit dem exakten Flugplan war dann doch so exakt nicht gewesen, und sie waren mit einer ordentlichen Verspätung in Düsseldorf gelandet. Mit dem letzten Flugzeug, das noch landen durfte, bevor das Nachtflugverbot einsetzte.

Tanja hatte diesen Flug als PF durchgeführt, was sie natürlich ein wenig stolz machte. Immerhin hatte ihr Vater auf dem Checkpilotensitz hinter ihr gesessen und ihr dabei über die Schulter gesehen. Es war eine schwierige Landung gewesen, unter miserablen Bedingungen: Böiger

Seitenwind, Temperaturen unter dem Gefrierpunkt, durch das Abtaumittel war die Bahn nass, und zudem war es natürlich dunkel um diese Uhrzeit.

Aber sie hatte das souverän gemeistert. Sie war eben eine Busher und als solche eine Naturbegabung. Als Ihr Captain verkündete: ‚Hundred above‘, hatte sie eiskalt ‚Continue‘ gesagt, das Flugzeug in den Wind gedreht, es dann, quer zur Landebahn, bis fast nach unten gebracht, um es in der letzten Sekunde in Bahnrichtung auszurichten.

Die Landung war ein bisschen hart gewesen. Als das Flugzeug aufsetzte, hatte es ordentlich gescheppert, aber ihr Vater war trotzdem sehr zufrieden gewesen. Andere hätten bei den Bedingungen einen Go-Around gemacht, hatte er gemeint, aber sie hatte geantwortet: „Aber ich nicht. Die Gäste wollen nach Hause, und ich muss mal aufs Klo."

Als sie dann endlich ihr Gepäck eingesammelt hatten und in die große Halle des Terminalgebäudes hinausgekommen waren, herrschte dort Nachtruhe. Der Flughafen war praktisch schon geschlossen. Keine Menschenseele weit und breit. Auch nicht an den Schaltern der Mietwagenverleiher. Ein einsames Taxi stand noch vor dem Terminal, und das wollte gerade wegfahren, als sie herauskamen. Tanja rannte sofort hinterher, und es gelang ihr im letzten Moment, den Fahrer auf sich aufmerksam zu machen.

Jetzt standen sie bei Opa Kramm im Hausflur, und alle, die zuvor bereits tief und fest geschlafen hatten, waren wieder munter. Man versammelte sich im Wohnzimmer. Auch Eva war dabei. Sehr zur Überraschung von Phils Vater.

„Was machst Du denn hier?", fragte er.

Eva war verlegen. Erstens, weil sie nichts weiter als ein Nachthemd anhatte, und zweitens, weil er sie so direkt ansprach.

Phil antwortete an ihrer Statt: „Am Wochenende schläft Eva immer bei mir."

„Bei Dir oder mit Dir?"

„Papa!", mischte sich Tanja nun ein. „So was fragt man doch weiß Gott nicht. Das geht Dich doch auch gar nichts an."

„Das tut es sehr wohl", gab Phil Senior zurück. „Mein Sohn ist erst siebzehn…"

„Und somit bereits geschlechtsreif", unterbrach sie ihn. „Da kann man ihm nicht verübeln, wenn er mit einem Mädchen ins Bett geht. Zumal wenn es auch noch so ein hinreißendes ist."

Sie legte Eva den Arm um die Schultern und strahlte sie an.

Ihr Vater grinste. „Naja, wo Du recht hast…"

„Soll ich uns nicht mal was zu essen machen?", fragte Oma Heidrun dazwischen. „Uwe, geh Du doch mal, und hol uns was zu trinken."

„Was denn, um diese Zeit?"

„Warum denn nicht, Opa?", fragte Phil Junior. „In Honlulu sitzen sie gerade beim Mittagessen."

Das war natürlich ein schwer zu entkräftendes Argument.

***

In der Woche darauf war der obere Luftraum in Phils Zimmer mit Flugzeugen überfüllt. Seine ganze Familie war dort unterwegs: Sein Großvater in seiner B747, sein Vater in seinem A350, seine Mutter in ihrer B777 und seine Schwester in ihrem A320. Alle im Maßstab 1:50. Und alle auf der gleichen Flugfläche, zero-eight feet. Das TCAS in sämtlichen Maschinen musste schier verrücktspielen. Und darunter saß ATC in der Person von Phil Busher Junior und unternahm nichts dagegen. Stattdessen schmuste er mit Eva herum.

Gerade hatte Phil ihr wieder so einen Kuss gegeben, bei dem man ganz weiche Knie bekommen konnte. Das hätte allerdings nichts ausgemacht, denn sie saß ja auf seinem Schoß, und er hielt sie fest umarmt.

Als sie nach diesem Mega-Kuss die Augen wieder aufschlug, fiel ihr Blick auf den A320, da unter der Decke. „Ob wir wohl mit so einem fliegen?", fragte sie.

„Könnte sein", antwortete Phil. „Mit Mamas Frachter jedenfalls ganz bestimmt nicht. Na, und die von Opa und Papa sind ja viel zu groß."

„Wohin fliegen wir eigentlich genau? Ich weiß nur, dass wir am Ende in Troja ankommen sollen."

„Genau. Und darum fliegen wir auch nach Çanakkale. ICAO-code Lima-Bravo-Tango-Hotel. Eine Bahn, Zero four und Two-two, zweitausenddreihundertfuffzig Meter lang und fünfundvierzig breit. Kein

ILS, nur RNAV- oder NDB-Approach."

Sie lachte leise und gab ihm einen kleinen Kuss auf die Lippen. „Und woher weißt Du das jetzt schon wieder?"

„Ich hab' mir die Karten angeguckt."

„Hätt' ich mir ja denken können."

„Ich informiere mich eben gerne ganz genau", meinte er und ließ seine Hand unter ihr T-Shirt gleiten. Als sie sich dort auf Wanderschaft begab, bemerkte er, sehr zu seiner Freude, dass sie keinen BH trug."

„Und über was informierst Du Dich im Moment?", kicherte sie, denn was er da machte, kitzelte ein wenig.

„Obstakles im Anflugsektor. Zwei kleine Hügelchen. Sehr niedlich, aber nicht ungefährlich. Deshalb sollte man sie genau kennen."

„Allerdings", nickte sie. „Mit den Hügelchen ist nicht zu spaßen. Jeder, der ihnen zu nahekommt, riskiert, dass er eine Ohrfeige kassiert."

„Jeder?"

„Naja, es gibt Ausnahmen."

***

Einige Wochen später ging es los.

Der Klassenausflug in diesem Jahr führte in die Türkei. Genauer gesagt, in eine Stadt in der Türkei, nach Çanakkale. Was den Allermeisten überhaupt nichts sagte. Was, um alles in der Welt, sollte man in Çanakkale? Hätten sie im Unterricht besser aufgepasst, wüssten sie es.

Erik hatte aufgepasst. Natürlich hatte er das. Er passte ja immer auf.

„Lass uns am Schatze Deines Wissens teilhaben", hatte Simone gelästert, als sie und Erik nachmittags mit Phil und Eva in Phils Zimmer zusammensaßen.

„Schon das Motto der Reise verrät es uns", dozierte Erik, rückte seine Brille zurecht und sprang auf. „Auf den Spuren Heinrich Schliemanns."

Einen Moment lang fürchtete Phil um seine Flugzeugmodelle unter der Decke, aber es bestand keine Kollisionsgefahr mit Eriks Kopf. Dazu war er einfach zu klein.

Körperlich.

Im Dozieren war er allerdings groß. „Schliemann reklamiert für sich, das historische Troja entdeckt zu haben. Das ist umstritten. Ebenso wie die Lage der Stadt, die man auf dem ‚Hisarlik Tepe' in der Provinz Çanakkale verortet. Und deshalb fliegen wir jetzt nach Çanakkale."

„Aha", machte Simone. „Und was gibt's sonst noch Schönes in diesem Çanakkale?"

„Nix."

„Wie, nix?"

„Es gibt einen Hafen, eine Universität und einen Flughafen. Sonst nix."

„Ist ja rasend spannend. Und da sollen wir uns jetzt eine Woche lang vergnügen?"

„Na, ob's ein Vergnügen wird, weiß ich nicht. Auf jeden Fall mal werden wir eine Menge Trümmer zu sehen bekommen."

„Wieso? Ist da etwa Krieg oder sowas?"

"Da war Krieg. Der Trojanische. Du weißt doch: *Menelaos stand im Kriegerhemd und zählte seine Schar. Mir ham'se meine Frau geklemmt, ich weiß auch schon, wer's war.*"

Simone lachte. „Ach so, das meinst Du."

"Ja, natürlich, was denn sonst? Wir werden uns auf die Spuren Heinrich Schliemanns begeben und uns die Stadt Troja angucken. Oder das, was davon übriggeblieben ist. Ein Haufen Trümmer, die der olle Schliemann da angeblich ausgebuddelt hat."

„Na, das kann ja heiter werden."

∗∗∗

Davon war allerdings zunächst nichts zu spüren.

Als der Bus, der die Schüler aus Phils Klasse und die einer der Parallelklassen zum Flughafen bringen sollte, vor der Schule anhielt, goss es in Strömen. Außerdem war es recht windig, mit teilweise starken Böen.

Kein Vergnügen, bei so einem Wetter durch die Gegend zu fliegen, ging es Phil durch den Kopf, als er die beschlagene Scheibe im Bus mit der flachen Hand freiwischte und dabei an seine Schwester dachte, die vermutlich den ganzen Tag hindurch bei diesem Scheiß-Wetter starten und landen musste. Wenn sie hingegen nachher gestartet waren, dann war es mit dem miesen Wetter schnell vorbei. Über den Wolken würde die

Sonne scheinen, und die Vorhersage für die Türkei las sich auch recht vielversprechend: Fünfzehn Grad und Sonne.

Aber vorerst war es noch nicht so weit. Auch in Düsseldorf regnete es, und natürlich stand das Flugzeug auf einer Vorfeldposition, so dass sie auf dem Weg vom Bus zur Treppe nochmal eine Dusche abbekamen.

Das Flugzeug war ein mittelalter A320, wie Phil sofort auffiel. Die Fluggesellschaft sagte ihm gar nichts. Troja Air, nie gehört. Wenigstens sah der Flieger ganz gut aus. Außen wie innen. Es gab Plätze für hundertsechzig Passagiere, und soviele waren auch drinnen. Ausgebucht.

Phil fragte sich, warum so viele Leute ausgerechnet Çanakkale zum Ziel hatten. Aber, was wusste er schon, ob das tatsächlich ihr Ziel war? Vermutlich war der Flug billig, und man konnte von dort aus für kleines Geld innerhalb der Türkei weiterreisen. Die meisten Passagiere schienen jedenfalls türkischer Abstammung zu sein. Abgesehen von seinen Mitschülern.

Während sie auf den Push-back und das Anlassen der Triebwerke warteten, rechnete Phil sich aus, wie sie vermutlich heute von hier wegkommen würden. Wahrscheinlich wäre es die LIMPI-Two-Tango-Departure von der Bahn 23L, weil sie nach Süd-Osten wollten. Er hatte die gängigen Abflugrouten von Düsseldorf im Kopf. Also, geradeaus, bis vier-Komma-fünf DME, dann links rum zur Romeo-drei-fünf-vier inbound bis zwanzig-Komma-sechs, dann wieder links rum zur Romeo-zwo-sechs-sechs, dann rechts rum auf die Romeo-hundertvier bis LIMPI.

Rollen war einfacher. Sie standen ziemlich dicht an der Bahn, Position Victor-zwölf. Pushback, Nase nach Osten und dann über Taxiways Delta, Mike und Echo zum Runway.

Eva saß neben ihm und sah ihn an. „Worüber denkst Du nach?"

„Darüber, wie wir wohl hier wegkommen."

Sie nahm seine Hand und lächelte ihn an. „Ist doch ganz einfach, Philly. Zuerst muss der Pilot mal rückwärts ausparken. Dann fährt er über die breite Straße da vorn bis zur Landebahn, von wo er startet. Dazu rast er auf der Landebahn ganz schnell los, bis er merkt, dass er fliegt. Und dann ist er weg."

Phil konnte sich einen Lacher nicht verkneifen. „Du willst mich veräppeln", stellte er fest.

Eva lächelte verschmitzt. „Wie hast Du das bloß rausgekriegt?"

„Weil Du gesagt hast, dass er auf der Landebahn startet. Das darf man gar nicht. Eine Landebahn ist nur zum Landen da. Zum Starten braucht man eine Startbahn."

„Aha. Und wenn's überhaupt nur eine Bahn gibt, nämlich die Landebahn? Wie soll er denn dann starten?"

„Tja", antwortete Phil sachkundig, „dann hat er 'n Problem."

„Schöner Mist", stellte Eva mit Bedauern fest.

Phil lachte. „Das kannst Du laut sagen."

***

Der Anflug erfolgte übers Meer, auf die Bahn Null-vier. Der Pilot ließ das Flugzeug bis zum Ende der Bahn ausrollen, dort machte er eine hundertachtzig Grad Kehre und rollte dann auf der Bahn zurück bis aufs Vorfeld. Taxiways gab es nicht.

Das Vorfeld war vollkommen leer. Ihre Maschine war die einzige. Vom Flugzeug zum Abfertigungsgebäude mussten sie laufen. Aber das war kein Problem. Erstens war es nicht weit, und zweitens war das Wetter genauso sonnig und warm, wie Phil es im Wetterbericht gelesen hatte.

Eva sah sich um. "Guck mal, Phil, die haben hier nur eine Landebahn. Die, auf der wir gerade gelandet sind. Eine Startbahn seh ich hier nicht." Sie warf sich an seine Schulter und ließ einen gewaltigen Schluchzer los. „Jetzt kommen wir nie mehr von hier weg, Philly."

„Och Du armes Häschen", machte Phil bedauernd und strich ihr mit der Hand über den Rücken. „Als unglücklicher Fluggast gestrandet in der Türkei aufgrund einer fehlenden Startbahn."

Ein paar von den Klassenkameraden in ihrer Nähe schüttelten die Köpfe und tippten sich mit dem Finger an die Stirn. Dass der Bazi mächtig einen an der Waffel hatte, wussten sie ja, aber dass die schöne Eva jetzt auch anscheinend völlig panne war, das war neu.

***

Eine dreiviertel Stunde später hatten sie Pass- und Zollkontrolle hinter sich gebracht und kamen auf der ‚Landseite' des Flughafengebäudes an. Dort wartete ein Bus, der die dreiundvierzig Schüler mit den beiden Lehrern zum Hotel bringen sollte. Die Fahrt dauerte nicht lange, denn der Flughafen lag unmittelbar am süd-östlichen Rand der Stadt.

Das Hotel, in dem sie untergebracht waren, war sicherlich nicht das modernste und schönste der Stadt, aber es ging. Je zwei Schüler mussten sich ein Doppelzimmer teilen. Natürlich nach Geschlechtern getrennt, war ja klar. Was Phil und Eva sehr bedauerten, aber es half nichts. Also tat sich Phil mit Erik zusammen und Eva mit Simone. Immerhin war die Lage nicht schlecht. Ziemlich genau im Stadtzentrum und nicht weit vom Hafen entfernt.

***

Zu den Ruinen von Troja brauchte der Bus eine gute halbe Stunde. Das erfuhren sie am nächsten Morgen. So richtig beeindruckend fanden sie das alles nicht. Sich bei dem Anblick dieser Trümmerwüste eine wehrhafte, antike Stadt vorzustellen, fiel ihnen schwer. Immerhin gab es das ‚Trojanische Pferd'. Eine Holzkonstruktion in die man hineinklettern und aus den in den Leib dieses ‚Pferdes' geschnittenen Bullaugen wieder herausschauen konnte.

Die Aussicht war noch das Beste daran. Im Hintergrund sah man den Eingang zu den Dardanellen, den zu jeder Zeit zahlreiche Schiffe passierten, die entweder aus dem Marmarameer hinaus- und ins Mittelmeer hineinfuhren oder den umgekehrten Weg nahmen.

Dann begaben sie sich ‚auf Heinrich Schliemanns Spuren'. Das heißt, buddeln durften sie natürlich nicht, so wie er es getan hatte. Nicht, dass sie wild darauf gewesen wären, aber sicherlich hätte es mehr Spaß gemacht, in antiken Trümmern herumzuwühlen, als sich endlose und langweilige Vorträge darüber anhören zu müssen.

Aber Bildungsreise war eben Bildungsreise, und so blieb ihnen keine Wahl, als so etwas eine geschlagene Woche lang über sich ergehen zu lassen. Zum Glück war es nur eine Woche.

Und zum Glück gab es in der Innenstadt von Çanakkale genügend Bars

144

und Cafés, in denen man am Abend den ‚Bildungsreisen-Blues' nieder-kämpfen konnte. In fußläufiger Entfernung zum Hotel. Was höchst hilfreich war, nachdem man im Verlauf des Abends den ‚Blues' ertränkt hatte.

Kapitel 11

„All Passengers booked on Flight Troja Air Sixtyfour to Düsseldorf are requested to proceed to gate three. Your Flight is now ready for Boarding."

Die Ansage weckte Phil und Eva aus ihrer Lethargie.

Seit knapp fünf Stunden saßen sie jetzt hier herum und warteten, dass es endlich losging. Um acht Uhr zwanzig hätte der Flieger starten sollen, jetzt war es kurz vor zwölf. Um halb fünf hatte man sie aus dem Bett geworfen, angeblich, damit sie noch Zeit genug fürs Frühstück hatten. Um sieben Uhr waren sie vor dem Flughafengebäude ausgeladen worden.

Das Einchecken hatte ja noch reibungslos geklappt und auch die Zollabfertigung. Aber dann war es losgegangen. Zunächst mal war ein Flugzeug der Troja Air auf dem Vorfeld nirgendwo zu entdecken. Naja, das konnte ja noch kommen. Ein Flugzeug ‚umzudrehen', also nach der Landung wieder für den Start fertigmachen, dauerte ungefähr eine halbe Stunde, das wusste Phil. Bei einem solchen Flug wie dem ihren jedenfalls. Erstens dauerte der Flug nicht lange, dreieinhalb Stunden, ungefähr, und zweitens flogen sie mit einer Charterfluggesellschaft. Da war's mit dem Service an Bord sowieso nicht weit her, und entsprechend kurz war die Vorbereitungszeit dafür. Wenn der Vogel also in den nächsten zehn Minuten vom Himmel fiel, dann waren die Chancen gut, dass sie pünktlich rauskommen würden.

Aber dann verging eine Dreiviertelstunde, ohne dass sich da draußen was tat. Das heißt, so ganz stimmte das nicht. Eine Sieben-Drei-Sieben der türkischen Anadolu-Jet war gestartet. Nach Ankara. Pünktlich. Ansonsten herrschte auf dem Vorfeld gähnende Leere.

Kurz nach acht kam dann die erste Ansage. Der Flug werde sich geringfügig verspäten, ließ man sie wissen. Neue Abflugzeit: Neun Uhr.

„Halb so wild", hatte Phil gemeint. „Sowas kommt vor."

Er machte sich keine Sorgen. Einen Slot würde es kaum geben, nicht bei dieser Abflugzeit und bei einer Ankunft am Mittag. Also war neun Uhr genauso gut wie acht Uhr zwanzig.

Als dann die Verspätungsmeldungen im Halbstundentakt kamen,

machte er sich immer noch keine Sorgen. Allerdings war er zunehmend genervt. Ebenso wie alle anderen Passagiere auch. Der Abflugbereich für die International Flights war auf einem Provinzflughafen wie dem von Çanakkale naturgemäß weder besonders groß noch besonders komfortabel. Bei den wenigen Abflügen pro Tag, die hier abgefertigt wurden – heute waren es zwei, der ihre morgens und einer am Abend – hatte man auf eine großzügige Ausstattung verzichtet.

Es gab ein paar Sitzbänke, die höllisch unbequem waren, eine Cafeteria, die nicht oder noch nicht in Betrieb war und einen Duty-Free-Shop, der seine Pforten so lange geöffnet hielt, bis das Personal der Meinung war, dass all jene, die etwas einkaufen wollten, das bereits getan hatten. Dann wurde der Laden wieder verrammelt.

Auch von der Fluggesellschaft hatte sich bislang keiner blicken lassen. Phil wunderte das nicht. Was sollten die auch hier? Abzufertigen gab es nichts, und die Beschwerden der etwas mehr als hundertzwanzig Passagiere, die jetzt hier gestrandet waren und die mit Sicherheit sehr gerne wissen wollten, wie es denn nun weiterging, mochten sie sich vermutlich nicht anhören. Zumal sie auch keine weitergehenden Informationen hatten. Kein Flugzeug, kein Flug, so einfach war das.

Anfangs war Phil noch wütend auf und ab getigert, aber dann hatte er sich doch zu Eva und den anderen aus seiner Klasse auf den Fußboden gesetzt und das gemacht, was alle anderen auch machten: Dösen und Meckern. Immer im Wechsel.

Gegen elf Uhr landete dann wieder ein Flugzeug. Es war ein A320, aber die Gesellschaft kannte Phil nicht. Auf den Rumpf waren arabische Schriftzeichen gemalt, und mit der Kennung konnte er nichts anfangen. Troja Air war das jedenfalls nicht. Immerhin kam er vor dem Auslandsterminal zum Stehen.

Hoffnung keimte auf.

Und sie sollte sich erfüllen. Eine Dreiviertelstunde später marschierten sie über das Vorfeld, hin zu der Maschine unbekannter Herkunft.

Weniger unbekannt als das Flugzeug war dann allerdings die Kabinenbesatzung. Phil erkannte eine der Stewardessen wieder, die bereits auf dem Hinflug dabeigewesen war. Er erinnerte sich deshalb an sie, weil sie sich eine ganze Weile recht nett mit Eva und ihm unterhalten hatte.

Wobei herauskam, dass sie, eine Deutschtürkin, in Dortmund geboren war und jetzt in Çanakkale lebte. Der Liebe wegen. Sie hatte nach dorthin geheiratet und war in das Land ihrer Eltern zurückgekehrt. Jetzt arbeitete sie für die Troja Air.

Sie erkannte Phil und Eva ebenfalls wieder, begrüßte die beiden allerdings nur ganz kurz. Klar, sie hatte jetzt keine Zeit für eine Unterhaltung.

Phil und Eva suchten sich ihren Platz. Zehn E und F. Natürlich ließ Phil Eva den Fensterplatz und nahm den ungeliebten Mittelsitz. Aber sie hatten Glück. Das Flugzeug war nicht ausgebucht, und der Gangplatz neben ihnen blieb frei. Also rutschte Phil schnell eins nach links, sobald die Stewardess das ‚Boarding Completed' verkündet hatte.

***

Pushback, taxi, take-off. Es ging ziemlich fix. Kein Wunder, es war ja auch nichts los hier.

Sehnsüchtig warteten sie darauf, dass der Service begann. Schließlich hatte niemand von ihnen seit dem Frühstück etwas zu essen oder zu trinken bekommen. Okay, was da zum Essen angeboten wurde, das konnte man getrost mal vergessen, aber darauf kam's ja auch nicht an. Wichtiger war die Flüssigkeit. Wenn es auch nur stilles Wasser war und das auch noch lauwarm. Natürlich gab es auch andere, gekühlte Getränke. Aber nur gegen Bares. Und zu astronomischen Preisen, so dass die allermeisten aus Phils und Evas Klasse von einer Bestellung absahen.

Wenigstens war die Luft im Flugzeug einigermaßen angenehm. Besser jedenfalls als in dem stickigen Flughafenterminal, dessen Klimaanlage anscheinend unterdimensioniert war und die daher den Kampf gegen die immer stärker werdende Sonneneinstrahlung mehr und mehr verloren hatte. Also übten sie sich wieder im Vor-sich-hin-Dösen. Auch Eva. Sie saß zwar am Fenster, aber sie hatte wenig davon. Der Himmel war bedeckt. Stratocumuluswolken all over the Show.

Der größte Teil des Fluges lag bereits hinter ihnen, als ihre bekannte deutsch-türkische Stewardess eilig herankam. Sie schien etwas verstört zu sein, jedenfalls sah sie so aus. Sie beugte sich zu Phil hinunter.

„Kann ich Sie mal was fragen?", fragte sie, und der Klang ihrer Stimme bestätigte Phils Eindruck.

„Ja, sicher, was gibt's denn?", antwortete er.

„Nicht hier. Würden Sie wohl so freundlich sein und mit mir nach vorne kommen?"

Phil wunderte sich. Was wollte *die* denn von ihm? Die war doch verheiratet. Er sah Eva an. Aber die zuckte nur mit den Schultern. Also schnallte er sich ab und folgte der jungen Dame nach vorne in die Galley. Während sie sorgfältig den Vorhang zuzog, der den Galleybereich von der Kabine trennte, bemerkte Phil, dass die Tür zum Cockpit einen kleinen Spalt breit offenstand. Das war ungewöhnlich. Seit Nine-Eleven achteten doch alle Fluggesellschaften streng darauf, dass die Tür zum Flight-Deck stets geschlossen war.

Naja, vielleicht nahmen die das bei dem Verein hier nicht so genau. Was wusste er schon, was das für eine Chaotentruppe war. Obwohl, der Flieger sah tip-top aus. Jedenfalls soweit er das beurteilen konnte. Er war zwar schon etwas älter, aber er schien gut im Schuss zu sein. Jetzt war Phil ja nur mal gespannt, was die Stewardess von ihm wollte.

Sie spannte ihn auch nicht lange auf die Folter. „Sie haben mir doch erzählt, dass sie Flugzeuge fliegen können, nicht wahr?"

Was war das denn? Wollte sie sich mit ihm über sein Hobby unterhalten? Und deshalb hatte sie ihn abgeschleppt?

Phil amüsierte sich. „Ja, schon, aber nicht solche." Er grinste und klopfte auf die Arbeitsfläche in der Galley.

„Wirklich nicht?"

Er amüsierte sich immer mehr. Jetzt lachte er sogar und schüttelte den Kopf. „Wirklich nicht. Ich bin siebzehn, wissen Sie. Da hat man noch keine Chance, sowas zu lernen."

„Und zur Not?"

Mit einem Schlag wurde Phil ernst. „Was soll das? Warum fragen Sie mich das?"

Sie trat an ihm vorbei, Richtung Cockpittür. „Kommen Sie mal mit mir", forderte sie ihn auf. „Aber bitte zügeln Sie Ihre Lautstärke. Okay?"

„Wieso soll ich nicht laut werden?", fragte er noch, während sie die Cockpittür ganz öffnete.

***

Da wusste er es. Und erstarrte. Vor ihm saß der Pilot in seinem Sitz. Er mochte etwa in Opa Kramms Alter sein, vielleicht sogar ein bisschen älter. Sein Kopf hing zur Seite, und er bewegte sich nicht. Anders als der Copilot, der unkontrolliert auf seinem Sitz herumzappelte und unverständliches Zeug vor sich hinbrabbelte.

Phil erwachte aus seiner Starre und zog scharf die Luft ein. „Was ist hier los?"

„Ich hab' keine Ahnung", antwortete die Stewardess. Der Copilot hat nach mir geklingelt, und als ich reinkam, hat der hier sich nicht mehr bewegt." Sie deutete auf den Piloten.

„Ist er…?"

Sie nickte. „Tot. Ich nehm's an. Wissen Sie, bei uns sind gleich mehrere Piloten ausgefallen, und da wussten sie sich anscheinend nicht anders zu helfen, als den hier zu aktivieren. An sich ist er längst im Ruhestand…"

„Das sieht man.", unterbrach Phil überflüssigerweise.

„… und offensichtlich war das jetzt zu viel für ihn."

„Ja gut, sowas ist tragisch. Aber sowas kann vorkommen. Und sollte ja auch an sich kein Problem darstellen. Immerhin gibt's ja noch einen zweiten Mann, der dann weitermachen kann."

Sie zeigte mit dem Kopf auf den Copiloten. „Sieht der so aus, als könnte er weitermachen?", fragte sie lakonisch.

Phil sah den Mann an. Er hatte jetzt die Augen verdreht, dass man nur noch das Weiße sah. Der Schweiß stand ihm auf der Stirn, und er zuckte noch immer wild herum.

„So, wie ich das sehe, wohl kaum. Der ist ja völlig hysterisch."

„Eben. Weil er nämlich noch in der Ausbildung ist. Und jetzt hat er die Panik gekriegt."

Phil betrachtete den Mann noch einen Moment. Dann wurde er mit einem Mal ganz ruhig.

„Also, ich fasse zusammen: Der Pilot ist tot, der Copilot kann das Ding nicht fliegen, und jetzt wollen Sie, dass ich das mache. Richtig?"

Sie nickte nur und sah ihn flehend an. „Sie haben mir doch erzählt, dass sie schonmal einen Jet geflogen haben."

„Ja, das war *ein-mal*. Und da hab' ich den auch gar nicht geflogen. Ich habe nur den PM gegeben, und neben mir hat einer gesessen, der wirklich was davon verstand. Außerdem war das nur 'ne kleine Kiste und nicht so'n Riesen-Eimer wie der hier. Ich *kann* das nicht."

„Wollen Sie es nicht wenigstens versuchen?"

Phil sah sie durchdringend an. Er merkte, dass sich auch bei ihr die Panik breitzumachen begann. Er atmete tief ein und stieß die Luft wieder aus. „Also gut. Ich versuch's. Aber nur, wenn Du jetzt mal endlich das dämliche ‚Sie' weglässt. Ich bin der Phil."

Man konnte ihr die Erleichterung förmlich ansehen. Sie zwang sich zu einem Lächeln und streckte ihm die Hand hin. „Ayscha."

Er schlug ein. „Okay, Ayscha. Aber eins will ich Dir sagen: Unten sind wir noch lange nicht. Das wird 'ne haarige Kiste."

„Gut. Und was willst Du als erstes machen?"

„Erstmal schaffen wir jetzt die Kerle da weg. Auf die hinteren Sitze. Der eine ist ja kein Problem, der wehrt sich ja nicht mehr. Und zu zweit kriegen wir den anderen hoffentlich gebändigt."

Fünf Minuten später hatten sie es geschafft. Der Copilot hatte sich tatsächlich nicht gewehrt. Trotzdem hatten sie ihn an seinem Sitz fixiert, und Phil hatte ihm einen Knebel in den Mund geschoben. „Damit er mir nicht dazwischenquatschen kann", hatte er gemeint.

Dann klemmte er sich auf den linken Sitz und begann, sich zu orientieren. Was für ein Glück, dass Tanja ihm dieses Riesen-Poster eines A320-Cockpits geschenkt hatte. Da wusste er wenigstens so ungefähr, wo was war. Das Display des FMS zeigte an, dass sie schon über Deutschland waren, knapp süd-östlich von Passau und flogen jetzt auf den Spessart zu. Höhe: Sechsunddreißigtausend Fuß, Kurs: Dreihundertzehn Grad, Geschwindigkeit: Vierhundertzwanzig Knoten.

Reiseflug.

Sonst war alles normal. Der linke Autopilot flog, die beiden Triebwerke liefen bei knapp neunzig Prozent und die Abgastemperaturen waren normal. Sehr schön. Die eingestellte Funkfrequenz konnte er nicht zuordnen. Er kannte die Liste mit den Frequenzen nicht auswendig. Wahrscheinlich war es Rhine Radar in Karlsruhe. Aber das war auch egal. Wer immer es war, gleich würde er sie sowieso alle aus ihren Sitzen holen.

„Okay, dann woll'n wir mal", sagte er, schaltete den Transponder um auf 7700 und drückte die Sprechtaste.

„Mayday, Mayday, Mayday. Flight Troja six-four. Anyone on this frequency?"

Er brauchte nicht lange auf eine Anwort zu warten. „Troja six-four, Rhine Radar, you're identified. Go ahead."

„Troja six-four, inbound SPESSART, Destination Düsseldorf, Flight level three-six-zero, heading three-one-zero at four-two-zero knots. I declare an emergency. Both pilots incapacitated, repeat: Both pilots incapacitated. So, jetzt seid Ihr dran."

"Troja six-four, Rhine Radar, please explain: incapacitated."

Phil explodierte. "Junge, kannst Du kein Deutsch!?", brüllte er ins Mikro, um dann aber gleich wieder ruhiger zu werden. „Incapacitated heißt: handlungsunfähig, ausgeknocked, Paterre. Genauer gesagt: Der Pilot ist tot, und der First Officer zuckt hier rum wie'n Zitteraal auf Speed. Und bevor Sie fragen: Nein, keine Chance, den wieder gebrauchsfähig zu machen. Wir haben ihn auf den Sitz des Checkpiloten geschnallt und dafür gesorgt, dass er uns nicht dazwischenlabern kann."

„Wer ist wir?"

„Wir, das sind die Stewardess Ayscha, und mein Name ist Phil Busher Junior. Ich fliege zwar auch, aber nur kleine Maschinen, keine Verkehrsflugzeuge. Ich habe nicht den Hauch einer Ahnung, wie man mit diesem Ding hier umgehen muss."

„Sag mal, bist Du etwa Phil Bushers Sohn?"

„Ja, und meine Schwester ist Tanja Busher, und meine Mutter war Jenny Busher und mein Opa ist Uwe Kramm. Aber das ist jetzt nicht so wichtig. Wichtig ist, dass Ihr mir jetzt à tempo einen organisiert, der exakt weiß, wie man diese Kiste fliegen muss, und der mir das auch noch verklickern kann. Und zwar am besten in Düsseldorf, denn da will ich hin."

„Wie wär's mit Frankfurt? Da bist Du näher dran."

„Negative. Frankfurt ist mir zu nah. Ich muss ja erstmal 'n Gefühl für den Hobel hier kriegen. Und da ist es besser, wenn ich etwas mehr Zeit habe. Zweitens kenn ich mich mit den Arrivals in Düsseldorf besser aus als mit denen in Frankfurt. Fragt mich bitte nicht, wieso, ist aber so."

„Troja six-four, stand-by."

"Mach ich, Rhine Radar. Aber schwingt die Hufe, Freunde. Mir pressiert's, Troja six-four."

Er drehte sich um zu Ayscha, die noch immer hinter ihm stand und ihn mit großen Augen ansah. Er grinste sie an. „So, die sind jetzt erstmal beschäftigt. Und Du, liebe Ayscha, holst mir jetzt bitte meine Freundin her. Das ist die Niedliche auf Zehn-F. Die kann mir mit dem Funk helfen. Die hat zwar ebensowenig Ahnung wie ich, aber sie hat auch was Beruhigendes. Jedenfalls für mich."

Wortlos verließ die Stewardess das Cockpit.

***

Natürlich war Eva zu Tode erschrocken, als sie das Cockpit betrat. Aber Phil ließ es gar nicht erst soweit kommen, dass sie auch noch panisch wurde.

„Sieh gar nicht erst hin, Eva, und setz Dich hierher." Er wies auf den Sitz des Copiloten. „Mach das, was Du immer machst, wenn wir zusammen fliegen. Klaro?"

Sie nickte. Immer noch schockiert.

Aber noch bevor sie sich erholt hatte, meldete sich Rhine Radar schon wieder. „Troja six-four, are you ready for a change in course?"

Wieder ging Phil in die Luft. „Mann! Frag nicht so blöd und sag Deinen Spruch auf. Solange der Autopilot fliegt, kann doch gar nichts passieren, oder? Also, was ist jetzt? Troja six-four."

Es dauerte einen Moment, aber dann kam die Antwort. „Junge, Junge, Du bist ja vielleicht ein eiskalter Hund. Wie alt bist Du eigentlich?"

„Siebzehn. Und was soll ich machen? Soll ich hysterisch werden und warten, bis die Kiste mir abschmiert oder soll ich versuchen, sie zu landen? Okay, und jetzt sag an."

„Troja six-four, descent and maintain flight level two-four-zero with twothousand or more, turn left, heading two-niner-zero, speed three-five-zero. Contact Langen Radar on one-two-four-decimal-seven-two-five. Viel Glück und alles Gute."

Phil nickte Eva zu. Die hatte sich inzwischen wieder etwas beruhigt und griff jetzt energisch zum Mikrofon. „Descending two-four-zero with two-thousand, left turn two-niner-zero at three-five-zero, Langen Radar, one-two-four-decimal-seven-two-five, Troja six-four", wiederholte sie.

Bevor sie den Frequenzwähler gefunden hatte, meldete sich Rhine Radar noch einmal.

„Was war das denn, Troja six-four?"

Diesmal antwortete Phil. „Troja six-four. Nicht was, sondern wer. Das war Eva. Meine Freundin. Die hat zwar auch keine Ahnung, wie man diese Gurke hier fliegt, aber sie kann mir beim Funk helfen, während ich hier mit dieser Playstation rummache. Den Joystick hab' ich jedenfalls schonmal gefunden. Links von mir."

Der Mann am Boden in Karlsruhe gluckste. „Na, dann mal viel Erfolg, Ihr zwei. Ich drück Euch die Daumen."

„Danke, Rhine Radar. Troja six-four, out."

„Wie macht man das mit der Frequenz, Phil?", fragte Eva und blickte verzweifelt auf die Hebel-, Schalter- und Knöpfchenparade, die sich über die Mittelkonsole ausbreitete.

Phil zeigte ihr den Knopf für die Einstellung der Funkfrequenzen. Er hatte seine Lektion an seiner Wandtapete gelernt.

„Hier", sagte er und deutete auf den Frequenzwähler. „Und hier siehst Du, was Du eingestellt hast. Also, geh auf hundertvierundzwanzig Komma sieben-zwo-fünf."

Eva stellte den Wert ein und meldete sich. „Langen Radar, hello. Troja six-four, out of three-six zero, descending two four-zero."

Eine Frauenstimme antwortete in breitestem Hessisch. „Troja six-four, Morsche! Phil, Eva, wie geht's Eusch da obbe?" Offensichtlich hatte man sie für diesen ganz besonderen Flug abgestellt und sie hatte vorher bei Rhine Radar mitgehört.

Phil mischte sich ein. „Fragen Sie uns das nochmal, wenn wir die Kiste unten haben. Jedenfalls haben wir uns schonmal besser amüsiert. Troja six-four."

„Phil, kennst Du Dich mit dem Flight Director aus?"

„Geht so. Sagen Sie mir, was ich machen soll."

„Gut. Nimm erstmal alle Waypoints raus. Wir führen Euch über WARBURG und die ALEDA Eins-Golf Arrival nach BARMEN und von da aus nach METMA auf den ILS-Approach für die Dreiundzwanzig-left."

„Kenn ich", sagte Phil und machte sich über die Tastatur her.

Eva antwortete: „Troja six-four, wilco."

Es dauerte, aber es funktionierte. Anscheinend ging es der Dame am Boden aber doch nicht schnell genug. „Phil, Warburg ist hundertdreizehn Komma sieben und Barmen ist…"

„Hab' ich. Wie weiter?"

„Erstmal garnix. Die Höhe ist okay, Speed auch, und den Kurs sucht er sich selbst."

„Habt Ihr in Düsseldorf schon jemand erreicht? Ich brauch jemand, der mir hilft mit den Klappen und der Enteisung und so."

„Haben wir. Der meldet sich, sobald Du den Anflug beginnst. Vorerst bleibst Du bei mir. Wie sieht's mit dem Treibstoff aus?"

Phil sah auf die Anzeige des Flight Management Systems. „Noch gut acht Tonnen."

„Gut. Das reicht dicke. Ungefähr 'ne Stunde hast Du noch, das macht etwa drei Tonnen, dann hast Du noch reichlich Reserve, falls es Schwierigkeiten gibt."

„Na, Sie haben vielleicht Humor. What's next? Troja six-four."

"Erstmal garnix. Entspann Dich. Was ist mit den Passagieren?"

„Ich kümmer mich drum."

***

Eine Viertelstunde später war auch das erledigt. Phil hatte die Stewardess ins Cockpit gebeten und sie entsprechend informiert.

„Ayscha, wegen der Gäste: Kein Wort zu niemandem. Macht in Ruhe Euren Service fertig und räumt auf. Wenn wir den Anflug beginnen, schnall ich sie an. Wie üblich. Wenn ich Dir Bescheid gebe, instruierst Du sie und lässt sie die Brace-Position einnehmen. Aber erst dann, hörst Du? Ich will keine Panik dahinten haben. Reicht schon, wenn *wir* die kriegen."

Die Stewardess nickte. „Mach ich Soll ich mal nach einem Arzt fragen?" Sie zeigte auf den Copiloten, der sich inzwischen ein wenig beruhigt zu haben schien, aber immer noch mit panikgeweiteten Augen umhersah. „Wegen dem hier."

Phil schüttelte den Kopf. „Nee, lass mal. Das bringt nur Unruhe in die Gemeinde. Dem geht's ja gut, soweit ich das sehe. Außer, dass er die Hosen voll hat."

Sie nickte und verschwand.

Phil wandte sich an Eva. „Und was ist mit Dir?"

Eva versuchte ein Lächeln und formte ihre Lippen zu einem Kuss. „Du machst das schon", sagte sie.

Phil grinste und wackelte mit dem Kopf. „Na, Dein Wort in Gottes Ohr."

***

Bald darauf bekamen sie die Aufforderung, den Sinkflug einzuleiten. Phil schaltete die Anschnallzeichen ein. Als er eine Weile später bemerkte, dass sie jetzt kurz vor WARBURG waren, sah er Eva an und nickte. „Inbound WARBURG, sag Ihnen Bescheid."

Eva nickte zurück und drückte die Sprechfunktaste. „Langen Radar, Troja six-four, inbound WARBURG."

„Troja six-four, Roger. Call Düsseldorf Emergency on one-two-one-decimal-five. Viel Glück, Ihr beiden."

"Düsseldorf Emergency on one-two-one-point five", antwortete Eva. "Vielen Dank, können's brauchen. Und tschüss. Troja six-four." Sie kurbelte am Frequenzwähler, bis sie die richtige Einstellung hatte. „Düsseldorf, hello, Troja six-four, inbound WARBURG. Altitude five…"

"Das seh ich, Süße", kam es von unten zurück. „Turn left, heading two-four-two, speed two-twenty, descent fourthousand, report reaching,

Troja six-four."

Überrascht hatte Phil aufgesehen. Er hatte die Stimme erkannt. „Thomas, bist Du das?", rief er ins Mikro, während er die angewiesenen Einstellungen vornahm.

„Derselbe", kam es zurück.

„Was machst Du denn in Düsseldorf? Ich dachte, Du kreuzt mit Deiner Kiste irgendwo in Asien rum?"

„Nicht mehr. Ich bin seit neuestem Captain auf dem A320."

„*Waaas*? Glückwunsch. – Ich auch. Nolens, volens."

„Mach keine Witze, Phil. Also pass auf. Ich sag's Dir jetzt schonmal: Wenn Du bei viertausend bist, hit the Approach-Button. Der ist rechts neben den Knöpfen für die Autopiloten. Steht ‚APPR' drauf. Dann setzt Du die Klappen auf eins und die Geschwindigkeit auf hundertachtzig. Über BARMEN, Flaps two. Klar?"

„Klar, Thomas. Und die Speed?"

„So lassen. Ich sag Dir Bescheid."

„Was ist mit Anti-Ice?"

„Kannste einschalten. Weißt Du, wo?"

„Irgendwo am Himmel über mir. Ich werd's schon finden."

„Dritte Reihe von unten, ziemlich links. Hast Du's?"

„Yep."

„Gut. Schalt's ein."

„Fourthousand reached", meldete sich Eva.

„Flaps one", antwortete Phil. Aber bevor Eva den Hebel gefunden hatte, hatte er die Einstellung schon selbst gemacht. „Hier", sagte er.

„Descent threethousand", verlangte Thomas, der am Boden im Düsseldorf Tower saß und Schweißperlen auf der Stirn hatte. „Flaps two, gear down."

„Descending threethousand, Troja six-four", bestätigte Eva, verstellte den Hebel für die Landeklappen und den Fahrwerkshebel, den sie inzwischen entdeckt hatte. „Flaps two, gear down."

Inzwischen waren sie über BARMEN angekommen. „Jetzt wird's spannend", meinte Phil

Thomas meldete sich wieder. „Phil, cleared for ILS-Approach, Runway two-three-left. Intercept the Localizer and report ready on the Glide."

"Und wie stell ich das an?"

„Drück auf den Knopf für den Localizer. Der ist unterhalb des Kurs-einstellknopfes. Steht ‚LOC' drauf. Wenn er den Localizer gefunden hat, piepst es. Dann dreht das Flugzeug in die richtige Richtung und setzt sich auf den vertikalen Leitstrahl. Du siehst das auf dem Display. Da steht: ‚GS*'. Jetzt leuchtet das blau. Wenn das grün wird, bist Du drauf. Dann soll Eva mir Bescheid sagen."

„Okay, wilco. Sollen wir kurz das Briefing machen?", fragte Phil.

Thomas drehte sich zu den Fluglotsen um, die neben ihm standen und die Sache gespannt verfolgten. Er schüttelte den Kopf. „Der Junge ist kalt wie eine Hundeschnauze."

„Glide-slope Star", kam Evas Stimme aus dem Lautsprecher.

Thomas zuckte zusammen und wandte sich wieder dem Radarbild zu. „Erstmal: Flaps three, speed one-sixty", antwortete er. „Also, pass auf, Junge: Die Bahn ist dreitausend Meter lang und trocken. Minimum für den Go-Around liegt bei zwohundertzwanzig. Climb straight ahead bis zwo-Punkt-Null Düsseldorf auf zweitausend, clean-up, dann rechts rum auf viertausend, Richtung Bottrop-NDB, dann rechts rum, Richtung METMA und dann das Ganze da capo. Hast Du das?"

„Hältst Du mich für blöd? Was ist mit dem Wetter?"

„QNH one-zero-zero-two, visibility five Kilometers horizontally, fif-teenhundred vertical, scattered clouds, fünf-achtel. Wind twenty knots, gust thirtyone from two-niner-zero. Information Charlie, falls Du's Dir nochmal anhören willst."

"Scheiße!"

"Ja, das ist die schlechte Nachricht. Mit der automatischen Landung wird das nix. Vertical visibility ist gut, aber der Wind ist zu stark und kommt aus der falschen Richtung. Mach mal Flaps full und Speed so lassen. Dann schalt den Autopiloten ab und flieg mal selbst, damit Du ein Gefühl für die Kiste bekommst. Aber ich warne Dich: Das Ding reagiert viel träger als Deine Cessna. Und achte auf Deine Speed. Nicht zu langsam, sonst schmiert Dir der Vogel ab."

„Verarsch mich nicht, Thomas", schnauzte Phil zurück. So langsam be-kam er Beklemmungen.

„Twothousand", meldete Eva. „Runway in sight."

„Ich seh's", nickte Phil. Er nahm den Telefonhörer ab. „Ayscha, es geht los. Brace Position."

**

Dann atmete er einmal tief durch und drückte auf die Knöpfe für den Autopiloten und die Schubautomatik. Die Sirene ging, die grünen Lichter erloschen. Sofort griff er nach dem Side-Stick und legte die rechte Hand auf die Triebwerkshebel.

Das Flugzeug begann nach links abzudriften. Phil versuchte, es wieder zurück auf den Gleitpfad zu bringen und verstellte den Side-Stick. Aber es klappte nicht. Erst reagierte das Flugzeug überhaupt nicht, dann drehte es zu weit nach rechts und schoss in die andere Richtung über den Gleitpfad hinaus. Derweil sank es ständig weiter. Phil steuerte gegen. Diesmal funktionierte es besser. Er brachte den Flieger zurück auf den Gleitpfad. Aber er hatte Mühe, ihn dort zu halten.

„One-Thousand", verkündete Eva.

„Die Scheiß Kiste reagiert so lahm wie ein nasser Sack", knurrte Phil. „Viertausend ins Fenster", befahl er und zeigte auf die Anzeige des Autopiloten.

Eva hatte ihn verstanden und stellte den Wert ein. Dann sah sie wieder auf den Höhenmesser. „Fivehundred", rief sie.

Gleich darauf begann die Computerstimme des Flugzeugs herunterzuzählen. „Fourhundred, threehundred…"

Phil bemühte sich immer noch, das Flugzeug auf Kurs zu halten. Mit mäßigem Erfolg.

Als Eva verkündete: "Hundred above", rief er: „Go around", schob die Triebwerkshebel nach vorne und zog den Side-Stick zu sich heran. Die Triebwerke heulten auf, das Flugzeug beschleunigte und begann zu steigen.

Eva sah, wie die Uhr des Höhenmessers hochlief. „Two-Thousand", sagte sie.

„Clean-up", antwortete Phil. „Flaps Zero, Gear up."

Eva führte seine Anweisung aus. „Flaps Zero, Gear up. Und jetzt?"

"Jetzt dreh'n wir noch 'ne Runde und versuchen's dann nochmal", antwortete Phil.

Er zog die Maschine in eine ziemlich steile Rechtskurve und schaltete Auto-Pilot und Auto-Thrust wieder ein. Anschließend machte er sich am Flight Management System zu schaffen. „Also, erst Bottrop-NDB, dann rechts rum, hundertdreiundziebzig, runter auf dreitausend, dann rechts rum zwohundertdreiunddreißig bis METMA", murmelte er.

„Was machst Du denn da?", erkundigte sich Eva.

„Ich geb die Daten ein, für die nächste Runde", antwortete Phil. Er sah sie an. „Wir machen's nochmal genauso wie gerade eben. Localizer kurz vor METMA, Glide-Slope, Klappen, Fahrwerk, dasselbe Programm. Ich sag das an. Okay?"

Sie nickte und wollte lächeln, aber es klappte nicht so richtig. Sie hatte jetzt doch Angst bekommen.

Phil bemerkte das natürlich. „Keine Sorge, Eva, das wird schon. Wenn nicht beim nächsten Mal, dann beim übernächsten. Sprit haben wir ja genug."

Er drückte auf die Sprechtaste. „Thomas?"

„Was gibt's, Junge? Das war wohl nix, wie?"

Trotz der Anspannung, unter der er stand, musste Phil lachen. „Wie hast Du das erraten? Also: Diesmal hab' ich's verkackt. Das verdammte Ding ist so beweglich wie 'ne alte Omma mit Arthrose. Aber wir versuchen's jetzt gleich nochmal. Bottrop, METMA und dann rein. Geht das? Was ist mit dem anderen Traffic? Mein TCAS hier ist die reinste Light-Show."

„Mach Dir keine Sorgen, Phil. Du hältst zwar den ganzen Betrieb auf, aber die Lotsen kriegen das hin. Die meisten haben sie geparkt, und jetzt fangen sie an, umzuleiten. Brauchst Du Dich nicht drum zu kümmern. Mach Du Dein Ding, und dann seh'n mer scho."

∗∗∗

Phil machte noch zwei weitere Anflüge. Jedes Mal daneben. Langsam war er etwas mit den Nerven runter. Aber es half ja nichts. Sie konnten ja nicht oben bleiben. Wenigstens hatte der Wind abgeflaut, das war ja auch schonmal was. Und außerdem begann er, so langsam ein Gefühl für die Maschine zu bekommen.

Andererseits wurde es allmählich voll um Düsseldorf herum. Einmal hatte sein TCAS wirklich Alarm geschlagen. Einer war direkt auf ihn zugekommen. TCAS schickte ihn nach oben und den anderen nach unten. Weiter nicht schlimm, nur, jetzt musste er den Flieger von Hand wieder auf den richtigen Kurs bringen. Das trainierte zwar, aber trotzdem war er wütend. „Hey, sagt mal, seid Ihr bescheuert da unten!?", brüllte er in sein Mikro.

Aber Thomas konnte ihn beruhigen. Es hatte keine Gefahr bestanden. Die Lotsen wussten, was sie taten.

***

Dann kam der vierte Anflug. Diesmal musste es klappen! Langsam wurde auch der Sprit knapp. Seit einer Stunde gurkten sie jetzt hier oben rum. Und Phil war allmählich mit seiner Geduld am Ende. Außerdem wurden die Wolken dichter und sanken immer tiefer. Bald war's Essig mit der Minimum Vertikalsicht.

Also, jetzt oder nie.

Auch Eva hatte sich inzwischen zurechtgefunden. Fast schon routiniert spulte sie ihr Programm ab. LOC-Star green, Klappen, Glide-Slope Star, Fahrwerk, Bremsen, Funk, Ansage, alles funktionierte wie am Schnürchen.

„Runway in sight."

Dann kam Thomas wieder. „Troja six-four, runway two-three-left, wind two-seven-zero with niner knots, cleared to land. Auf geht's, Phil."

Eva bestätigte und Phil verlangte: "Landing Checklist."

Sie las vor, er antwortete.

„Flaps?" – „Full."

„Speed Brakes?" – „Armed."

„Gear?" – „Down, three green."

„Brakes?" – „ Auto-Brakes, full."

„Anti Ice?" – „On."

„APU?" – „On."

„Cabin?" – „Clear."

„Landing Checklist complete."

Und dann kam auch schon die Computerstimme: „Fivehundred."

Phil schaltete den Autopiloten aus. Ein bisschen mehr Schub, etwas nach rechts. Der Gleitweganzeiger blieb stehen, wo er stehen sollte.

„Hundred above."

„Continue", sagte Phil.

Jetzt galt es. Es kamen die entscheidenden Sekunden. Gleitweg immer noch okay. Geschwindigkeit auch. Das Flugzeug sank weiter.

Call-out: „Fifty, forty, thirty, twenty, Retard! Retard! Retard!"

Phil riss die beiden Schubhebel zurück und zog ein klein wenig am Side-Stick. Mit einem bösen Ruck setzte das Hauptfahrwerk auf, die Spoiler auf den Tragflächen fuhren aus. Er schob den Side-stick zurück nach vorne. Das Flugzeug neigte sich vor, das Bugfahrwerk berührte den Boden. Die Schubumkehr setzte ein. Die Triebwerke brüllten los, das Flugzeug bremste.

„Spoilers, Reverser green, Decel!", rief Eva

Sie wurden langsamer. Sie wurden *tatsächlich* langsamer. Und der Flieger blieb in der Spur. Trotz des Seitenwindes.

„Seventy Knots", verkündete Eva.

„Manual Brakes", antwortete Phil und stemmte die Füße in die Bremspedale.

Das Flugzeug rollte aus und stand. Gut dreihundert Meter waren es noch bis zum Ende der Bahn.

Phil ließ den Kopf nach vorne fallen und atmete tief durch. Als er hörte, dass Eva zu weinen begonnen hatte, drehte er sich nach ihr um.

„Nicht Eva, nicht weinen", versuchte er, sie zu trösten. „Es ist doch alles gut gegangen. Wir sind unten. In einem Stück und heile."

Im Lautsprecher knackte es. „Glückwunsch, Alter, hastes geschafft."

Phil lachte. „Wie Du siehst. War wahrscheinlich die lausigste Landung eines A320 in der Geschichte dieses Flughafens, aber wir sind unten, und ich habe ihn *nicht* verbeult."

***

Phil sah aus dem Fenster. Rechts und links der Landebahn standen die Feuerwehrautos aufgereiht. Offensichtlich war die gesamte Flughafenfeuerwehr ausgerückt. Was für ein Auftrieb! Die Feuerwehrleute brachten ihre Löschkanonen in Stellung.

„Thomas, Du kannst die Kavallerie abziehen", rief er ins Mikro. „Hier brennt nix. Alle Systeme normal." Er lachte wieder. „Mit Ausnahme von Eva und mir. Wir beide haben ein bisschen gelitten."

„Sollen wir Dich schleppen, oder kannst Du rollen?"

„Ich rolle. Aber schickt mir'n Follow-Me, damit ich weiß, wohin. Auf den Sermon vom Ground-Controller hab' ich jetzt echt keinen Bock mehr."

Thomas kicherte. „Terminal oder Vorfeld?"

„Terminal. Zum Treppensteigen hab' ich auch keine Lust. Und besorg mir'n Bier, ich hab' Durst."

Sekunden später kam ein gelb-schwarz lackierter VW-Sharan angerast. Auf dem Dach rotierten die orangfarbenen Rundum-Leuchten und am Heck blinkte der rote Schriftzug: ‚Follow me', ‚Follow me'.

Phil schob die Triebwerkshebel wieder ein Stück nach vorne und folgte dem Auto. Sobald sie die Bahn verlassen hatten und auf dem parallelen Rollweg in die Gegenrichtung unterwegs waren, kam schon das nächste Flugzeug herein. Und hinter ihm sah man die folgenden, aufgereiht wie auf einer Perlenkette. In zwei Reihen. Eins für die 23L, dann eins für die 23R. Immer abwechselnd.

Der Towerlotse hatte gründliche Arbeit geleistet. Jetzt war auch der Groundlotse gefragt, der die ganzen Flieger auf dem Hof sortieren musste.

Aber das war nicht Phils Problem. Er schaffte es immerhin bis zur Parkposition am Terminal. Er sah die Einparkhilfe rechts neben der Positionsangabe. ‚A320' stand dran. Sehr schön. Als das rote Stop-Licht aufleuchtete, standen die Räder des Bugfahrwerks genau auf der gelben Linie und präzise vor dem gelben Querbalken.

Geschafft.

∗∗∗

Phil zog die Parkbremse an und schaltete die Triebwerke aus. Auf einmal war es ganz still im Cockpit. Niemand sagte etwas. Der Pilot war tot, der konnte nichts mehr sagen. Sein Copilot ebenfalls nicht. Der war inzwischen bewusstlos geworden. Und Eva und Phil verloren auch kein Wort mehr. Die waren mit den Nerven am Ende.

Eine ganze Weile hörten sie nichts. Dann wummerte jemand an die Tür. Offenbar hatte die Brücke angedockt. Danach Getrappel von hinten. Die Gäste stiegen aus.

Nachdem auch dieses Geräusch verklungen war, ging die Türglocke. Phil drückte auf den Türöffnerknopf. Ayscha steckte ihren Kopf herein. Auch ihr waren die Strapazen ins Gesicht geschrieben. Aber sie lächelte.

„Gut gemacht", sagte sie. „Jetzt sind alle draußen."

„Und? Keinem was passiert?", wollte Eva wissen.

Die Stewardess schüttelte den Kopf. „Nein. Alle sind heile geblieben. Körperlich zumindest."

„Und was ist mit denen da?" Phil deutete mit dem Daumen auf die hinteren Sitze, auf denen der tote Pilot und der bewusstlose Copilot angeschnallt waren.

„Die Leute vom Roten Kreuz sind schon da. Können die reinkommen?"

Phil zuckte mit den Schultern. „Hab' nix dagegen. Wir haben ja hier jetzt nichts mehr zu tun."

Naja, also so ganz stimmte das jetzt nicht. Die Parking Checklist zu lesen, hatten sie sich geschenkt. Deshalb: Die Klappen waren noch draußen, die Strobe-lights brannten noch, genauso die Parking-Lights. Die Parkbremse war noch gesetzt, obwohl die Chocks längst vor den Rädern lagen. Die APU lief noch, obwohl die Ground-Power schon eingestöpselt war. Die Kiste sah aus wie ein Müllhaufen.

Egal.

Ayscha trat zurück, und zwei Sanitäter betraten das Cockpit. Sie warfen einen kurzen Blick auf den Piloten und erkannten sofort, dass da nichts mehr zu machen war. Dann befreiten sie den Copiloten und trugen ihn hinaus. Zwei weitere kamen herein, um sich um die Leiche des Piloten zu kümmern. Nachdem auch die abtransportiert war, kletterten Phil und Eva aus ihren Sitzen. Als sie sich gegenüberstanden, fielen sie sich gegenseitig um den Hals. Sie blieben in ihrer Umarmung stehen und achteten nicht darauf, was um sie herum vorging. Es war ihnen schlicht egal. Und niemand störte sie. Eine lange Weile nicht.

***

Bis Thomas mit einem Mal in dieses Idyll hineinplatzte. „Hey, Ihr beiden, was wird das denn hier? 'N Schäferstündchen im Cockpit eines A-dreizwanzig? Sowas hab' ich ja auch noch nicht gesehen."
Phil machte sich von Eva los und grinste ihn an. „Einmal ist immer das erste Mal. Was willst Du Spanner überhaupt hier?"
Thomas lachte. „Na, spannen. Was sonst?"
„Zu spät", feixte Phil. „Die Show ist bereits zu Ende."
„Das hab' ich gemerkt." Thomas streckte die Arme aus. „Komm, lass Dich umarmen." Er schloss Phil in die Arme und drückte ihn heftig.
Dann war Eva an der Reihe. Auch sie wurde gedrückt und bekam zusätzlich noch einen Kuss. „Ich bewundere Dich, Mädchen. Wie hältst Du das bloß aus mit diesem Rüpel?"
Sie kannte den Mann gar nicht, aber sie ließ es sich trotzdem gefallen. Phil hatte ihr erzählt, dass dieser Thomas Langer wohl ein guter Freund und Kollege seiner Mutter gewesen war, aber weiter wusste sie nichts über ihn.
Also zuckte sie nur mit den Schultern, nachdem er sie wieder losgelassen hatte. „Keine Ahnung. Ich liebe ihn halt."
Für diese Bemerkung wurde sie jetzt wiederum von Phil gedrückt. Und geküsst. Aber anders als von Thomas. Der sah sich das Schauspiel eine Zeit lang mit an, bevor er dazwischenging.
„Jetzt hört mal mit diesem Theater auf und kommt mit nach draußen. Da stehen eine Menge Leute, die Euch die Hand schütteln wollen."
„Muss das sein?"
Thomas lachte. „Ich fürchte, ja."
„Schieb uns 'ne Treppe hinten ran", verlangte Phil. „Wir steigen da aus und verduften übers Vorfeld."
„Ich dachte, Du wolltest keine Treppen steigen."

„In der Not frisst der Teufel Fliegen. Jetzt laber nicht lange und mach hin. Wir gehen schon mal nach hinten durch."

„Kommt nicht in die Tüte. Ihr geht jetzt schön brav da raus und macht Männchen. Das Fernsehen ist da und der Flughafenboss und der Oberbürgermeister auch."

Phil war entsetzt. „Seid Ihr bekloppt? Wer hat *das* denn organisiert?"

„Gar keiner. Was glaubst Du wohl, wie schnell sich sowas rumspricht? Ein Siebzehnjähriger fliegt mit einem A-Dreizwanzig durch die Gegend und bringt ihn auch noch ohne Kratzer auf den Boden. Das ist ein Festmahl für die Journaille."

„Ach, und bei dem ‚Festmahl' müssen wir jetzt den Hauptgang spielen, oder was?"

„Ihr müsst ihn nicht *spielen*, Junge, Ihr zwei *seid* der Hauptgang."

***

„Wieso warst Du überhaupt hier?", fragte Phil Thomas, als sie zusammen durch die Fluggastbrücke hoch zum Gate gingen.

„Ich hatte den Flug vor Dir", antwortete Thomas. „München-Düsseldorf. Und da hab' ich zufällig mitgekriegt, wie Du Dich mit dem Typ von Rhine Radar gezofft hast."

„Ich hab' mich nicht mit dem gezofft."

„Wohl hast Du: Junge, kannst Du kein Deutsch?" Er äffte Phils Stimme nach.

„Ist doch wahr", maulte Phil. „Fragt *mich*, was incapacitated heißt."

Thomas lachte. „Ist ja auch egal. Jedenfalls hab' ich ordentlich Gas gegeben und bin dann nach der Landung gleich rauf in den Turm. Es war knapp, aber es hat geklappt. Kaum hatte ich meinen Hintern vor einem der Radarbildschirme installiert, da kam auch schon Evas süßes Stimmchen durch. Naja, den Rest kennst Du."

Sie betraten den Gate-Bereich. Phil blieb abrupt stehen und sah sich entsetzt um. Das durfte nicht wahr sein! Alles voller Leute, und alle starrten ihn an. Mindestens drei Fernsehkameras waren auf ihn gerichtet. Spontan griff er nach Evas Hand. Einen Moment lang herrschte Stille, aber dann brach frenetischer Beifall los.

Phil bekam einen knallroten Kopf und versuchte, sich hinter Thomas zu verstecken. Aber der hatte dafür wenig Verständnis. Energisch zog er den Jungen wieder hervor, stellte sich neben ihn und legte ihm den Arm um die Schultern.

Wenigstens waren genug Beamte der Bundespolizei da, die ihnen die Meute vom Leib hielten. Sie hatten den Bereich um die Eingangstür zur Brücke mit rot-weißen Flatterbändern abgesperrt.

Fehlt bloß noch, dass da ‚Crime Scene' draufstand, dachte Phil. Das würde passen.

Trotzdem versuchten ein paar Reporter bis zu ihnen vorzudringen. Phil sah das und wollte zurückrennen. Er machte sich von Thomas los, drehte sich um, und versuchte, durch die Tür zu flüchten. Aber die war gerade dabei, sich automatisch zu schließen. Zu spät. Mist!

Thomas packte ihn am Kragen und zog ihn zurück. „Hiergeblieben!", raunzte er.

Die Leute klatschten immer noch. Jetzt fingen sie auch noch an zu lachen. War das hier eine Sitcom, oder was war das? Phil ging der ganze Zirkus langsam über die Hutschnur.

**

Da entdeckte er seine Schwester neben einem schlipsdekorierten Anzugträger. „Tanny, was machst Du denn hier?", rief er und stürmte auf sie los.

Die beiden Geschwister fielen sich um den Hals, drückten und küssten sich. „Tanny, ist das schön, dass Du da bist!" Noch ein Kuss, dann machte er sich von ihr los. „Wieso bist Du überhaupt hier?", wollte er wissen.

Sie lachte. „Im Gegensatz zu Dir, hab' ich in dem Laden hier den Job, Flugzeuge zu landen. Meine Mühle war die Nummer zwei nach Deiner. Auf der Dreiundzwanzig-rechts. Und da konnte ich genau beobachten, was Du da abgezogen hast.

Mann, war das vielleicht eine beschissene Landung! Erst schmeißt Du den Vogel mit einem Irrsinnskaracho mitten auf die Bahn, bremst wie ein Bekloppter, dann lässt Du sie gemächlich bis fast an den Zaun rollen, und zu gutem Schluss bleibst Du dann auch noch auf der Bahn hocken wie ein Kakadu auf der Stange. Das hat mindestens einen Kollegen noch einen weiteren ‚Go around' gekostet."

„Das stimmt ja gar nicht", protestierte er. „Erstens hatte ich gar keine Taxi-Clearance von Ground Control, und zweitens waren da mindestens noch dreihundert Meter bis zum Ende der Bahn. Drittens hatte Eva die Auto-Brakes auf ‚Full' gesetzt, und das hat der Flieger auch ganz gehorsam abgespult. Also hör bloß auf, hier solche Horrorstories zu verbreiten."

Tanja lachte aus vollem Hals. Phil bekam einen weiteren Kuss von ihr. „Stimmt auch nicht. Du warst einfach fantastisch, kleiner Bruder. Und ich bin wahnsinnig stolz auf Dich."

Phils Miene hellte sich auf. Er strahlte sie an. „Ich liebe Dich auch, große Schwester."

Ein sportlich aussehender Enddreißiger in Pilotenuniform kam angerannt, drängte sich rücksichtslos durch die Absperrung und blieb vor ihnen stehen. Er war etwas außer Atem.

„Wo bleibst Du denn, Tanny? Wir müssen los. Wir haben schon mehr als dreißig Minuten Delay. Der Slot ist auch weg. Crew nicht verfügbar. Weißt Du, was das heißt? Morgen früh kriegen wir wieder mächtig einen abgeräumt. Also los, Mädchen, komm in die Puschen." Er drehte sich zu Phil um und stieß ihm den Finger vor die Brust. „Und Du, mein Freund: Wenn Du 'n Job suchst, kannst meinen haben. Das war eine reife Leistung vorhin."

Er packte Tanja am Arm und zog sie mit sich.

„Wohin fliegst Du?", rief Phil ihr nach.

„München", rief sie zurück.

„Wann sehen wir uns?"

„Keine Ahnung. Ich meld mich."

Dann war sie weg. Und die Leute fingen wieder an zu applaudieren.

Phil achtete nicht darauf. Er drehte sich zu Eva und Thomas um. Die hatten es sich inzwischen auf den Stühlen hinter dem Abfertigungsschalter bequem gemacht und von dort aus amüsiert das Wortgefecht der beiden Busher-Geschwister verfolgt. Phil stellte sich vor den Schalter und legte die Unterarme darauf. „Was war das denn für einer?", fragte er Thomas.

„Keine Ahnung", antwortete Thomas achselzuckend. „Irgendein Kollege, aber, kenn ich nicht. Offensichtlich Tanjas Flight Captain."

„Schien mir ziemlich angepisst gewesen zu sein, der Typ."

„Kann ich verstehen", meinte Thomas. „Was glaubst Du, was *der* für einen Ärger kriegt? Der Flieger ist fertig, die Passagiere sind versammelt, die Cabin-Crew steht Gewehr bei Fuß, die Ground-Crew scharrt nervös mit den Hufen, weil sie die Meute endlich einsteigen lassen will. Geht aber nicht. Weil der Captain abgehauen ist, um nach seinem Vize zu fahnden. Das kommt nicht besonders gut, das kannst Du mir glauben."

„*Ich* werde dafür sorgen, dass er *keinen* Ärger bekommt", tönte eine Stimme hinter Phil.

Phil drehte sich um und stand einem Mann gegenüber, dem man auf den ersten Blick ansah, dass mit *dem* gelegentlich gar nicht gut Kirschen essen war.

„Schön wär's ja", seufzte Phil. „Und Sie können das deichseln?"

„Kann er", mischte Thomas sich ein. „Darf ich bekannt machen: Flight-Captain Franz Weißmüller, Chefpilot. Sozusagen my Bosses' Boß."

„Echt?" Phil war etwas von den Socken. Er streckte dem Mann die Hand hin. „Das freut mich aber."

Lachend griff Weißmüller nach der Hand des Jungen und schüttelte sie.

„Und Sie tun ihm wirklich nichts? Versprochen?"

Der Mann nickte. „Versprochen."

„Schließlich kann der ja nix dafür, dass ich mit meiner Scheiß Landung hier den ganzen Betrieb durcheinandergebracht hab'. Und Tanny auch nicht."

„Tanny? Wer ist Tanny?", fragte Weißmüller, etwas verwirrt.

„Tanny…, also: Tanja…, also: First Officer Tanja Busher ist meine Schwester."

"Dann bist Du Phil Bushers Sohn?"

Phil nickte. „Und Tanny ist seine Tochter."

Wieder lachte der Mann. „Demnach", stellte er fest. Dann sah er Phil kopfschüttelnd an. „Der Apfel fällt nicht weit vom Stamm."

„Häh?"

„Na, wenn Du Phil Bushers Sohn bist, bist Du vermutlich auch der von Jenny Busher. Und da wundert mich gar nicht, dass Du das kannst."

„Dass ich *was* kann?"

„Na, Airbusse landen."

„Kann ich ja gar nicht."

„Also, das hat sich vorhin aber ganz anders dargestellt."

„Tanny sagt, es sei gruselig gewesen. Und wahrscheinlich hat sie recht. Aber ich hatte sowas doch auch noch nie gemacht."

„Ehrlich nicht?"

Phil nickte heftig. „Ganz ehrlich. Wie denn auch? Ich bin siebzehn. Da fliegt man im Allgemeinen nicht mit 'nem Airbus durch die Gegend. Also, jedenfalls nicht vorne. Und schon gar nicht auf dem linken Sitz."

„Also bist Du ein Naturtalent, was…"

„Quatsch!", unterbrach ihn Phil.

„…was bei *den* Eltern allerdings nur allzu verständlich ist", fuhr der Chefpilot ungerührt fort. „Willst Du den Job?"

„Welchen Job?"

„Na den, den Dir Tanjas Captain eben angeboten hat."

Phil drehte sich um und sah Thomas an. „Der will mich doch veräppeln."

Thomas sagte nichts und zuckte nur die Achseln.

„Will er nicht", kam es stattdessen von hinten. „Ich stehe in dem Ruf, ebenso viel Humor zu haben wie der Weiße Hai. Also veräppel ich auch keinen. Das liegt nicht in meinem Naturell. Nochmal: Willst Du den Job? Nicht, dass der andere seinen verlieren würde, aber so einen wie Dich kann ich immer gebrauchen. Also, überleg's Dir."

Dann drehte er sich um und winkte den Reportern und Kameramännern. „So, Herrschaften. Und jetzt gehört er Ihnen."

Aber das war gar nicht mehr nötig. Die Leute hatten alles aufgenommen, was Phil gesagt und getan hatte, seit er durch die Tür da vorne gekommen war. ‚Ein Festmahl für die Journaille', hatte Thomas gesagt. Festmahl? – Das war kein Festmahl, das war ein Staatsbankett.

Epilog

Erik beeilte sich, nach Hause zu kommen. Er musste unbedingt pünktlich sein.

Musste!

Heute war der Geburtstag seiner Frau, und die hatte ihm mit Liebesentzug gedroht, wenn er wieder erst so spät am Abend zu Hause auftauchen würde, wie das sonst oft der Fall war. Und sowas wollte er ja auf *keinen* Fall riskieren. Also mied er die meist überfüllte und verstopfte Interstate-75 und versuchte auf den Nebenstraßen sein Glück.

Es war ihm hold. Er war sogar schon fünf Minuten vor der verabredeten Zeit zu Hause. Trotzdem stand seine Frau schon in der Haustür und wartete auf ihn. Er rückte seine dicke, schwere Brille zurecht, strich einmal kurz über die feuerroten Haare und stieg aus.

Ja, Erik Großmann war verheiratet. Er lebte jetzt in Cincinnati/Ohio. Nach seinem Studium war er dorthin übersiedelt. Phils Grandpa Jimmy hatte ihm eine Stelle besorgt. Als Ingenieur in der Triebwerksentwicklung bei General Electric.

Nicht nur, dass es ihm dort ausnehmend gut gefiel, schließlich feierte man in Cincinnati auch ein Oktoberfest, und es gab jede Menge gutes, deutsches Bier, sondern er hatte dort auch seine Frau fürs Leben gefunden. Bei Grandpa Jimmy. Phil hatte es kaum glauben können, als es geschah. Er hatte Erik natürlich begleitet auf seinem Antrittsbesuch in Cincinnati.

Und wen hatten sie dort getroffen?

Richtig!

Phils Cousine. Bitching Betty. Erik sah Betty, Betty sah Erik, es machte ‚Klick‘, und das war's. Die Schöne und das Biest, die wunderschöne, zauberhafte Betty Busher aus San Francisco/California und Erik Großmann, der Orang-Utan aus dem Münsterland, klein, dicke Brille, rote Haare. Kaum zu fassen, aber so war das. Und dabei hatte nicht etwa Erik Betty erobert, sondern umgekehrt war ein Schuh draus geworden. Naja, und jetzt waren die beiden verheiratet.

***

Ebenso wie Phil. Der war auch verheiratet. Schon lange. Mit Eva natürlich. Sie hatten geheiratet, bevor sie nach dem Abitur nach Hamburg ging, um dort ‚Luft- und Raumfahrttechnik' zu studieren und gleichzeitig auf der Lufthansa Werft zu arbeiten. Eine duale Ausbildung also. Alles über Flugzeuge lernen war okay, aber gleichzeitig daran herumfummeln musste auch sein.

Jetzt machte sie genau dasselbe, was sie auf dem kleinen Flugplatz in Stadtlohn auch schon gemacht hatte: Sie arbeitete in der Flugzeugwartung. Allerdings bekam sie jetzt Geld dafür, und die Flugzeuge waren etwas größer als die, mit denen sie sich zuvor abgegeben hatte. Gelegentlich nahm sie sich mit ihrem Team den A350 vor, den ihr Schwiegervater kurz zuvor reingebracht hatte. Von Tokyo. Und wenn Phil Senior ihn dann wiederbekam, dann war er tippi-toppi. Um damit nach San Francisco zu fliegen. Beispielsweise.

Und Phil Junior? Der war nach Bremen gegangen – und dann nach Phoenix – und wieder zurück nach Bremen. Mittlerweile wusste er genau, wie man einen A320 landete. Am Ende hatte er Franz Weißmüllers Angebot doch angenommen und war Pilot geworden. Nicht Fluglotse.

$$***$$

Allerdings, Weißmüller war gar nicht mehr im Amt. Altersgrenze erreicht. Seinen Job hatte jetzt Phil Busher Senior übernommen. Der war wieder nach Deutschland zurückgekehrt und wohnte im Haus seines Sohnes. Also, eigentlich war es ja *sein* Haus, nicht das vom Filius. Nur, der hatte die größte Wohnung darin. Er würde sie auch bald brauchen. Lange würde Eva nicht mehr arbeiten gehen können. Ihr Bauch war schon ganz schön rund.

Das Haus der Bushers lag im Taunus. Bei TABUM. Dort sollte jeder, der, zum Beispiel, die MARUN-Two-Juliet-Departure von der RWY-25C in Frankfurt fliegt, auf mindestens fünftausend Fuß sein. Hoch genug, dachte Phils Vater. Da stört er keinen mit seinem Radau. Also hatte er das Haus gekauft.

$$***$$

Auf jeden Fall war es ein großes Haus. So groß, dass Tanja darin auch noch eine Wohnung haben konnte. Sie hatte inzwischen die Goldkordel an ihrer Mütze und die vier Streifen auf dem Ärmel. Wie ihre Mutter. Nur einen Mann hatte sie nicht. Das heißt, gelegentlich hatte sie schon einen, aber nie für lange. Wenn man Flight Captain auf einem Kurzstreckenflieger ist, dann startet und landet man eben häufiger als auf der Langstrecke.

Einen sah man allerdings recht häufig an ihrer Seite. Das war ihr kleiner Bruder. Der saß dann neben ihr auf dem rechten Sitz und musste sich von seiner großen Schwester Anweisungen geben lassen. Aber damit hatte er keine Probleme. Das kannte er ja. Das war schon so gewesen, als sie noch Kinder waren. Nur sich zoffen, wie als Kinder, das taten sie jetzt nicht mehr. Jedenfalls nicht im Cockpit. Naja, und zu Hause auch nicht. Dazu mochten sie sich zu sehr.

***

Eva behauptete, der Kleine in ihrem Bauch werde auf *keinen* Fall Phil heißen und er werde auch auf *keinen* Fall einmal Pilot werden. Punktum! Phil Busher Senior meinte dazu: „Das seh'n wir dann."

Und Opa Kramm und Grandpa Jimmy standen dabei, sahen sich an, zogen Grimassen und grinsten sich eins. Sie wussten es besser. Werdende Urgroßväter rechnen da so mit ihren eigenen Wahrscheinlichkeiten.

Glossar

Über die Flugzeuge

A320   Kurz- und Mittelstreckenflugzeug der Baureihe 320 (das Arbeitstier) von Airbus Industries. Wird u.a. in Hamburg Finkenwerder gebaut (Endmontage).

A350   (jüngstes) Langstreckenflugzeug von Airbus Industries

A380   Vierstrahliges Langstreckenflugzeug, bislang größtes Passagierflugzeug der Welt, hergestellt von Airbus Industries in Toulouse (Endmontage)

B727   Zweite Baureihe eines Mittelstrecken-Verkehrsflugzeuges mit Jet-Triebwerken von Boeing-Industries. Die Entwicklung dieses 3-strahligen Flugzeugtyps war sehr aufwendig (Kosten: >1Mrd. US$) und ist beschrieben in dem Buch: "The Billion Dollar Battle"

B737   Bislang meistverkauftes Kurz- und Mittelstreckenflugzeug von Boeing-Industries, dessen Entwicklung maßgeblich auf Initiative des damaligen Lufthansa Vorstands Gerhard Höltje zurückgeht. Lufthansa war seinerzeit Erstkunde und G. Höltje erhielt den Beinamen: Mr. Sieben-Drei-Sieben.

B747   "Jumbo-Jet", vierstrahliges Langstrecken-Verkehrsflugzeug von Boeing Industries, dessen Entwicklung maßgeblich auf Initiative des damaligen CEO der Pan American Airways zurückgeht. Pan Am war damals Erstkunde.

B777   Boeing Triple-Seven, zweistrahliges Verkehrsflugzeug, auch als Frachter bei Lufthansa Cargo im Einsatz

MD11   dreistrahliges Verkehrsflugzeug von Mc Donnell Douglas, heute meist als Frachter verwendet

Cessna172	einmotoriges Kleinflugzeug für 4 Personen
Beech King Air	zweimotoriges Passagierflugzeug für 2 Piloten und 10 Passagiere
Cessna Citation	zweistrahlige Geschäftsreiseflugzeuge
Gulfstream	

Über die Flughäfen

EDDM =
München
EDDL =
Düsseldorf
EDDF =
Frankfurt
EDLS=
Stadtlohn
KSFO=
San Francisco

Flughäfen gibt es Tausende. Von den größten und bekanntesten unter ihnen kennt man die "3-Letter-Codes" der IATA, der "International Air Transport Association", FRA für Frankfurt, DUS für Düsseldorf, MUC für München oder SFO für San Francisco. Das kennt man von den Banderolen an den Gepäckstücken, die man am Flughafen aufgibt.

Aber die wenigsten kennen die ICAO-Codes, die Bezeichnungen der "International Civil Aviation Organization". Die bestehen aus vier Buchstaben und sind für Piloten und Fluglotsen viel wichtiger als die 3-Letter-Codes der IATA. Dabei steht der erste Buchstabe für den Kontinent (E=Europa, K=Kontinental-USA), der zweite Buchstabe für das Land (D=Deutschland), der dritte für die Region und der vierte für den Ort.

APU = Auxiliary Power Unit

Hilfsturbine, die das Flugzeug Beim Start und am Boden bei Stillstand der Triebwerke und abgetrennter Bodenversorgung mit Strom und Luft versorgt. Wird auch zum Starten der Triebwerke und zur Versorgung der Kabine mit klimatisierter Luft verwendet (APU Bleed = Zapfluft von der APU). Nach dem Triebwerksstart wird die APU abgeschaltet. Die Stromversorgung übernehmen dann die Generatoren der Trieb-werke, ebenso die Versorgung der Kabine mit Frischluft (PACKS on Engines = Zapfluft für die Klimaanlagen [PACKS] von den Triebwer-ken).

ATC = Air Traffic Control = Luftraumüberwachung

Die Überwachung des Flugverkehrs ist wie folgt gestaffelt:
Oberer Luftraum (FL-245 = 24500 Fuß und höher): Rhine Radar (Karlsruhe - Süddeutschland) oder Maastricht Control (Norddeutsch-land/BeNeLux)
Mittlerer Luftraum (7000ft – FL245): Bremen Radar (Norddeutsch-land), Langen Radar (Mitteldeutschland) München Radar (Süddeutsch-land)
Für den unteren Luftraum sind die jeweiligen Flugplätze verantwort-lich. Beispiel: München Director - Approach/Departure EDDM, Mün-chen Tower - Start/Landung EDDM. München Ground - Verkehr auf den Rollwegen
Anweisungen der Fluglotsen sind bindend. Sie allein haben die Über-sicht über den gesamten Verkehr in ihrem Bereich und sind somit in der Lage, Vorgaben zu Höhe, Kurs und Geschwindigkeit der einzelnen Flugzeuge zu machen. Danach müssen sich die Piloten unbedingt rich-ten.

ATIS = Automatic Terminal Information System

Gibt Auskunft über die Verhältnisse über dem Platz: Luftdruck, Wol-kenuntergrenze, Temperatur, horizontale und vertikale Sicht, verfüg-bare Landebahn(en), Höhen- und/oder Geschwindigkeits-Beschrän-kungen, etc. Die Informationen werden alle 30 Minuten aktualisiert (10 Min. vor und 20 Min. nach der vollen Stunde). Sie werden fortlaufend mit dem Alphabet gekennzeichnet (A=Alfa bis Z=Zulu und danach wieder von vorn), auf einer bestimmten Frequenz fortlaufend gesendet und müssen von jedem Flugzeugführer vor dem Start oder vor der Landung abgerufen werden. Piloten bestätigen das, indem sie dem Towerlotsen (beispielsweise) mitteilen: "Information Charlie on board".

Auto-Brakes = Automatisches Bremssystem

Voreinstellbare Automatik, die das Flugzeug nach dem Aufsetzen selbsttätig abbremst. In neueren Flugzeugen wird das BTV-System verwendet (Brake-to-vacate), das automatisch dafür sorgt, die Rollgeschwindigkeit nach dem Aufsetzen so weit zu verringern, dass das Flugzeug an einem vorgegebenen Rollweg von der Bahn abrollen kann.

Flaps = Klappen

Auftriebshilfen an den Flügelhinterkanten (fälschlicherweise oft als "Landeklappen" bezeichnet, was aber unvollständig ist, denn die Klappen werden auch beim Start benutzt). Ausgefahrene Klappen vergrößern Fläche und Wölbung der Tragflächen und erhöhen damit den Auftrieb. Es gibt auch Auftriebshilfen an den Vorderkanten der Tragflächen. Diese heißen "Slats".

FMS = Flight Management System

Computergestütztes Steuerungssystem, in dem zB. Die Daten des Flugplans hinterlegt werden, den der Autopilot selbsttätig abfliegt. Wird aber auch für vielfältige, andere Steuerungs- und Überwachungsaufgaben benutzt.

ILS = Instrument Landing System = Instrumentenlandesystem

Bodenbasiertes System, das die Piloten bei der Landung unterstützt. Es besteht aus dem "Localizer", einem Sender, der die seitliche Abweichung anzeigt und dem "Glideslope", einem Sender, der für die vertikale Führung des anfliegenden Flugzeugs auf die Landebahn zuständig ist. Das ILS führt ein anfliegendes Flugzeug (meist in einem Winkel von 3 Grad) bis zur Landeschwelle auf der Bahn.

Landing Gear = Fahrwerk

(nicht angetriebene) Räder, auf denen das Flugzeug rollen kann. Das Bugfahrwerk lässt sich steuern, das Hauptfahrwerk ist unter dem Schwerpunkt des Flugzeugs, angebracht, damit das Flugzeug stabil am Boden stehen (bzw. rollen) kann. Nach dem Start wird das Fahrwerk in den Flugzeugrumpf eingefahren, um den Luftwiderstand zu verringern.

NDB = Non-directional Beacon = ungerichtetes Funkfeuer

Dient der Positionsbestimmung in der Flugnavigation

Notrufe

Mayday Call: wird abgegeben, wenn sich ein Flugzeug in einer extremen Notlage befindet

Pan Pan-Call: wird abgegeben, wenn auf eine mögliche Gefahrensituation aufmerksam gemacht werden soll.

PF = Pilot Flying / PM = Pilot Monitoring

Bei der Konstellation eines typischen 2-Mann Cockpits hat der PF die Kontrolle über die Steuerung des Flugzeugs (er fliegt also das Flugzeug), während der PM Überwachungsaufgaben wahrnimmt, wobei er gewisse Parameter im Auge behält und die Kommunikation mit ATC durchführt.

Ein Wechsel der Aufgaben wird stets vom Kapitän (als dem Chef im Cockpit) angesagt und mit: "You have Control" abgegeben oder mit "I have Control" angenommen. Der Erste Offizier antwortet dann mit dem jeweils gegenteiligen Kommando.

QNH = Luftdruck

gemessen in Hectopascal (hPa, in Nordamerika in Inch Hg) ist eine höchst wichtige Angabe zur barometrischen Höhenbestimmung eines Flugzeugs, insbesondere bei Annäherung an den Platz, da die Flughöhe aufgrund des sich stets ändernden Luftdrucks bestimmt wird. Piloten sind gehalten, der ATIS-Meldung den aktuellen Luftdruck zu entnehmen und dies beim Erstkontakt mit Approach-Control zu bestätigen.

Hat sich der Luftdruck inzwischen geändert, gibt der Lotse den geänderten Wert mit der ersten Höhenanweisung vor der Landung an. In großen Höhen wird dagegen stets nach dem Standardluftdruck (1013 hPa) geflogen, da hier die genaue Höhe irrelevant ist, sondern nur die relativen Höhen der Flugzeuge untereinander von Bedeutung sind.

Report Ready = Sag Bescheid, wenn Du bereit bist

Reverser = Schubumkehr
wird erreicht durch das Verstellen von Klappen in den Triebwerken, die den schuberzeugenden Luftstrom der Triebwerke statt nach hinten (zum Vortrieb) nach vorne (zum Bremsen) leiten.

RNAV = Random Navigation = Flächennavigation
Ein (sehr flexibles) Navigationsverfahren nach Instrumentenflugregeln (IFR), bei dem die Route über frei wählbare "Waypoints" (Wegpunkte), beispielsweise NDBs, festgelegt wird.

Rufzeichen
Piloten melden sich bei ATC stets mit ihrem Rufzeichen, das entweder aus dem Namen der Fluggesellschaft plus der Flugnummer besteht (zB. Lufthansa-1234) oder der Registriernummer des Flugzeugs (zB. D-ABCD).
("Langen Radar, request Speed Two-Five-Zero knots, Lufthansa-One-Two-Three-Four")
Auf die gleiche Weise werden Flugzeugbesatzungen von ATC gerufen. ("Lufthansa-One-Two-Three-Four, Langen Radar, climb Flight Level Two-One-Zero").
Namen werden nicht genannt, um Verwechselungen auszuschließen.

Runway (RWY) = Start-/Landebahn
Die Bezeichnung von Start- und Landebahnen richtet sich immer nach der jeweiligen Start-/Lande-Richtung. Starts auf der RWY27 führen direkt nach Westen (Kurs 270 Grad), solche über die Gegenrichtung

(RWY09) direkt nach Osten (Kurs 90 Grad). Dabei werden Starts/Landungen grundsätzlich immer soweit wie möglich gegen den Wind durchgeführt. Sind parallele Bahnen vorhanden, werden diese mit rechts/links gekennzeichnet (Beispiel: Düsseldorf RWY23L/R bei Westwetterlage, 05R/L bei Ostwetterlage)

Speed-Brakes = Luftbremsen
Klappen auf der Flügeloberkante, die den Luftstrom über den Tragflächen beeinflussen oder abreißen lassen. Sie werden im Flug zur Geschwindigkeitsreduzierung und/oder zur Richtungssteuerung des Flugzeugs benutzt, beim Landen sorgen sie dafür, dass die Luftströmung über den Tragflächen abreißt und der Auftrieb zerstört wird, um das Flugzeug am Boden zu halten.

TCAS (sprich: Ti-CAS) = Traffic Alert and Collision Avoidance System = Kollisionswarnsystem
Ein in jedem Verkehrsflugzeug vorgeschriebenes System zur Kollisionswarnung mit anderen Flugzeugen. Es beruht auf der Auswertung der Transpondersignale zweier Flugzeuge und schickt bei zu großer Annäherung eines der beiden in den Steig- und das andere in den Sinkflug. Allerdings nicht automatisch, per Einspeisung in den Autopiloten. Das System gibt zuerst eine akustische Warnung: "Traffic-Traffic" und bei weiterer Annäherung das Kommando: "Climb-Climb" oder "Descent-Descent", die der Pilot selbst ausführen muss. Optisch wird die Gefahrensituation durch ein gelbes, später rotes Signal auf dem MFD, dem "Multifunktions-Display" dargestellt.

Transponder (Squawk)
Der "Flugfunktransponder" ist ein Sekundär-Radar zur Identifizierung von Flugzeugen, also eines, das aktiv auf ein empfangenes (Primär-Radar-)Signal antwortet. Der Squawk ist ein vierstelliger Oktalzahl-Code, der Auskunft gibt über die Identität eines Flugzeuges (Kennung, Typ) und dessen Flughöhe. Die Benutzung von Transpondern ist Vorschrift ab einer bestimmten Flughöhe, abhängig vom Luftraum, in der Regel über 5000 Fuß.

Von besonderer Bedeutung ist dabei der Squawk 7700, der eine Luftnotlage (Emergency) eines Flugzeugs anzeigt

Geschwindigkeit: V1
Bezeichnet die Geschwindigkeit, bis zu der ein Startabbruch möglich ist, um noch vor dem Ende der Bahn zum Stehen zu kommen. Das Erreichen dieser Geschwindigkeit wird vom PM mit dem Kommando "V-One!" angesagt, woraufhin der PF die Hand von den Triebwerkshebeln nimmt, auf denen sie bis dahin lag, um jederzeit in der Lage zu sein, den Schub aus den Triebwerken herauszunehmen und das Flugzeug abbremsen zu können.
Nach dem Überschreiten von V1 muss der Start in jedem Fall durchgeführt werden.

Geschwindigkeit: VR
Bezeichnet die Geschwindigkeit, bei der der Auftrieb an den Tragflächen groß genug ist, um das Flugzeug in der Luft zu halten. Das Erreichen dieser Geschwindigkeit wird vom PM mit dem Kommando "Rotate!" angesagt, woraufhin der PF Steuerhorn oder Sidestick zu sich heranzieht und damit die Nase des Flugzeugs nach oben richtet. Das "Rotate" rührt daher, dass sich in diesem Moment das Flugzeug um eine gedachte Querachse des Hauptfahrwerks zu drehen beginnt (Nase geht hoch, Heck geht nach unten).

Waypoints = Wegpunkte (oder Wegmarken)
Definieren einen bestimmten Punkt mit Längen- und Breitengrad und sind (meist) mit einer fünfstelligen Kennung bezeichnet (TABUM, MARUN, METMA) und im FMS (Flight Management System) eines Flugzeugs hinterlegt. Der Kurs eines Flugzeugs wird mit Hilfe dieser "Waypoints" festgelegt, die vom Autopiloten gemäß der eingegebenen Reihenfolge im FMS abgeflogen werden.

Wilco = I will comply = Das werde ich so machen (wie vorgeschrieben)

Fliegeralphabet

A	Alfa	N	November
B	Bravo	O	Oscar
C	Charlie	P	Papa
D	Delta	Q	Quebeck
E	Echo	R	Romeo
F	Foxtrott	S	Sierra
G	Golf	T	Tango
H	Hotel	U	Uniform
I	India	V	Victor
J	Juliet	W	Whiskey
K	Kilo	X	X-Ray
L	Lima	Y	Yankee
M	Mike	Z	Zulu
1	One	6	Six
2	Two	7	Seven
3	Tree	8	Eight
4	Four	9	Niner
5	Five	0	Zero

Danksagung

So, lieber Leser, liebe Leserin, jetzt sind Sie/seid Ihr durch mit meiner Geschichte. Die habe ich mir zwar ausgedacht, aber daran, dass es nicht einfach nur irgend so eine Geschichte wird, haben ein paar Leute mitgewirkt, bei denen ich mich an dieser Stelle bedanken möchte.

Da wäre zunächst mal meine Lektorin, **Cornelia Soltau**, die sich redlich bemüht hat, Unstimmigkeiten stimmig zu machen, krude Formulierungen zu glätten und überhaupt, meinen schnodderigen Tonfall zu domestizieren. Ja, ich weiß, ich habe ein loses Maul (drum bin ich auch Ingenieur geworden und nicht Diplomat), aber ihr ist es – wohl – gelungen, es einigermaßen im Zaum zu halten.

Als nächstes bedanke ich mich bei **einem richtigen Flight Captain**, der ein zurückhaltender und bescheidener Mensch ist, welcher seinen Namen nicht so gerne hier lesen möchte, der allerdings tatsächlich mit einem A320 durch die Gegend fliegt und der sogar anderen Piloten beibringt, wie man das macht. Mir hat er's nicht beibringen können (leider), aber zumindest hat er mal geduldig dafür gesorgt, dass in meinen Beschreibungen vom Umgang mit einem solchen Flugzeug die gröbsten Schnitzer ausgebügelt wurden. Ungeduldig ist er nur geworden, als ich das Steuerungselement, mit dem man einen Airbus in der Luft manövriert, als ‚Joystick' bezeichnet habe. „Das ist ein ‚Side-Stick', nur damit das mal klar ist. Basta!" Recht hat er. Schließlich reden wir hier von einem Flugzeug-Cockpit und nicht von einer Daddelbude.

Dann ist da noch mein Enkel **Paul Degens**. Der ist zehn Jahre alt und eine richtige Leseratte. Als einer solchen habe ich ihm das Buch zum Fraß vorgeworfen, und er hat es in null-komma-nix verschlungen. Nachdem er's verdaut hatte, hat er wohlgefällig genickt und gemeint, er wolle später mal Pilot werden. Naja, dann…

Nicht unerwähnt lassen möchte ich auch meine liebe Frau **Dorothee**, die einiges an Langmut bewiesen hat, während ich stundenlang am

Schreibtisch gesessen, mit der Herumbastelei an meiner Geschichte meine Tastatur ruiniert (ich hab' übrigens inzwischen eine neue) und darüber vergessen habe, das Mittagessen zu kochen. In unserem Rentnerhaushalt ist das nämlich *mein* Job. Das Ergebnis meiner tastaturruinierenden Schreiberei habe sich aber gelohnt, stellte sie nach dem Lesen fest.

Und zu guter Letzt sind da auch noch **Frau Melanie Engel** und die **Graphikerin des ‚Twentysix-Verlags'**, die aus einem von mir zusammengestümperten Bildchen und einigen vagen Erklärungen ein ansehnliches Titelbild für das Buch geschaffen haben. Es muss wohl ansehnlich gewesen sein, denn sonst wäre Ihnen – oder Euch – das Buch ja nicht aufgefallen

Detlef Wolf

Jg. 1953, verheiratet, 2 Kinder, 2 Enkel, ist eigentlich Ingenieur. Bedingt durch seinen Beruf, hat er viele Jahre im europäischen, amerikanischen und asiatischen Ausland gelebt und gearbeitet. Heute lebt er wieder in Deutschland und hat begonnen in seiner Freizeit Bücher zu schreiben. Geschichten hauptsächlich, in denen junge Leute die Hauptrollen spielen.

Time Tunnel

ISBN:978-3-74071479-6 (Taschenbuch)
Verlag: TWENTY-SIX, €7.99
ISBN-10: 3740714794 (Kindle Ausgabe)
Verlag: TWENTY-SIX Verlag
Verkauf durch: Amazon Media EU S.à.r.l

Man schreibt das Jahr 1345. Vor einem heftigen Gewitter suchen der Fackelträger Konrad und die Kaufmannstochter Elisabeth Zuflucht in einer Höhle nahe ihrer Heimatstadt Koblenz, obwohl deren Betreten aufgrund eines Befehls des Schultheißen von Koblenz streng verboten ist. Den Grund dafür kennen sie nicht, aber sie sollen ihn erfahren, nachdem sie bald darauf aus dem Dunkel der Höhle wieder herausfinden.
Denn mit einem Mal ist nichts mehr wie es war. Sie erkennen die Gegend nicht wieder und treffen auf Menschen, deren Sprache sie nicht verstehen, die sich aber dennoch ihrer annehmen. Bald wird ihnen bewusst, dass sie in einer anderen Zeit gelandet sind. Der unerlaubte Aufenthalt in der Höhle hat sie mehr als sechshundert Jahre in die Zukunft geschleudert.
Da sie erkennen müssen, dass eine Rückkehr nicht möglich, weil mit zu vielen Risiken behaftet ist, sind sie gezwungen, sich in der neuen Zeit zurechtzufinden. Eine nahezu unerfüllbare Aufgabe wartet auf sie

Geschwisterliebe

ISBN:978-9-4625-4348-5 (Taschenbuch)
Verlag: Meinbestseller.de, €17.99
ISBN: 978-3-7380-2968-0 (E-Book)
Verlag: neobooks €4.99

Die Geschwister Nicole und Kevin sind in einer verzweifelten Lage. Der Vater misshandelt und missbraucht sie, ebenso wie die Mutter, die danebensitzt und schweigt. Ohne Freunde, dafür umso mehr gemobbt, sind sie gänzlich auf sich selbst angewiesen. Nachdem ihm klar geworden ist, unter welch widrigen Umständen die Geschwister leben müssen, beschließt er, sie mit zu sich nach Hause zu nehmen und sich fortan um die beiden zu kümmern.

Langsam gewinnt Stephan das Vertrauen der Kinder. Mithilfe seiner Freundin Patrizia sorgt er dafür, dass sie bei ihm auf Dauer wohnen, weiter die Schule besuchen und sogar die Prozesse durchstehen können, die nach Bekanntwerden des Kindermissbrauchs geführt werden müssen.

Obwohl es ihnen immer besser geht, lassen die Geschwister nicht voneinander – in jeder Beziehung.

Kann man dieses Verhältnis zweier Teenager-Geschwister zueinander eigentlich noch normal finden?

Sail away – Band 1: Der Skipper

ISBN: 978-9-4625-4314-0 (Taschenbuch)
Verlag: Meinbestseller.de, €18.99
ISBN: 978-3-7380-2882-9 (E-Book)
Verlag: neobooks €5.49

Eigentlich sollte sie das Flugzeug benutzen, aber um ihrer berühmten Mutter eins auszuwischen, bittet die 13-Jährige Internatsschülerin Franziska den 19-Jährigen Martin sie zu Ferienbeginn mit nach Hause zu nehmen. Eigentlich legt Martin auf eine solche Gesellschaft überhaupt keinen Wert, aber schließlich kann er dem Lächeln der niedlichen Dreizehnjährigen nicht widerstehen. Entgegen seiner Befürchtungen stellt sich während der Autofahrt heraus, dass Franziska ganz sympathisch ist. Darum sagt er auch nicht nein, als sie plötzlich am Liegeplatz des Segelbootes seines Onkels auftaucht und ihn bittet, sie mitzunehmen. Schon bald verlieben sie sich ineinander und planen eine gemeinsame Zukunft im Internat.

Aber dann kommt alles anders als sie es sich ausgemalt haben. Dennoch wollen die beiden von ihrem Traum nicht lassen.

Sail Away – Band 2: Der Kapitän

ISBN: 978-9-4625-4315-7 (Taschenbuch)
Verlag: Meinbestseller.de, €17.49
ISBN: 978-3-7380-2876-8 (E-Book)
Verlag: neobooks, €4.99

Zehn Jahre sind vergangen, seit Martin vor dem Grab seiner geliebten Franziska stand. Inzwischen hat er sich zum Seemann ausbilden lassen und fährt als Erster Offizier auf einem Containerfrachter. Lange hat er getrauert um seine "Kleine Krabbe" und er vermisst sie immer noch.
Sooft er kann, besucht er ihr Grab auf dem Weg zu seinen Freunden Johannes und Jenny, die seit ihrer gemeinsamen Schulzeit noch immer ein Paar sind.
Franziskas Mutter hat ihre Tochter nahezu vergessen, aber der Hass auf Martin, dem sie die Schuld gibt an Franziskas Tod gibt und dem Ende ihrer beruflichen Karriere gibt, lebt weiter.
Immer noch ist sie schwerreich. Doktor Klein, dessen Mörder nie gefunden wurde, hat ihr sein gesamtes Vermögen hinterlassen, einschließlich des prachtvollen Hauses auf der Karibikinsel Saint Bartelemy, in dem sie nun zurückgezogen und einsam lebt wie eine Spinne im Netz und auf Rache an Martin sinnt.

Lara's Theme

ISBN:978-9-4625-4348-5 (Taschenbuch)
Verlag: Meinbestseller.de, €17.99
ISBN: 978-3-7380-2968-0 (E-Book)
Verlag: neobooks €4.99

Ein Lastwagen mit Plutonium ist verschwunden. Mehr zufällig als absichtlich wird der russische Junge, Mikhail Dobrin, darin verwickelt, dessen Familie kurz vor ihrer Rückkehr nach Deutschland steht.
Mikhail wird vorausgeschickt und soll in Deutschland ein Internat besuchen, bis die Familie folgt. Doch dazu kommt es nicht mehr. Sie werden versehentlich Opfer beim Kampf um das gestohlene Plutonium. Mikhail bleibt in dem Internat, einsam und allein, denn niemand will mit ihm etwas zu tun haben, bis er schließlich auf Lara trifft.
Ohne Mikhails Wissen nimmt sich einer der Urheber dieses dreisten Diebstahls, der als reicher Deutsch-Russe in Deutschland lebt, seiner an. Doch dann wird auch der Junge in die Affäre um das gestohlene Plutonium verwickelt und deckt nach und nach die Umstände dieses Verbrechens auf. Dabei lässt er sich auf ein gefährliches Spiel ein.

Salto Fanale

ISBN: 978-9-4625-4745-2 (Taschenbuch)
Verlag: Meinbestseller.de, €14.99
ISBN: 978-3-7380-3084-6 (E-Book)
Verlag: neobooks, €3.99

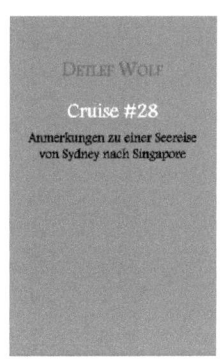

Oswald Graf von Molzberg, Generaldirektor und Mehrheitseigner des traditionsreichen Bankhauses ‚Molzberg & Co‘ ist unermesslich reicht an Macht und Geld. Er ist bei niemandem beliebt und wird von allen gefürchtet. Ebenso wie sein Sohn Adrian: selbstherrlich und arrogant ohne Ende. Mit keinem aus seiner Klasse will er etwas zu tun haben – schon gar nicht mit Tebea, einer unscheinbaren grauen Maus. Dann geschieht das Ungeheuerliche. Oswald von Molzberg wird verhaftet wegen Veruntreuung und Steuerhinterziehung. Er verliert alles, privat und beruflich, ist in jeglicher Hinsicht ruiniert. Frau und Sohn müssen Hamburg verlassen und ziehen nach Bochum. Dort trifft Adrian wieder auf Tabea, deren Vater hier eine neue berufliche Aufgabe übernommen hat. Zunächst ahnt er nicht, dass seine alte und neue Klassenkameradin Tabea in seinem weiteren Leben eine bedeutende Rolle spielen wird.

Cruise #28
Anmerkungen zu einer Seereise von Sydney nach Singapore

ISBN: 978-9-4625-4322-5 (Taschenbuch)
Verlag: Meinbestseller, €13.99
ISBN: 978-9-4625-4336-2 (E-Book)
Kindl, 4,50€

Was ist das hier? So werden Sie fragen.
Der gefühlt eineinhalbmillionste Reisebericht und der hundertelftausendste über eine Kreuzfahrt. Mein Gott, wie öööde!!! ☹
Kann sein.
Aber für den Autor und seine liebe Ehefrau seit fünfunddreißig Jahren war's eine ganz besondere Reise. Deshalb fand Detlef Wolf es wert, dass sie aufgeschrieben wurde, um andere Leser daran teilhaben zu lassen. Denn wie er als Fazit schloss: „Sie war nämlich richtig toll! Und zwar nicht nur für uns beide!" Die Leser werden dies beim Lesen schnell nachvollziehen können.

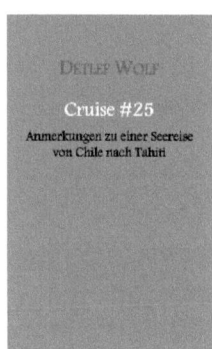

Cruise # 25
Anmerkungen zu einer Seereise von Chile
nach Tahiti
ISBN: 978-9-4625-4110-8 (Taschenbuch)
Verlag: Meinbestseller, 11,99 €

Also schön, das hier ist jetzt noch so'n Reisebericht von Detlef Wolf. Muss das denn sein?
Nö, muss natürlich nicht, aber unerwarteterweise kam der Bericht, den der Autor über die Kreuzfahrt # 28 geschrieben hat, in seinem Verwandten- und Bekanntenkreis so gut an, dass er sich entschlossen hat, seine Aufzeichnungen von der Kreuzfahrt # 25 nochmals vorzukramen und in eine verdauliche, humorvolle und gleichsam informative Form zu bringen.
Wie das aussieht bzw. was dabei herausgekommen, ist im vorliegenden Journal zu sehen und zu lesen und macht zweifellos Appetit auf mehr/Meer. Ein wahrer Reiseprofi – sei es auf Kreuzfahrtschiffen, mit der Bahn oder per Flugzeug – meldet sich mal wieder auf seine unterhaltsame Weise zu Wort und bietet Wissenswertes zum Nachdenken und/oder zum Schmunzeln.